我与岩波书店

一个编辑的回忆

1963—2003

[日]大冢信一 著

杨晶 马健全 译

生活·讀書·新知 三联书店

图书在版编目（CIP）数据

　　我与岩波书店：一个编辑的回忆：1963－2003 ／（日）大冢信一著；
杨晶，马健全译．—北京：生活·读书·新知三联书店，2022.1
（三联精选）
　　ISBN 978－7－108－07260－3

　　Ⅰ．①我… Ⅱ．①大… ②杨… ③马… Ⅲ．①回忆录－日本－现代
Ⅳ．① I313.55

　　中国版本图书馆 CIP 数据核字（2021）第 175201 号

责任编辑　崔　萌
装帧设计　陆智昌
责任校对　龚黔兰
责任印制　张雅丽
出版发行　**生活·讀書·新知** 三联书店
　　　　　（北京市东城区美术馆东街 22 号 100010）
网　　址　www.sdxjpc.com
经　　销　新华书店
印　　刷　北京隆昌伟业印刷有限公司
版　　次　2022 年 1 月北京第 1 版
　　　　　2022 年 1 月北京第 1 次印刷
开　　本　850 毫米×1168 毫米　1/32　印张 10.5
字　　数　216 千字
印　　数　0,001－4,000 册
定　　价　49.00 元
（印装查询：01064002715；邮购查询：01084010542）

我与岩波书店

一个编辑的回忆（1963—2003）

新版序

本书的"中文简体版序"写于 2012 年 9 月，正如该文所述，拙著的中文简体版由三联书店出版，对我来说有着多么重大的意义。

十年后的今天，那种感觉越发强烈。用一句话来概括的话，在我的人生中，与中国出版人之间的友情是任何东西都无法替代的宝物。

尤其是现在全世界处于"新冠"病毒的祸害之下，我们接近两年时间没能见面，思念之情和重聚的愿望更加殷切。

同时，国际政治形势日趋严峻，但是与此相反，我们的友情和团结不断增强。本书的出版就是一个具体的例子。为什么会有这样的可能，那是因为我们都从事出版这一继承和发展人类共同知识遗产的事业。

最后，除了在"中文简体版序"中提到的九位中国友人，过去十年间与以下各位建立了友谊和联系，深怀感谢，请允许我在此加上他们的名字：

顾青、刘苏里、刘瑞琳、甘琦、梅心怡、金丹实、廖志峰（敬称略）

本书的刊行，得到了三联书店各位和马健全女士的特别关顾，衷心致谢！

大冢信一

2021 年 6 月　于东京

中文简体版序

首先必须坦言，作本书中文版序让我感动至深，握笔的手在抖。其理由尽可归于以下三点：

其一，是他们——过去近十年在"东亚出版人会议"上结交的、尊敬的中国出版社、三联书店同人鼎力相助，以及许多中国出版人声援，终于使拙著的中文版得以面世。而对于负责编辑工作的汪家明先生、张荷女士，在翻译上不遗余力、付出艰辛劳动的杨晶、马健全二人，还有为这本书做了优美装帧的陆智昌，我竟找不到恰当的谢词！此事对于我来说，是与中国出版人之间友情的最好佐证。

其二，愿拙著的中文版，对通过上述会议结识的中国新生代出版人，以及中国出版人的工作有所裨益，这是我最感荣幸的。试想跃跃欲试、才智过人的他们开拓下一代出版事业的身影，不禁胸中溢满希望和喜悦。

其三，我殷切地期盼，本书中文版成为日本出版人对中国朋友情谊的真情回馈。因为我作为日本出版人的一员，绝不能忘中日之间曾经出现的那段不幸历史——仅举一例：上海商务印书馆好端端的办公大楼，在日军的轰炸中毁于一旦。

值此中文版付梓之际，我沉浸在热切友情的巨大幸福中，满怀最诚挚的谢意记下关心、帮助我的中国友人的名字：

董秀玉、汪家明、林载爵、陈万雄、程三国、舒炜、陆智昌、杨晶、马健全（敬称略）

最后，我必须说的是本书的局限。在这近十年间与东亚出版人交流的过程中，让我清楚意识到自己作为东亚的一员对于邻国人们的认识甚为匮乏这一事实。

因此，我深切企望本书能对东亚的年轻一代多少有点助益，当然我自觉是作为"反面教员"的。除了上述的中国友人，还有很多韩国的朋友教给了我这一点。

在此意义上，我也对东亚的朋友们无尽感激。

大冢信一
2012 年 9 月　于东京

第八章　转折期的选题策划
——终场的工作

前　言

　　我在 1963 年春天进入岩波书店，工作了四十年，于 2003 年 5 月退休。最后的十年以经营管理工作为主，而之前的三十年则是一个心眼儿的编辑生活。最后阶段的十年间在经营管理之余，虽然曾多多少少招年轻人的讨厌，但是并没有完全脱离策划和编辑的工作。下面的叙述，是从事编辑四十年的回忆。

　　正如这本书所触及的，或许呈现了"编辑这个奇妙人种不可思议的生态"（山口昌男语）；但是，也同时描绘了众多与我相关的学者和艺术家，还有国内外的编辑同行的工作情景，可以说是一个记录——过去曾经有这样一名编辑，和这样的人们一起，做了这样的工作。如果读者把它视为我关于 20 世纪 60 年代至 21 世纪初的四十年的一份证言来阅读，我会感到格外荣幸。

著　者

第一章　小学徒修业

1　岩波书店的"新人教育"

"小学徒来了哟"

大概是20世纪60年代中期，我初次拜访了林达夫先生的宅第——位于藤泽的鹄沼，是一座英国古民居风格、横梁外露的美丽房子。后来从先生那里听到很多盖这个房子时的艰辛故事。

按响了门铃，出现在玄关处的是林夫人。当时是初次见面，我鞠躬说："我是岩波书店的大冢信一。"夫人看了看我的脸，向屋里招呼道："岩波书店的小学徒来了哟。"

曾与和辻哲郎、谷川彻三等一起担任战前的岩波书店的顾问，并且参与了《思想》杂志编辑的林先生与岩波书店有着深厚的关系。战前，岩波书店还没成为有限公司，只是一家店铺。创办人岩波茂雄当然是店主，小林勇是掌柜；一般职工是店员，其中的年轻人们当然都是小学徒。因此，刚踏出校门的新人编辑也只能作为小学徒了。我想林夫人是按照过去的感觉非常自然地这样说的。但当时我听到被叫作"小学徒"，坦白说有点愕然。现在回想起来，从一名小学徒出发不是坏事。

2

以下记述的是我如何成长为独当一面的编辑的"小学徒修业"过程。

随着出版社的社会地位日益提高，员工的意识和自豪感也随之高涨。现在"编辑"甚至成为时尚剧的主角，不用说也是学生们憧憬的目标。但出版工作其实是平淡、不显眼的，编辑是幕后人员。从事出版工作是再一次回到初学。可以从书店重新出发不是很好吗？

进入《思想》编辑部

1963 年春，我大学毕业后进入了岩波书店有限公司。

从我家所在的池袋乘坐开往数寄屋桥的"都电"（东京都营电车），路经护国寺、传通院、春日町、水道桥，大概三四十分钟到达神保町。那时候还没有地铁，只有电车和巴士能去神保町，说它是个孤岛也不为过。从神保町的十字路口向东南西北眺望，只有皇宫方向左边的学士会馆和右边的共立讲堂等，然后看到的就是低矮的房屋鳞次栉比的光景。

从"都电"的车站朝皇宫方向走到第三条街往右拐，就到了玄关挂着夏目漱石横书的"岩波书店"大字招牌的办公楼房。在本来是一桥大学讲堂的厚重的两层建筑之上，如临时设施般简易增建的部分变成了三楼，让人感到不协调。与它邻接的是当时营业部的仓库。

周边有很多小规模的印刷厂和装订厂，还有店铺样式的民居、商店和古老的饭馆等。几乎没有大的建筑物，的确是出版社落脚的合适地方。

同期入社的有四人，男女各二。我被分配在编辑部的杂志课，成为《思想》的编辑成员。说是编辑成员，其实只有比我刚好年长十岁的K前辈和我两个人。位于二楼最里面的杂志课房间，《世界》《思想》《文学》，还有对外事务课的职员都集中在这里。暖气用的是两个大瓦斯暖炉，冷气用的只是电风扇。夏天气温超过30℃的时候，曾经每人获发一瓶冰牛奶。

当时的课长最初交给我的工作，是把前几年出版的《思想》的目录翻译为英文。完成后O课长说"作者里面如果有想见的人就说吧"，于是，我提出了在大众社会论的论争中华丽登场的松下圭一和以初期马克思主义研究知名的城冢登的名字。课长立刻给松下先生打电话说："明天请您吃午饭，可以到神保町这边来吗？"翌日，在名为"扬子江"的中国饭馆，我被介绍给松下先生。而且，我记得几天之后也见了城冢先生。

接着，O课长带我去东京大学的法学部研究室。从一走进正门位于右边的法学部研究室一楼开始，每个教授、副教授的房间门挨个敲，房间的主人在的话就说"这是新来的大冢君，请多多关照"，然后不等对方反应就离开。这样不断地重复，我能做的就是送上名片说句"请多多指教"。回想起来，那是我与辻清明、川岛武宜、丸山真男、福田欢一、坂本义和几位的初次见面。

然后，O课长说着"再给你介绍两三个人"，便奔立教大学去了。到了那里，法学部正在举行教授会议，他恳求办事员"有点急事请把神岛先生叫出来"。结果，神岛二郎先生以为发生了什么事从会议室飞奔出来，而 O 课长只说着在东京大学法学部时同样的话，在我递上了名片后，把惊魂未定的神岛先生晾在那里就离开了。至于尾形典男先生，按 O 课长说那是因为"是学部长所以没把他叫出来"。

O 课长的教育到此结束。接下来我马上被放在编辑现场里学本事了。先是让我出去做外校的工作，把校样交给我校阅。《思想》杂志在精兴社印刷，所以我跑到位于学士会馆不远处的精兴社（总部在青梅市）。我虽然刚刚走出校门，东南西北还没搞清楚，但已不得不一篇接一篇地去读那些艰涩的论文。

经过三四个月，在我记住了校对的方法，勉强能正式参加外校的时候，精兴社的 U（后来成为该公司领导）邀我"一起去喝杯茶吧"，在闲聊之后问我："要不要去印刷现场看看？"就把我带到现场去，看到排字工人在熟练地更换排版的铅字。那些看起来比我父亲还要年长的工人，按照我在校样上标示的红字更换铅字；不光是铅字，还有铅条（作为行距间隔的薄板）也必须每次更换。看到那样极其复杂的作业，我初次明白了在校样上标示红字的意义。对不经意地教育了我的 U，直到现在我仍然深怀感激。

印象深刻的两位作者

最初的工作是去把编辑前辈们已约好的、作者完成了的稿件取回来。曾经与以《社会学的想象力》等著作知名的查尔斯·赖特·米尔斯（Charles Wright Mills）一起编辑了马克斯·韦伯（Max Weber）选集的汉斯·加特（Hans Garth），当时作为东京工业大学的客座教授逗留日本。加特虽然是美国的大学教师，但我觉得他应该是从欧洲到美国的流亡者，因为当我用拙劣的英语和他交谈时，他的发音有浓厚的德语口音。约请他写的是《美国的马克斯·韦伯研究》的论稿，由畅子夫人翻译成日语。我在学生时代对韦伯感兴趣，读了好几本韦伯的著作，这可帮了忙。

这个论稿是每年组织一两次的特集之一《何谓方法》（1963年5月号）中的一篇。当时谈到"方法"，会以马克思和韦伯为中心，其周边的近代经济学或社会学的模式论、行动科学和逻辑实证主义之类只是小配菜。加特的论稿别具一格，与日本的韦伯研究的氛围不同，这一点饶有趣味，但是并没有预示后来美国开展的大胆的韦伯研究（例如阿图尔·米茨曼［Arthur Mitzman］的《铁笼》［The Iron Cage］，创文社，1975）。

给我留下鲜明记忆的还有井上光晴和 Kida Minoru（本名山田吉彦）。记得到小金井附近井上先生家访问，在面谈时，他一直正襟危坐，始终以认真的表情应对我这个刚出道的新人。他的论稿《三十多岁作家的"近代化"内在》是特集《围绕"近代化"》（1963年11月号）中的一篇。也许是刚从九州到东京不久的缘故，当时井上一本正经的作家样子，以后没有机会再看到了。

为同一个特集，Kida Minoru 给我们提供了题为《部落与东京》的随笔。他说原稿已经写好了你来取吧，我就去了，但不是到他在八王子的住宅而是到伊势崎。那是他寓居的家，一位三十岁左右的女士和她的婴儿也在那里。本来打算当天就回东京，但是 Kida 要我"无论如何住一宿"，在这种情况下我想编辑只能听作者的，于是变更了行程。

随笔的内容是著名的"疯狂部落"的变奏，虽然没有什么特别的亮点，但是因为用于严肃的《思想》，他刻意加进了猥亵的言辞。晚饭吃的是 Kida 喜欢的东西——那位女士如此说——牛肉切成薄片用油煎，同时喝加冰的威士忌，吃完一盘，马上又给我们做新的。尽兴地吃，尽兴地喝，喝醉了的 Kida 把婴儿抱在膝上，用法语对着他嘟嘟哝哝。Kida 好像感冒了。本来我很期待他给我说一些战前在法国留学时的事情，但是他醉得睡着了。Kida 曾说像这样的"家"，他在日本有好几处。

要求我们去取原稿的作者很多，以下是日后与我的工作有着深厚关系的作者们：生松敬三、杉山忠平、见田宗介、山田庆儿、饭冢浩二、堀尾辉久、永原庆二、市川白弦、八杉龙一等。

组稿

进入岩波书店工作差不多一年，在 1964 年 1 月号的《思想》上刊登了我初次负责组稿的文章——秋山清的《俄国革命与大杉荣》。因为我对无政府主义感兴趣，所以向秋山先生约稿，他很吃惊，"以马克思主义和学院派的严肃论文著称的《思想》向我约稿，做梦也没有想到过"，他对我说。O 课长和 K 前辈也非常惊讶，但是他们一句反对的话都没说。

我约的稿接着刊登的是藤泽令夫的文章。当时以宽松的形式请了日高六郎和久野收担任《思想》的顾问。某次久野提出了以"论争逻辑"为主题向几个人约稿的建议，我觉得很有意思，而且久野收实在令人佩服。因与思想、哲学有关，就让我来负责。

当时，我给田中美知太郎门下的英才、京都大学副教授藤泽令夫打了电话，拜托他执笔。先生肯定不会连我是个东和西都还没搞清的新人也看不出来。"如果像怀特海（Alfred North Whitehead）所说的那样，西洋哲学只不过是柏拉图（Plato）的注脚，那么，把对话篇里能显著看到的柏拉图的论争逻辑搞清楚，我想没有比这更重要的事情……"我把一知半解的知识最大限度地发挥，试探地请求着。很幸运得到他的应允。在那一刻我怎么也不会想象到，在其后的四十年里，拜托先生做了形形色色的工作，最后还和他的著作集出版联系在一起。

就"论争逻辑"这个主题，除了藤泽，还约请了河野健二（《围绕"资本主义论争"的评价》）、中村雄二郎（《关于论争的逻辑和修辞》）、山下正男（《从实在论到唯名论》）执笔。中村以布莱兹·帕斯卡尔（Blaise Pascal）《外省通信》（*Les Provinciales*）的论争为中心，山下则围绕西欧中世纪的普遍主义论争。

其后，从1966年开始约请中村撰写以《〈思想〉的思想史》为题的连载。自此四十年间，与藤泽一样，我与中村建立了很深很深的关系。藤泽是西洋古典学所谓的学院派之雄，而中村则是自由地展开思考的人物，即所谓的在野哲学家。占据着日本哲学界中枢的两位先生，完全是同龄人，真有意思。

羽仁五郎与花田清辉

我成为《思想》编辑部人员刚好一年的时候，经历了令我深刻思考的体验，那就是拜托羽仁五郎实行"近代和现代"的计划。第一回由羽仁亲自执笔，第二回则是与竹内好、椙西光速有关"民族主义"的讨论。我记得竹内和羽仁有过激烈的争论。而第三和第四回是《与花田清辉君的对话》。

羽仁五郎从战前就与岩波书店有着深厚的关系，他不时会向我们提出各种各样的建议。他提建议的方法别具一格，首先是他的私人秘书给我这个新人打电话，然后才听到羽仁在电话中说："中午到这个地方去。我今天想吃××料理，请关照了。"在附近预约的店里等候时，会看到这样的风景——羽仁坐着由秘书驾驶的很大的外国汽车出现。曾经有这样的逸闻：当时很活跃的"全学联"[1]学生们和羽仁进行公开讨论，学生们质问他："听说你经常吃牛排，那不是太奢侈太资产阶级了吗？"羽仁对此坦然回答："不吃牛排来积蓄体力，不可能去搞什么革命。"我觉得这是确有可能的事情。

就这样羽仁和花田清辉做了对谈。因为羽仁已年高，对谈安排在一家面对皇居护城河的小旅馆里进行。羽仁在对谈的前一天入住旅馆，为翌日做准备。黄昏，当我去看看羽仁的情况时，他托我说："我内裤的橡皮筋断了。帮我买一下。"为了找橡皮筋我一直走到专修大学前面一带。难道编辑连内裤的橡皮筋都必须去买吗？我不是没有这样想过，觉得自己有些可怜。

1　"全日本学生自治会总联合"的简称，1948 年由 145 家大学的学生自治会结成的联合组织。——译注

第二天羽仁与花田的对谈，确实很有意义。其中我最感动的，是他们谈到有关当时正在显露的中苏对立的情况。坚如磐石的社会主义阵营分裂为二等等事情是绝对无法想象的，这是古典马克思主义者羽仁的立场。相对于此，花田则期待社会主义阵营多样化，认为唯有真正富裕的社会主义，开花的可能性才能萌芽。我听到这样的发言，觉得花田真是厉害。连参与第二回对谈的竹内好也不得不感叹花田是具有独立思想的思想家。

羽仁有一件与我有关的逸事。我一直住在西池袋的妇人之友社（自由学园）的附近，那里有美国著名建筑师赖特（Frank Lloyd Wright）设计的"明日馆"讲堂（现在是国家重要文物）。我上小学的时候经常和一帮顽童潜入讲堂的下面玩耍，当我告诉羽仁这事，他马上说："在那里肯定有我和小林勇创立铁塔书院时出版的书。"

小林勇曾经一度突然离开岩波书店，创立了铁塔书院，但是当他决定再回到岩波书店时，没有地方安置铁塔书院出版的、卖剩的书，因此羽仁接收了一部分，存放在羽仁家的自由学园里。"试试找找看"，羽仁说。果然从讲堂的地下室找出了好几百本书。"也送给你做个纪念"——记忆中我得到了两三本铁塔书院的书。

2　制订特集计划

若干个"小特集"

最初被委派策划"小特集"，是入职一年多一点之后。每年数次称为"小特集"的，是以某个主题结集几篇论稿的计划。我以南博为中心，以当时在美国被广泛研究的行动科学为焦点，编辑了题为《行动科学的现况》的小特集（1964年8月号）。其内容如下：

南博	行动科学与行动学
富永健一	行动理论与社会科学
服部政夫	行动科学的心理学
吉田民人	行动科学"机能"关联的原型
犬田充	美国行动科学的现状

顺便列举一下在这个小特集之前和之后策划的其他小特集，有《自然科学与法则》《法律——社会统制的符号性技术》《现代的农业构造》《现代官僚制度的诸特质》等。其中《法律——社会统制的符号性技术》是以川岛武宜为中心，积极尝试将法律从社会控制技术的观点来重新把握。这是满载了以川岛为中心举行的法制社会学专家研究会成果的小特集。《行动科学的现况》也是以南博为中心召开了数次研究会，我也忝列末座。他还设法让我这个新人发表意见。

现在想起来，这种倾向与以往的马克思主义方法论、讲座派或工农派之类的东西不同，与韦伯的思考也不一样，因此可说是将实证主义的观点引入社会科学的尝试。众所周知，好的或坏的美国学风都变得很有势力，没多久政治学或经济学的这种倾向也在增强。

然后在 1966 年 11 月号，再次编辑了小特集《现代社会与行动科学》。得到了哲学学者吉村融、山下正男，心理学学者南博、犬田充，还有国际政治学的武者小路公秀的参与，并附录了年表等资料——我想这在当时是很有用的。

继《行动科学》后被委派的小特集是《国际政治与国际法》，1965 年 10 月号。与田畑茂二郎、石本泰雄商量，得到他们的参与。编辑的内容如下：

石本泰雄	国际法——其"物神崇拜"
田畑茂二郎	A·A 新兴诸国与国际法
松井芳郎	［参考资料］天然财富和资源的永久性主权
太寿堂鼎	现代国际法与义务的裁判
高野雄一	国际和平机构的课题
内田久司	社会主义世界与国际法

这个小特集，如果与它前后的《战争与革命》《现代社会与农业问题》《现代帝国主义》《美国在亚洲》相比，无可否认多少都有偏离的感觉。

还有对于当时的《思想》来说被认为是异色的小特集《作为现代思想的天主教》（1966 年 7 月号）——以松本正夫为中心，参与的有今野国雄、门胁佳吉、佐藤敏夫、半泽孝麿、冈田纯一、E. M. 博吉斯（E. M. Boggis）诸位。在与上述的先生们会面讨论的过程中，我了解了很多有关天主教的事情。特别是刚从罗马回国不久的年轻的门胁佳吉，不仅是哲学、思想方面，其他如关于非洲黑人（Black Africa）传教实态的现实问题，也教给我许多。此后，我向门胁约了好几本单行本的书稿。

对于一个刚走出校门的新人给予相当自由的编辑活动空间，现在回想起来确实是非常难得的。肯定有过不少不靠谱的事情。想到O课长和K前辈对我的宽容照顾，真是充满感激之情。

边喝酒边接受教育

接受新人教育之后，到了黄昏，O课长便把我带到附近的小酒馆"鱼瓮"，教给我喝酒的方法。绝对不去高级的店，一定花自己的钱喝。可是当他约我而手头刚好没钱时，就会打电话到领导的办公室，喊着"我现在去您那儿借钱，请借点给我"，还没等对方回话就冲过去了。这种事经常发生。

听说O课长毕业于东京大学法学系，在川岛武宣先生门下做有关温泉权的研究，战后进入中央公论社，后来与几个朋友创立出版社，一时曾经赚了大钱。在中央公论社时，为了调查某位政治家的事情，擅入武见太郎医生的诊疗室盗取病历时被逮个正着，在裁决逼近眉睫之际得到松本重治先生相助。后来O课长带我去麻布的国际文化会馆，介绍我认识当时担任理事长的松本重治先生。因为多次听说过上述传闻，所以总是觉得怪怪的。

喝酒方法以外，O课长边喝酒边教给我的是关于编辑的方法。乍看好像胡来至极，但实际上是以周详的考虑为前提的。他不断关注国际情势，为发现新的议论契机而努力。也许正因为这样，他作为记者，作为松本重治先生的晚辈而得到任用。比如在柬埔塞西哈努克亲王访问日本时，他秘密地会见了亲王，并将西哈努克的稿子刊登于《思想》。蜡山芳郎曾对我说过，"O 的国际感觉超群"。O 的编辑秘诀，其实就是思考异质性东西的组合。下面叙述的一个例子，曾经令我遭到难堪，但却是珍贵的体验。

被秘密录音激怒

那是民族主义在各种各样的情况下成为问题的 60 年代中叶。O 提出了以南原繁为中心，聚集大冢久雄和福田欢一两位，听听他们对民族主义的看法。我被指派"到三位先生处走动，协调一下日程"，并决定了聚会的日子。临到聚会前 O 氏命令"把录音机带上，在先生们不知道的情况下录音"。我十分惊讶，但是不得不听从，对三人的议论录了音。录音整理出来，果然是非常有意思的对谈。"你得再去先生们那里走一趟，向他们说明有关情况并请求许可刊登在杂志上。"O 对我说。

我想这事麻烦大了，于是依次到南原、大冢、福田三位先生处拜访。"其实偷偷地录了音……"当我战战兢兢和盘托出时，南原、大冢两位大冢都嗤嗤地笑，"O 君就会干这种事，没辙呀"，给了我这样的回答。最后，我到东京大学法学系的研究室拜访福田先生。当我开始说明情况，被他不容分说地怒斥："擅作主张干这种事绝对不能饶恕。还要刊登在杂志上，简直岂有此理！"被怒斥是理所当然的，我唯有拼命地道歉。"真的非常对不起，一定不会再做这样的事情。"我想我向他低头认错最少也有一个小时了。

后来福田先生的语调有所改变，说："虽然是不可饶恕的行为，但是因为问题非常重要，所以有必要紧急考虑。我会理一下议论的思路做个提要，然后你拿到南原、大冢两位先生那里。如果得到他们的谅解，重新设定时间三人进行议论。"我已被训得内心缩作一团，听到这话，感激得几乎想哭。幸亏获得了南原、大冢二位先生的谅解，三人重新进行了对谈，其结果就是刊登在1965年1月号的《围绕民族主义——有关问题及现代日本的课题》。自此到退休为止的四十年间，我一直在各方面都得到福田先生亲授机宜。

把西欧相对化的观点

被派参与用杂志的所有篇幅来探讨某个主题的"特集"计划，最初是1965年3月号的《欧洲的历史意识》。当时日本终于从败战以后向欧美一面倒的思维中摆脱出来，开始感到将西欧相对化的观点的必要。将这样的倾向整出条理的，不正是饭冢浩二吗。以《日本的精神风土》（岩波新书，1952年）和《东洋史与西洋史之间》（1963年）等著作知名的饭冢，也在这个特集撰写了题为《欧洲对非欧洲》的连载的第一回。

边请教饭冢先生边做的这个特集，还得到生松敬三、增田四郎、村濑兴雄、平井俊彦、木谷勤、前川恭一、河野健二、松井透、务台理作、山本新、西村贞二、上山春平、玉井茂、横田地弘、田沼肇诸位的参与。撰写卷头论文的生松是欧洲思想史以及和辻哲郎等日本思想的研究者，当时与增田四郎等大家相比可说是初露头角，是由饭冢先生推举登场的。后来我和生松，经常与木田元一起一家又一家地喝酒，这个也许有别的机会写吧。

有关日后开花结果的年鉴学派先驱费尔南·布劳岱尔（Fernand Braudel）和法国人文地理学的维达尔·德拉布拉什（Paul Vidal de la Blache）等，都是通过这个特集计划，饭冢先生教给我的。到先生在本乡[1]菊坂的家拜访，听他睿智的谈话实在是乐事。他对于当时权倾一时的大冢久雄（两人有姻亲关系）的学风，虽然混杂着亲情，但依然发表了本质的批判。一言以蔽之，大冢是眼中只认西欧理想化。某次他跟我说了这样一件逸事："对大冢（久雄）君真是没辙。战败不久，当看到报章上驻军士兵盗窃的新闻时，他说'那一定是黑人干的'，让我目瞪口呆。"

对权威陆续提出尖锐批判的同时，饭冢先生也为培育优秀的年轻学者不遗余力。前面提到的生松是其中之一，文化人类学的新秀川田顺造也是。这或许跟川田同样是在法国接受社会科学教育的背景有关。以南美和阿富汗农村调查知名的大野盛雄也是先生为我介绍的。长久以来得到饭冢先生的关爱，在他逝世时感到特别伤心寂寞。

山口昌男登场

我为 1966 年 3 月号的《思想》，策划了题为《文化比较的视点》的小特集。为此拜托了泉靖一、今西锦司两位大家分别就"文明的起源""文化与进化"两大主题执笔，另外约了三位新

1　东京大学所在的街区。

锐研究者登场——生松敬三、山口昌男和田中靖政。生松写的是《比较文化论的问题——以和辻风土论的评价为中心》，田中靖政写的是《行动科学的交叉文化研究》；而山口则是《文化中的"知识分子"像——人类学的考察》。

当时，山口先生刚从我毕业的大学的助教转任东京外国语大学的讲师不久。在学时我一直得到他的亲切教导。我们曾经请他担任涂尔干（Emile Durkheim）读书会的导师，有时候和其他学生一起被邀到大学附近先生的家里吃饭。不光是我们大学的，还有其他大学来的学生。比如前面曾经提到的、在小特集《法律——社会统制的符号性技术》中登场的川岛武宜先生的门生，后来成为东京大学法学部教授的六本佳平等。

有时候，一瓶当时价格不菲的"尊尼获加（Johnnie Walker）黑牌"威士忌让我们四五个学生一下子就喝光了。现在回想起来，对于当时并不是高薪厚禄的山口先生，真是难为他了。但是那时候我们都觉得是理所当然的。

从山口先生那里我们能听到那个时代的教科书里绝不会出现的话题，比如 T. S. 艾略特的《荒原》与文化人类学的关系，让我们惊叹不已。虽然先生那时只是社会学的助教，但他知识渊博，令人佩服得五体投地，并且让我们感到学问真是有意思的东西。我到学术色彩浓厚的出版社就职，想来先生的影响甚大。我从山口先生那里得到的教益实在是笔墨难以表达，尽管先生当时还默默无闻，他却一点都不在意。

不过，与担任《思想》编辑后所认识的学者们的工作比较，我逐渐觉得山口先生不登场是不合情理的。但是，或许因为他从日本史转向文化人类学的经历，不被权威的推举所考虑。因此在我成为《思想》编辑部成员的第三年，开始能够独立工作时，便邀请了山口先生登场。

这个论文可说是山口后来开花结果的"跨界者（trickster）[1] 论"核心的雏形，而单从一篇论文能看出端倪的是林达夫。认识林先生是久野收和当时任岩波书店法语词典顾问的河野与一的介绍。因为与河野会面，林先生大概半年会来岩波一次。他战前曾参与《思想》的编辑，对这个杂志有感情，所以会提出这样那样的建议。林先生曾经在岩波书店不知何故被小林勇为首者冷待，因此先生来社时，我这个新人总是被叫去。

山口的论文刊出之后不久，林先生曾跟我说——下面有机会详述——"依我看他是半世纪不遇的一位天才"。其后山口的活跃自不待言。半年后的 1966 年 10 月号《思想》，也得到了山口的文章《人类学认识的诸前提——战后日本人类学的思想状况》。

某天的武田泰淳和丸山真男

《思想》作为我的编辑修业时代，回忆起来有很多小插曲。现在想一想，因为我的不成熟而只能一知半解的事情占大部分。

---

1 也有译为"捣蛋者""作乱精灵"。指神话中的精灵，喜欢对神、人、动物耍计谋，行事不按常规，不受约束；经常变换外形，游走于各界。因此，也常被神指定为"使者"。山口昌男在著作中特别强调它跨越物质与社会的界限，打破正确与错误、神圣与世俗的差别，故本书翻译为"跨界者"。

下面这件令我羞愧的事情，是关于武田泰淳和丸山真男的一个小插曲，显示了我的理解不充分。

大概是 1964 年或 1965 年，一次，上述两位先生加上吉野源三郎（时任岩波书店编辑主管），在岩波书店召开非正式会议，《思想》编辑部的 K 前辈和我也列席。会议的主题是什么已经忘了，但是会开了一个小时左右的时候，武田突然站起来，愤然走出了房间。都以为他上洗手间去了，结果武田并没有回来。吉野非常惊慌。

根据模糊的记忆追寻当时的情况，我想或许是下面的原因：围绕"1960 年安保"事件的评价等进行讨论时，丸山如常明快地分析情势，并从中得出了可说是行动指针的东西。对此，武田嘴里一直在咕哝着些什么，试图作出"对丸山的明快分析我不能苟同"的反驳。

武田的不满，我想他大概的意思是，即使思考自身的东西，像丸山那样漂亮地进行整理本身就是自相矛盾的。换言之，即认为人的个体存在，是不可能那么清晰地下结论的。如果以当时常用的比喻，对于近代主义者的犀利分析，有来自"污水沟盖的臭气"——迂腐一方的反驳。

无论如何，现在仍然清楚记得的只有丸山的精辟分析和武田的怃然表情了。

一个新编辑对于学者和作家，何况是两位大家的议论的微妙"皱襞"无法理解，虽然在所难免，但不得不承认自己过于粗疏。而且，极端地说，也许只有经过四十多年的重复反刍，才能积淀我对两位大家的理解，前述的小插曲才会至今仍留在我的脑海中。这是何等无情、何等遗憾的事情，但是没有办法。

以下，请容许我记下曾经在《思想》登场的，其后近四十年以种种的形式保持着联系的各位先生的名字（敬称略）。

河合秀和、筱田浩一郎、板垣雄三、内田芳明、泽田允茂、宫田光雄、盐原勉、溪内谦、市川浩、松井透、京极纯一、清水几太郎、饭田桃、八杉龙一、阿部谨也、加藤秀俊、隅谷三喜男、作田启一、家永三郎、德永恂、斋藤真、小仓芳彦、水田洋、长岛信弘、广松涉、小室直树、宫崎义一、西川正雄、伊东俊太郎、杉原四郎、上山春平、加藤周一、古田光、中村秀吉、和田春树、菱山泉、川添登、山住正己、田中克彦、伊东光晴、长幸男、西顺藏、武田清子、松尾尊允、梅本克己、波多野完治、增田义郎、竹内实、住谷一彦、丸山静、泷浦静雄、前田康博、坂本贤三、竹内芳郎、细谷贞雄、加藤尚武、山本信、花崎皋平、市仓宏佑。

还有，发信给卢卡奇（G. Lukacs）约稿，得到他签名的简短回信应允。他的文章《关于中苏论争——理论的、哲学的纪要》（生松敬三等译）刊登于 1965 年 1 月号《思想》。

第二章　哲学者们

1　"讲座·哲学"的编辑

缺了些什么

1967 年从杂志课调往单行本编辑部。在负责两三本单行本的同时，接到担当"讲座·哲学"准备工作的指示。岩波书店的"讲座·哲学"有着悠久的历史。西田几多郎编辑的"讲座·哲学"发端于 1931 年，完结于 1933 年，全 18 卷。这次是战后首次尝试做新的"讲座·哲学"。在 F 课长之下，《思想》的前辈 K 和稍后加入的、比我晚一年入社的后辈 N，以及我三个人是编辑部成员。

调任时，讲座的计划已完成了差不多百分之九十。全 17 卷的构成如下：

1　哲学课题　　　　　　　　　（务台理作、古在由重 编）

2　现代哲学　　　　　　　　　（古在由重、真下信一 编）

3　人的哲学　　　　　　　　　（务台理作、梅本克己 编）

4　历史哲学　　　　　　　　　　（林达夫、久野收 编）

5　社会哲学　　　　　　　　　（日高六郎、城冢登 编）

6　自然哲学　　　　　　　　　　（坂田昌一、近藤洋逸 编）

7　哲学概念与方法　　　　　　　　　（出隆、粟田贤三 编）

8　存在与知识　　　　　　　　　（桂寿一、岩崎武雄 编）

9　价值　　　　　　　　　　（粟田贤三、上山春平 编）

10　逻辑　　　　　（泽田允茂、市井三郎、大森庄藏 编）

11　科学的方法　　　　　　　　　（中村秀吉、古田光 编）

12　文化　　　　　　　　　　（鹤见俊辅、生松敬三 编）

13　艺术　　　　　　　　　　（桑原武夫、加藤周一 编）

14　宗教与道德　　　　　　　　（泷泽克己、小仓志祥 编）

15　哲学的历史 I　　　　　　　（服部英次郎、藤泽令夫 编）

16　哲学的历史 II　　　　　　　（野田又夫、山崎正一 编）

17　日本哲学　　　　　　　　　（古田光、生松敬三 编）

以学院派、马克思主义、分析哲学，还有一点点存在主义等学派并存的形式立案的这个计划，除了《科学的方法》（第11卷）、《文化》（第12卷）、《日本哲学》（第17卷）这三卷以外，可说是正统的东西。

我的工作首先从参加全体会议、聆听议论开始。先生们议论的内容虽然全都是最基本的东西，但从最初就觉得好像缺了些什么。随着一次次的会议，对这一点逐渐有了清晰的轮廓。那是因为通过当时结构主义的展开等，让我感觉几乎不存在对于语言的视点，即没有把当时在某种意义上被认为是最现代的、成果甚丰的课题——"语言"纳入其中。

虽然我还属于编辑新手的行列，而且持续了一年以上的计划讨论，我也是新近才参加。但是对于这个经过四十年又重新出版的讲座，我希望它至少能比较全面。因此在首先得到 F 课长的谅解后，我尝试征询关注这个问题的久野收的意见。久野先生给我的回应是："的确如你所言。那我们就新设立语言卷进行检讨吧。"接着请泽田允茂担纲时，得到了他积极的响应。

《语言》卷

作为一名编辑新手，并且是哲学的外行，没想到自己的意见如此轻易地得到认可，所以非常惊讶。在编辑委员的全体会议上，我提出了新增"语言"卷的建议，并得到久野、泽田先生补充我的不足，结果已完成差不多百分之九十的计划决定增加一卷《语言》。随之服部四郎、泽田允茂、田岛节夫成为编辑委员，匆忙拟定的内容如下：

Ⅰ	言语与哲学——历史的视野	山元一郎
Ⅱ	现代语言理论与哲学	田岛节夫
Ⅲ	思考与语言	大出晁
Ⅳ	言语、表现、思想——"制度"的语言和"叙述主体"之间	中村雄二郎
Ⅴ	艺术与语言	市川浩
Ⅵ	认识论与语言——以马克思的观点为据	平林康之
Ⅶ	语言结构逻辑	藤村靖
Ⅷ	含义	服部四郎

全部讲座大受读者欢迎。销售册数是现在的出版情况无法想象的——每卷平均数万册。印象深刻的是在初版发行时，曾经和K前辈打赌首天订购量能否达到三万五千册，输了的请吃午饭。我打赌超过这个数量，赢了。还记得他请我吃炸猪排。

急就章成书、1968年10月出版的《语言》卷成为全18卷中最畅销的。自此，我与在这卷书中登场的服部四郎、川本茂雄、铃木孝夫建立了长期的深厚关系。

破格的成功及其影响

讲座广受欢迎的理由，我想因为它是战后这个领域首次形成体系的丛书。然而结合现实情况，更大原因应该是日本当时正处在迈向经济高度成长最盛期的时代。以18卷书每卷四百页左右的分量，而且内容颇为艰涩，这套讲座能有约十万人购买，一般来说，无论日本人的好学心有多强，都是无法想象的。

说是异常也不为过的这种氛围，与我们的编辑活动不无关联。特别是约稿时，通常各卷分别召集全体作者，先由编辑委员说明内容，接着由编辑部的人员说明原稿页数及截稿日期等，然后跟作者们说："就此拜托了。"通常，这样的聚会是在日本料理店或西餐厅举行。最忙碌时，曾经试过中午和晚上连续在银座的同一家料理店聚会。某位前辈跟我说过，一流作者要待以一流菜品。

在吃日本菜时，会以一尾完整的鲷鱼来招待。闻此语，还是新人的我如醍醐灌顶。

那段时间，有一家新兴的S出版社开始活跃。S出版社举行有关现象学和文艺理论的研究会，聚集了众多热心的学者。前面提到的山口昌男，曾经几次带我去参加这样的聚会。一次有机会参加他们的年终联欢会，会场在四谷的一家料理旅馆。因为是年终联欢会，每人的菜品中有一条首尾完整的盐烤竹荚鱼。虽说是年终联欢，学者们还是像以往一样活跃地讨论。

新的一年，我们举行了初次的单行本编辑会议。计划提案不活跃，讨论也冷清。我这个新人终于按捺不住举出S出版社的例子，说世界上就算没有一流的料理店，也有地方可以进行有内容的讨论。会议之后我遭到某个前辈痛斥："什么都搞不懂的人不要口出狂言。"但是，我无法苟同。

马克思主义哲学者们的个性

古在由重是和真下信一齐名的马克思主义哲学的长老。他为"讲座·哲学"第1卷《哲学的课题》撰写了《经受考验的哲学》，为第18卷《日本哲学》撰写了《自然观与客观的精神》。古在先生以下笔慢而闻名，截稿日期逼近却连一页稿子都没写好，最终唯有拜托他采用口述笔记的方法。K前辈和我一星期数次交替着去先生的家，把先生边呻吟边挤出来的话陆续笔录下来。

不愧为马克思主义者，古在先生从未间断对世间种种事物的关注。他无比热爱体育。比如1968年秋天的墨西哥奥运会，每到电视直播的时间，他就开始心神不定，根本没有心思口述。我这个外行，曾经疑惑先生到底是什么时候进行哲学思索的，他毕竟是经过千锤百炼的唯物论者，最终完成的论稿都展现着自身的思索结果，真是不可思议。

真下信一是看起来很富裕的学者，是一位会让人觉得与马克思主义等沾不上边的人物。他住在名古屋，为了开会来东京，会议之后一杯酒下肚时，就对我说："把久野叫来！"久野收不仅是哲学者，也忙于"越南和平联盟"等社会活动，不经常在家。不过叫好几次总有一次答应真下先生的要求，特意从石神井跑到东京市中心。久野明明不喜欢喝酒的，我想他们可能有什么特别的交情。听说两位以前在京都大学时代是学长、学弟的关系，但是为什么久野只在真下面前抬不起头来，耐人寻味。也许跟20世纪30年代日本处于闭塞的思想状况中，创造出几乎是唯一自由豁达的平台《世界文化》的团体里发生的事情有关。

真下先生喝酒以后所说的话，是跟马克思主义无关、听起来像是高高在上的大老爷对世俗事的评论。古在先生也有类似的言行，但还是觉得有某种难以割舍的魅力。后来我被调到新书编辑部，以《思想的现代性条件——哲学者的体验与自省》（1972年）为题出版真下先生的文集，收入在"岩波新书"系列里。比起抽象的理论，本书犹如从先生的身体里渗透出来的思想，让我们感悟到一位马克思主义者的充实。

还有一位是梅本克己。他为《人的哲学》卷撰写了《人论的体系和今天的问题状况》及《主体性的问题》，还为《日本哲学》

撰写了《形而上学的批判与认识论》。我的大学毕业论文，以马克思的异化论与社会科学的关系为中心进行概括，因此对梅本先生的主体性论深感兴趣。我自进入《思想》编辑部之后经常得到先生指导。后来负责"岩波新书"中《唯物史观与现代（第二版）》一书的编辑工作时，曾多次到先生位于水户的家拜访。

先生逝世于1974年。有关那段时间的事情，我为梅本先生的悼念文集所写的文章原稿还留着，引述如下（由于某些原因这个原稿未曾提交）：

成为了先生遗著的《唯物史观与现代（第二版）》，是以"唯物史观已崩坏否？""马克思的预测是否错了？"这样的问题开始的。第一版（1967年）是从尼采的预言、虚无主义的到来开始的。

第一版刊行时，我就"讲座·哲学"的工作向先生请教，偶尔聊起了尼采的魅力，先生说按照现在的水平判断的话可能有不少误译，但是最能向人们传达尼采魅力的是生田长江的翻译，长江译的尼采全集是我最爱读的，说这话时他还轻松地站起来去拿书。第二次世界大战期间，希特勒青年团（Hitler-Jugend）来到富士山下的原野举行了游行集会，他们行进中金发飘逸的矫健身姿，无法形容的美丽，他也曾说过。

去年底，在他还没迁到新居前，我曾去拜访，先生说起了大学毕业论文是关于亲鸾[1]。他到玄关迎接我之后，我有大概五分钟喘口气，接着跟他也只能断断续续地说话。他说自己不能喝酒，但你要多喝点。他让我喝白兰地，并告诉了我有意思的事情，和辻哲郎先生曾劝他要不要把毕业论文刊登在《思想》杂志上。

他那吸引人的、让人无法分心的文体的秘密，我想也许跟他醉心于亲鸾和尼采有关。与先生的这一面重合映照在一起的，是先生快乐地斟酒的身影。1966年为《思想》与宇野弘藏先生进行题为"社会科学与辩证法"对谈的时候，先生乘车来到位于大洗的旅馆。对谈扣人心弦，对谈之后的杂谈也很有意思。杂谈和对谈时截然不同，在轻松愉快的氛围中，先生多次续杯。

先生逝世那天下午，在先生的遗体旁边，我看着窗外宅地房屋之间仅存的杂木林。对这片细小的杂木林，先生格外喜爱。窗户边有特别定制的书架。经悉心考虑，为了能够摆放两重图书，把书架里面一半的空间造高了10厘米。先生曾经说，如此这般，后排的图书最少能看到一半书名。新居并非豪宅。

在《唯物史观与现代（第二版）》中，斯大林主义批判基本消失之余，着力于中国革命的评价……这一版最少

1　1173—1262，日本镰仓时代前中叶的僧侣，净土真宗始祖。

对第一版的三分之一内容做了修订。在修订部分中，我最受感铭的内容如下：

"（在资本主义社会里）尽管个人的优秀才能得以实现，但是被实现的才能为何势必成为特权的理由呢？特权就是对他者的支配。"（第 103 页）

"在阳光照耀的房间里，一边眺望窗外的杂木林，一边重新展开思考。"梅本先生如是说，对于搬进简朴的新居他曾经喜悦地期待着。

与藤泽令夫的酒宴

曾经邀约藤泽令夫撰写《哲学的哲学性》（收录于第 1 卷《哲学课题》）、《哲学的形成与确立》（收录于第 16 卷《哲学的历史》）两篇文章，都是探究哲学的存在状态的力作。

藤泽在长野县富士见有别墅。从国铁的车站乘差不多一个小时的巴士，在终点站徒步 30 分钟登上小山丘的中部地带，建于此的小房舍周围盛开着金萱等花朵。各处散布着一些别墅，据说都是属于京都大学人员的。在漫长的暑假期间，独自在那里足不出户埋头工作，这是先生的习惯。一直持续到晚年，这是他最大的乐趣。

"讲座"的计划开始后的翌年（1968 年）夏天，为了催稿我前去藤泽的别墅。当我如实告知时，藤泽邀约我说："催促是顺便的，来玩一趟吧。"他到巴士终点站来接我，并到仅有的一家商店采购了做饭的材料，然后往家里走。藤泽先带我参观别墅的后院，说让我看看那里挖了个小池子，几尾美丽的鳟鱼在水池里游动着。"这是这附近的人帮我捕的。今晚请你吃啊"，藤泽说。但是很遗憾，没吃得上。几个小时后到池子一看，一尾不剩。听说经常有黄鼠狼、狸猫等出没。虽然鳟鱼没有了，但有藤泽精心亲手炮制的美味菜肴佐酒。夜晚漫天星星，在大自然里独自一人与希腊的哲人们孜孜不倦地对话的藤泽，令我深怀敬意，至今难忘。

次年，我再度到富士见拜访。这次为了给正在奋力撰稿的先生打气，把他拉到富士见的饭馆。两人开始喝酒，不一会儿已经排着十个空酒瓶子。我们的座位在二层，饭馆的女侍应用盘子把菜和酒瓶送上来，正当女侍应走到楼梯的一半时，藤泽不知道想起了什么，突然站起来唱起了"三高"[1]的宿舍之歌。因为声音实在太大，女侍应非常吃惊地从楼梯的中间跌到下面去了。还记得我们两人慌张地去把她拉起来。酒瓶子的数量继续增加，最后好像差不多接近三十个。那天，藤泽一个人回别墅去，在山路上一边大声唱歌一边走——某位京都大学教授后来在《京都新闻》上这样写道。而我，则是乘夜车返回东京，但是第二天因为宿醉无法起床。

其后的三十多年，经常和藤泽喝酒，多数是在京都。晚年时他偶尔也会带上夫人。为什么经常一起那样喝酒，这跟藤泽的生活方式有关。他每天很早起床，首先慢跑数公里，吃过牛排早餐后才开始工作。有课的时候到大学去。晚上通常在家里喝酒、吃饭，早早就寝。因此，在晚上与他聚会的机会比较多。

1　旧制第三高等学校的简称，现为京都大学。

本来就不单纯是喝酒。后来邀请了藤泽担任"新岩波讲座·哲学"和"讲座·处在转换期的人类"的编辑委员；当然，也委托了《理想与世界——哲学的基本问题》等一些单行本、新书和文库的著述，主要的已收进《藤泽令夫著作集》中。

最后以一件让我由衷惊叹的事情来结束这一节。是关于藤泽的退休纪念演讲。演讲在一个缓坡阶梯式的大教室举行，哲学和其他领域的很多学者都列席，印象深刻的是高龄的寿岳文章先生坐着轮椅在最前排。藤泽通过芝诺（Zenon）有名的龟兔赛跑悖论等讲述希腊哲学的种种问题。让我惊讶的是他的这些论述已各有著作和论文，形成恢宏的架构。比如刊载在《西洋古典学研究》里，关于苏格拉底以前的哲学者的某个断片非常学术性的研究，就是其中一个精彩部分，让我明白了学者一生的思想脉络，只有再次惊叹。我能够适逢其会，是何等的幸福。

2　与编辑之师相遇

"你们不可能拿到稿子的"

林达夫在第 4 卷《历史的哲学》中撰写了《精神史——一种方法概论》。当讲座的内容介绍（宣传用的册子）制作好时，与 F 课长及 K 前辈一起拿到会长室，小林勇（当时岩波书店会长）看过后说："这里写着林达夫，但是你们绝不可能拿到林先生的稿子。若拿到我剃头当和尚去！"小林所说也有一番道理。因为过去十年多，林达夫完全辍笔了。

关于这个著名论稿的内容毋庸言及。但是有必要记一笔，《精神史——一种方法概论》发表时，在文化人之间流传着赞叹"林达夫依然健在"的议论，而且曾被询问"他真的写了吗？"这些都是对林先生略知一二的人。其中一位相熟的学者甚至露骨地问："到底用什么方法让林先生写稿的？"

其实，作为责编的我没有做过任何特别的事情，只是纯粹做一个聆听者，先生因执笔所必需的书籍（几乎都是外文书），努力尽快为他找到。后来他答应了以"精神史"为核心整理成单行本，有一封当时林先生的来信，节录如下：

> 日前把至为重要的事情给忘了。
>
> 工作附带的义务——为了作茧自缚，另纸所列的书籍，如能代为订购则幸甚。
>
> 标有红圈的希望空邮。书出版后，费用请在版税中扣除。

虽然费了很长时间，终于到了前往接收《精神史》原稿的日子。在先生鹄沼的住宅被让到书斋，夫人给我端茶，趁着林先生还没出现时跟我说："在林没有完全地把原稿交到你手上之前，绝对不能看。"林先生一边把原稿递给我，一边看着夫人的脸说："记得交稿给小林（勇）君时的情形吗？他多次来催促，一页、两页地拿走。最后的那天，他一直等到半夜我还没写好。天亮的时候终于完成，打开窗户一看，沙沙地拨开庭院落叶的小林君出现。他说昨晚已经没电车了，唯有裹着庭院的落叶打盹。"终于明白小林说出"你们这帮毛孩子绝不可能拿到林先生的稿子"这番豪语的理由。不过，小林勇并没有遵守约定去当和尚。

林达夫的圣与俗

通过这个讲座的编辑工作我学到了很多，对我来说能够遇到编辑之师林达夫，实在幸运。下面的故事虽然有点长，但我还是把十多年前发表的文章再录如下（收录于久野收编《回忆林达夫》，日本编辑学校出版部，1962 年）：

作为编辑的林达夫

引 言

对于林达夫这位伟大人物，将光照射在他的某个侧面时，可以描绘什么样的形象呢。我在近三十年编辑生涯的最初阶段与他相遇，其后不断受到启发，因此被指派以《作为编辑的林达夫》这样的题目撰文。为报知遇之恩，当然义不容辞。

就职于以学术出版为中心的出版社，有很多机会接触优秀的学者、研究者。但是林达夫并非学者，也不是研究者。称他为思想家也许不错，不过就此一锤定音不好。那么姑妄称之为"伦理学者"（moraliste），这是最贴切的。如果要更加切题的话应该是"作为伦理学者的编辑"吧。以与他超过二十年的接触，暂且在这样的定义上来谈一下林达夫。

一　编辑的资格

那是发生在岩波新书的编辑会议中的、1972 年初夏的事情。在每周三上午举行会议时，作为刚加入新书编辑部的成员，我还需要负责接听电话。那天在毫无预感的情况下拿起了话筒，另一端传来了震耳欲聋的声音：

"米开朗基罗是人类天才必入五甲的人物。与马基雅维利比相形见绌之类是怎么回事？如此基本的事实都看漏眼，你说得上是个够格的编辑吗？如果对我的话有异议，说来听听！"语调激越的叱责持续了 30 分钟，我只有回答"是的"或"嗯"的份儿，继续在开会的编辑部成员们开始察觉气氛不对劲。"到底怎么回事？""被林先生痛斥了一顿。"——除此以外我无法说明了。

已故的京都大学文学系教授清水纯一，曾为我们撰写了题为《文艺复兴的伟大与颓废》的新书，简明地描绘了乔尔丹诺·布鲁诺（Giordano Bruno）的一生及其思想。在此前数年已有关于布鲁诺的大作问世的清水，这次以新书这种小规模的形式承载精彩的内容，写出了名著。林达夫一直对文艺复兴非常倾心，新书出版后我们送上给他。

"清水君有关布鲁诺的分析很地道。但是第一章的这句话却把通盘给毁了。没有注意到这一点，是你这个编辑的责任。"持续30分钟的叱责以此要点完结。作为编辑者必须知道人类的天才有什么人，哪位天才排名于哪个位置——"真有点奇怪。这不该是本质的事情嘛"——实不相瞒这是我当初的心境。

然而，在一连几天的思考中，我逐渐觉得作为编辑也许真的需要以这样的大标准去判断事物。问题不在于米开朗基罗是否必入人类天才五甲，而在于即使是对生活在数百年前的人物也必须要有判断的标准，肯定这是林达夫想说的。但是，真正明白话筒那端异常激昂的话语的意义，差不多经历了二十年的岁月。

编辑的工作是产生新的见解，因此在某种意义上，对人类迄今积累的东西必须要有总体的了解，否则无法判断什么确实是新的。这成为了非常艰巨的事情——其后的二十年，我一直尝试努力去做，但如此狂妄的目标当然是不能企及的。不过，心里面不断地反刍编辑工作的重要性。

想想看，林达夫对于自己喜欢的人，无论对象是学者也好，编辑也好，都会千方百计进行启蒙、点拨。在我而言，这样的启蒙、点拨不胜枚举（当时遇到这样的事情经常觉得腻烦，但是现在真的感到是值得庆幸的事情）。通常到林达夫在平凡社的办公室拜访时，都是这样的情况，"A. 柯瓦雷（Alexandre Koyré）最近的书你读了吗？""G. 肖勒姆（Gershom Scholem）写的关于犹太神秘主义历史的书知道吗？"每次一定提出十个以上关于书的话题，而且几乎都是外国最新出版的。跟我只是谈英语或法语的书，但听一位德语很好的编辑朋友说，跟他一定也会谈到德语的新书。

这样的启蒙、点拨活动中最甚的一个，是某天林达夫在我们社的前台突然出现说，"有本有意思的书订重了，送你一本"。那就是扬·科特（Jan Kott）的新作 *Eating of the Gods*（1973 年）——波兰出身的戏剧评论家所写的希腊悲剧论。既然是林达夫专程拿到出版社给我的书（当时，科特的前作《莎士比亚，我们同时代的人》[*Shakespeare Our Contemporary*，1964] 是我和他的共有财产），那么在下次与他见面时必须把书通读了，而且要说出一两点感想来——结果是，我买了一整套人文书院出版的《希腊悲剧全集》（1960 年），并不得不抱着英文词典拼命苦读（以后的经验使我明白，带书来"胁迫"是林达夫的策略）。正是多亏了他，我得以把希腊悲剧通读了一遍。

这样的启蒙和点拨——至少后者——对于编辑是必需的东西。亲身教会了我的林达夫，有着绝不容许自己做的事，那就是成为某一路子的专家。即使在文艺复兴的研究上具有超越专门研究者业绩的累积，但并不止步于文艺复兴的研究。林达夫常说的口头禅是"我希望一直当业余爱好者"。一方面作为编辑整体地认识理解人类遗产，另一方面不断作为业余爱好者，希望保持轻快的步调——令我这样思考的是林达夫的人生态度。

二 世俗的侧面

编辑的工作是理所当然的，只有置诸当时的时代现实里才能有效发挥。必须浸透于现实之中，而且（假设那是可能的话）整体地参照人类的遗产对事物实行判断。譬如学院派的现实，它并不是只靠所谓纯粹的学问研究的美丽动机支撑着，这是不言而喻的；也往往被名誉欲望和学阀的妨碍受到局限。在彻底了解学院派的现实，正视其封闭性之后，当体现新的感受性和思想的人物出现时，不拘泥于头衔和体系作出正当的评价——这是作为编辑的林达夫所显示的卓越姿态。正是这点，使我一直尊崇林达夫为师长。

1966年，我刚起步作为《思想》杂志编辑部成员，有幸得到山口昌男撰写的题为《文化中的"知识分子"像》的论文稿。当时还默默无闻的山口，其知识分子论是后来开花成为滑稽论的基础。林达夫注意到了被放于《思想》接近卷末位置的山口论稿，当我因事到他在鹄沼的家拜访时，他说："山口君是怎样的人？那么，你很熟识他咯。这样的人一定要好好珍重啊，依我看他是半世纪不遇的一位天才。"其后山口的活跃，证实了林达夫的预言。

林达夫喜欢发掘各个领域最有希望的新人，让他们在与自己有关系的报刊露头角。比如大概在十年前见到高龄的波多野完治先生时，他跟我说起自己年轻时能够以修辞学论在《思想》初登场，完全是因为林达夫的推荐。而比较近的，则可以列举作家庄司薰和评论家高桥英夫为例。

另一方面，作为平凡社百科事典的负责人，林达夫为了调解不同学界先生之间的关系奔走于东京、京都两地而历尽艰辛，据说当他因为那些学院派的或人事的纠纷而感到疲惫时，就会在箱根的群山里走动让心情平静。但是那样的事情他不多谈。

不多谈的事情中，有林达夫的爱憎问题。例如与三木清、和辻哲郎之间的。特别是对于三木清的思想，他确实曾保持着严厉批判。从言语的端倪推测，虽然在构想力的逻辑等方面他们的看法非常接近，但于微妙之处却见解不同。而对于和辻哲郎跨越既成的思想史和哲学界限，冒险向前探索，他曾一直给予高度的评价。提到当时红极一时的某知名哲学家，他说："××君作为哲学者，不断地挑战新的课题这点很好。如果和辻还在世的话，相信也会做同样的事，不过会在进一步增强了实力以后呢。"但是对于和辻哲郎的风土论，与维达尔·德拉布拉什（Paul Vidal de la Blache）及其后开展的年鉴学派的研究等对照，是批判的。总之，他对于二者的爱憎确实深厚，因此，对于二者的批判也极为严厉。（基本上什么也不说的，而且对林达夫来说或许也是决定性的事情是，对女性的爱憎问题。但是这偏离本文的主题，也没有确切的资料，只好省略。）

有关林达夫的时尚精神，已是众所周知。这种理性的时尚是林达夫作为编辑的基点形成的东西。在国家主义风潮高涨之时，西欧化的时尚行为本身明显地是一种抵抗的形式。身穿粗花呢上衣，脖子围着丝巾的身影，与林达夫暮年的精神上的豁达大度重叠在一起。即使最后在病床上的时刻，林达夫也没有失去他的时尚精神。山口昌男和中村雄二郎等亲近的人，再三提出想去探视的愿望，曾多次转告林达夫，但是他一次也没有答应。"因为与他们见面，必须要学习两三个月才行啊。"他一直以这样的话婉拒探望。

三 对神圣的憧憬

鹄沼的林宅很美。灰水泥墙和横梁外露的英国民居风格的建筑，据说是林达夫亲自设计，并筹划安排室内设计细节的。比如曾经听他说起费尽心思搜寻门的把手，结果是在浅草的工具店定制（然后接着由此展开齐美尔 [Georg Simmel] 论，这是不折不扣的林式风格会话）。庭园也很漂亮，一点都不会让人感觉到是日本风的庭园，而是自由地建造的，那里有许多珍贵的外国植物。敬爱林达夫的学者或研究者们，从他们留学的地方把大型园艺店的目录和植物园的指南图册寄送给他。

应邀到这个美丽的家首先会注意到的是，在书架侧面、壁炉台上以及写字台上，装饰着几张复制的朴素的圣母玛丽亚画像。以我贫乏的文艺复兴绘画知识，虽然无法很明确地识别，但至少看得出其中有乔托（Giotto）和锡耶纳（Siena）画派的作品。这是明显有别于林达夫的知性时尚精神的东西。通常林达夫热情谈论的是达·芬奇（Leonardo da Vinci）和拉斐尔（Raphael Cenci）等巨匠的事迹或者他们的工作室的状态——基本上是最为绚烂兴盛的、人道主义的文艺复兴时期的事情，绝不会是早期朴素的基督教信仰的作品。

但是，如果知道林达夫喜爱的文学作品之一是阿纳托尔·法朗士（Anatole France）的《圣母院的杂耍艺人》（*Le jongleur de Notre-Dame*），就不难想象他心之所系的是人类最朴素、最纯粹的信仰状态。事实上，他与年岁差不多的宗教人类学学者古野清人（已故）关系非常密切，通过两人的谈话，可以了解林达夫对宗教抱持着莫大的关心和具有深厚的知识。同时，从有关哲学家松本正夫的工作的谈话中，也可以推测他一直在关注新托马斯主义（Neo-Thomism）的动向和苏联的宗教状况。《共产主义社会》的作者原来具有这样的宗教知识背景。

同时，也体现了他对文化人类学和民俗学的炽热关心。就是说，人的原始状态是什么样的，与其相应的人类文化是什么？甚至于对现代文化和政治的状况也由此进行判断。换言之，就是将人类史上的定位与字面上的全球化视点两者交叉而成立。这是林达夫对事物的见解，当然是我难以企及的。我景仰林达夫并尊其为编辑之师的最大理由正在于此。

引言所写的"作为伦理学者的编辑"正是这个意义，这里的伦理学者与通常意义的伦理几乎无关。大胆地说，他可谓是人类本原状态的探究者，从那儿发端的人类的观察者。

结　语

我没有参加在藤泽举行的林达夫的告别仪式。虽然出席了前夜的仪式，但是极力避免与认识的人交谈，并且很快离开了会场。没有什么清楚的理由，只是觉得这是林达夫式的做法。

3　个性突出的人们

京都作者们的尺度

与很多哲学学者认识缘于"讲座"的编辑工作，而非常独特的、活跃的学者大部分居于京都，如上山春平、梅原猛、桥本峰雄、山下正男等。他们的共同之处是：虽然都出身于京都大学，但与京大的学院派划清界限，当时正大胆展开独自的思索。

上山、梅原、桥本几位就日本思想土壤中哲学应有的状态进行摸索，梅原再进一步，让本来意义上的存在主义哲学氛围更浓厚充溢。在《文化》卷中撰写了《文化中的生与死——文化交流与哲学》的他，曾在学会上说"逐字逐句研究尼采，却并不是尼采"，对某知名的尼采研究者抓住不放，是桩有名的逸事。

经常与梅原见面，他有时酩酊大醉，说着"我向那家酒吧的女士求爱，碰钉子了"之类不知道是真是假的话，然后抱着头。但他在《地狱的思想》等著作中向日本思想史的未开拓领域果敢挑战的姿态，却实在精彩。通过讲座的论稿，可以看到他日后多方面活跃思想的雏形。梅原还常常说，东京的哲学者值得评价的只有两个人——生松敬三和中村雄二郎。当时两人也正在开拓独自的道路，因为我经常与两位会面，所以屡受梅原先生之托给他们带话。

上山为《价值》卷担任编辑并执笔《价值体系》一文，还为《日本哲学》卷撰写《思想的日本特质》。与上山见面，一定在他位于大秦的家。上山先生经常谈起年轻时也曾为存在主义的问题所困惑，修禅后体验了形形色色的身心修炼。他还详细告诉我正在钻研的课题，这些课题都超越了狭义的哲学领域，是对日本、日本人的本质的宏大质问。每次聆听了这样的谈话，都是怀着无限兴奋的心情离开上山的家，而他总是送到门外，直到看不到我的背影才回去。

上山的后辈、京都大学人文科学研究所的牧康夫逝世之后，我们在编辑牧康的遗稿集《弗洛伊德的方法》（岩波新书）的时候，上山的诚意和尽心尽力令我至今难忘。三十年之后，我得到他惠赠全十卷的著作集，看到以往的话题成为一部一部的大作，感叹他实在了不起。

桥本同时是黑谷的名刹的住持，他在《日本哲学》卷里撰写了题为《支撑形而上学的原理》的论稿，与三宅雪岭、西田几多郎以及田边元等同样地写了清泽满之的事情。如同清泽所做的，桥本也曾经尝试将西洋哲学和日本思想融为一体。他人格温厚，受众人爱戴，但能够参透他的觉悟的人却不多。他英年早逝，葬礼的前夜，在黑谷漆黑的树丛中被无奈的丧失感所笼罩的，肯定不止我一人。

山下在《价值》卷中撰写了《价值研究的历史》一文。山下与上述三位不同，他在逻辑方面进行独自的理论探索，但是在不被京都大学的正统学院派所包容这一点上，是与其他三位共同的。拜访先生位于桂离宫附近的家，听他讲那些与惯常的西洋哲学史有所不同的话题，是我秘密的乐趣。其后我邀约他撰写了《逻辑学史》（岩波全书，1983 年）、《逻辑性思考》（岩波 Junior 新书，1985 年）二书。

东北势力的活跃

转换一下话题谈谈仙台的哲学学者。仙台的青年才俊们——现象学的新田义弘、泷浦静雄、木田元等人的老师三宅刚一先生，我在《思想》编辑部时曾得到他赐稿。我也曾经到学习院大学附近的宿舍拜访他，他平静地谈话的姿态让我印象深刻，这与后来从木田那里听到的说法差异甚大。

我经常与河野与一在岩波书店会面。河野在多个方面有直接或间接的弟子，以研究莱布尼茨（Gottfried Wilhelm Leibniz）知名的石黑 HIDE 也是其中一位。

为了约请石黑女士为讲座的月报撰稿，我曾前往石黑女士位于青山、与冈本太郎先生为邻的住宅访问，一边看着她让我目眩的、穿着迷你裙的身影，一边听着她从英国哲学谈到社会科学，乃至戏剧，如社会人类学学者欧内斯特·盖尔纳（Ernest Gellner）的人格、哈罗德·品特（Harold Pinter）的最新作品等，我惊讶于有这样的哲学学者的存在。后来从她编辑的英文哲学丛书中，选取了查尔斯·泰勒（Charles Taylor）的《黑格尔与现代社会》（*Hegel and Modern Society*），委托仙台的渡边义雄翻译出版了单行本，并一直维持长久的关系。最近见到她，是在美国有良知的书籍编辑安德烈·希夫林（André Schiffrin）的欢迎会上，听说石黑女士与希夫林夫妇是很亲密的朋友。我再次惊讶于她广泛的人脉。

后来编辑"新岩波讲座·哲学"时，我请了前面提到的泷浦、木田担任编辑委员。虽然以岩田靖夫为首的东北势力的活跃引人注目，但是我个人的交往，还是以泷浦、木田两位为多。我还邀约两位撰写出版了多册的单行本和新书。在后面还会谈到两位的事情，不过在这里先说一件事，就是每次访问仙台，与泷浦一起喝酒的时候，他一定会说："木田君在做什么呢？"然后通常是从喝酒的地方往东京打电话；另一方面，在东京和木田、生松喝酒的时候，木田也经常念叨"泷浦现在正做着这样的工作"之类。他们两位超越距离的友谊令我羡慕不已。

来自尼日利亚的原稿

接下来说一下在《文化》卷登场，并不是哲学学者的山口昌男。

山口曾为我们撰写了题为《非洲的学术可能性》的文章。当时正在尼日利亚进行田野调查的山口经常来信，但是他最初对讲座的约稿并不感兴趣。1967 年 3 月的某封来信是这样写的：

> 正如大冢君所知，像讲座这种斋肃的出版形式不是小生的那杯茶，看着所列的名单，浮出了"The Cult of Fame in Journalism in Japan"这句话，感觉不到一丁点创造性的东西（尽管大冢君很努力）。
>
> （中略）
>
> 请将小生作为 pinch hitter[1] 来考虑。如果是 30 页左右，无论出或不出，先在笔记本上试写一下应该是可以的。

但是，在 7 月的某封信中，先生如是说：

> 时机成熟了。

1　棒球比赛关键时刻出场的替补击球员。

坦白说这两个月经常在思考怎样把"大众哲学讲座"做成。在调查的空隙时会想，晚上在小屋子里一边喝酒一边听着录音机播放的乐曲时也想，开着车到处走时都在想。就是说，必须用与以往完全不同的条件来写作，对于像小生这样埋在书中边哼着小曲儿边写成文章的人来说是相当难的事情。

后来在9月的来信中，他写道：

原稿已完成随信附上。页数超过了。从非洲的广袤来考虑希望予以容忍。即便如此也只是使用了调查素材卡片的三分之一。要不是按捺着写的话可能最少两百页。

在屡屡接到"重新书写哲学史""真正全新的"之类不安分的，或者说是激励的话语的情况下，不知不觉铆起了劲儿。是对那些故弄玄虚的、装腔作势的学究们反感的觉悟。

在这里写到的观点，山口回国后，在《未开化与文明》（"现代人的思想"丛书15，平凡社，1969年）的解说文《失落世界之复权》中有进一步的阐述。寄来的原稿是写在像出纳账目本那样有红线的纸上，正反面都是密密麻麻的小字。因为大幅度超过了要求的页数，在得到山口的谅解下，我尽可能做了压缩，然后向《文化》卷的两位编者鹤见俊辅和生松敬三报告了内容，他们认为这是划时代的论文，并同意将它放在文化个别考察的开端位置。

　　某次山口说"有一个很厉害的年轻人"，并把青木保的信给我看。青木当时还是东京大学研究院的学生。在上智大学德语系毕业后进入研究院学习文化人类学的青木，在某种意义上与山口有着相似的经历；而且和山口一样，都是知识面极广的学者。大概是我在《思想》编辑部的时候，一次在御茶水的一家天妇罗小饭馆的二楼，向饭田桃引见山口，青木也跟着一起来。还记得曾经和青木谈到了当时以印尼爪哇的田野调查研究为基础出版了大部头著作的克利福德·格尔茨（Clifford Geertz）。

　　1971 年，约请青木为"讲座·哲学"的月报撰稿。他以《未开化社会与近代的超克》为题，写了关于美拉尼西亚（Melanesia）的"草包族"（Cargo Cult）。现在想起来，这篇短论潜藏着可以预想日后青木活跃的几个要素。直到今天，我与青木的交往依然在持续。

思想开展的核心

最后写一下中村雄二郎和市川浩。

　　中村为《人的哲学》卷撰写了《结构主义与人的问题》，为《语言》卷撰写了《言语、表现、思想——"制度"的语言和"叙述主体"之间》。先生也曾为《思想》执笔《〈思想〉的思想史》连载，因此我与他经常会面。他为讲座所写的两个论稿，成为了日后思想开展的核心。自此和他建立了长久深厚的交情。

　　市川浩已经逝世，稍微细说一下。与市川最初见面，是在西荻洼的"木人偶"茶馆。大概是 1964 年。当时他还没进东京大学研究院，因为从京都大学毕业后在报社工作了一段，所以年龄比一般人年长。从那时开始，他对于人类行为和世界（哲学以外还不断援引生物学和动物行为学）进行绵密的考证，很是独特。

老实说，当时的我不具备能够十分理解市川的思维方法的素质，虽然觉得非常有意思，但是对其含义无法充分掌握。后来读了莫里斯·梅洛－庞蒂（Maurice Merleau-Ponty）和雅各布·冯·于克斯屈尔（Jakob J. B. von Uexküll）等的著作，我才开始明白个中真正的含义，实在浅陋。当时得到他题为《人类行为和世界》的论稿，刊于1965年2月号的《思想》。对于市川日后的活跃，尤其"身体论"的划时代思想开展，我在那个时候还无法预见。

论稿初次在《思想》刊载之后不久，市川浩的父亲市川白弦老先生（经常在《思想》登场。撰有关于禅和存在主义以及佛教者的战争责任论等众多独特的论稿）在御茶水的一家法国餐厅请我吃饭。儿子的论稿在《思想》刊登使白弦先生感到非常高兴，他对着年龄上可当他儿子的我鞠躬，拜托我今后也多多关照。很久以后参加白弦先生的葬礼时，我回想起这情景仍感慨万千。

为《人的哲学》卷撰写的《作为精神的身体和作为身体的精神》，为《语言》卷撰写的《艺术与语言》，都是日后成为市川浩哲学思想核心的，关于身体论和艺术论的文稿。我后来与市川维持了长久的关系。被认为是他的绝笔的，是为"新岩波讲座·哲学"撰写的文稿《断章·世界形成基于身体》（收入第1卷）。难忘的是，在家属的要求下我曾为先生代行校对此稿。随着身体论的展开，我深切地感受到市川的研究有多重大。

　　我们最后的谈话，是在千驮谷的国立能乐堂看完能乐回家，一起走到车站的路上。市川只能走得很慢很慢。虽然仅有五分钟的时间，我们却谈了各种各样的话题。在总武线的月台，我目送他坐上电车远去。

第三章　新书编辑和法兰克福国际书展

1　青版的时代

最初负责的名著

讲座以《历史的哲学》（第4卷）的刊行作为完结，时为1969年。在完结的同时，我被调到"岩波新书"编辑部。

在新书编辑部一直待到1978年，因此经手的新书数量众多。青版和黄版共计大概六十册。新书因为体量小，而且是以一般读者为对象的启蒙书，所以要向作者提种种的要求，因此沟通交流的情况很多，必须与作者建立更深厚的关系。

最初被委派负责的新书是伊萨克·多伊彻（Isaac Deutscher）著《非犹太教的犹太人》（*Non-Jewish Jew and Other Essays*，铃木一郎译，1970年）。我很早就对犹太人问题有兴趣，因而被委派负责这部名著是件幸运的事。后来在"现代选书"中出版了阿尔弗雷德·卡津（Alfred Kazin）著《纽约的犹太人》（*New York Jew*）、亚伯拉罕·舒尔曼（Abraham Shulman）著《人类学学者与少女》（*Anthropologist and the Girl*）、鲁本·贝尔科维奇（Reuben Bercovitch）著《野兔子》（*Hasen*）等，对犹太人和大屠杀的问题，与对语言的问题并列，是我作为编辑主要关注的问题之一。

被委派负责编辑的第二本书，是小田切秀雄著《二叶亭四迷——日本近代文学的建立》（1970年）。当时的新书编辑部，跟《思想》的情况一样，新来的编辑基本上没有接受任何辅导，除了久而自通地学会做选题计划以外别无他法。因此，上述两本书都是前辈做好了的选题让我来负责的，到实现自己独立策划选题必须要一年左右。

这段时间我不停地做再版的工作——通知作者、订正错字等等，各种事务出乎意料地多。因为那时候出版物的寿命并不像现在这么短，所以每月数十种的再版工作需要有人去做。这是新书编辑部员工都必须经历一次的事情，犹如启蒙。

首个独立策划的选题

我最初实现自己独立策划的选题是木田元的《现象学》（1970年）。当时在哲学领域对现象学的关注正在高涨，但在编辑会议提案时，大部分人都不知道那是什么。而且木田的名著《现代哲学——人类存在的探究》（日本广播出版协会，1969年）当时刚刊行不久，对于一般人来说他还是新出道的无名学者。幸亏出席会议的我们社的编辑顾问粟田贤三对于在这个时间节点出版现象学启蒙书的意义给予积极支持，选题得以通过。粟田是古在由重、吉野源三郎的朋友，是知名的马克思主义哲学学者，他以开放的心态对待新的学术趋势，让我非常感激。

有关这本新书的产生，木田本身有记述（《从猿飞佐助到海德格尔》，岩波书店，2003 年），得到他的许可在此引用。好不容易才成为独当一面的编辑，在他的笔下我却宛如资深编辑：

接着在昭和四十五年（1970 年）"岩波新书"出版了我的《现象学》。对这本书的出版印象深刻。到前不久一直担任岩波书店社长的大冢信一那时才三十出头，与生松君和我三个人经常去喝酒。大概在昭和四十四年的秋天，大冢谈到要不要试试以《现象学》为题写一册新书。当时的岩波新书都是功成名就的先生们撰写的著作，我觉得那是开玩笑而避开了话题。虽然也想过，什么时候把自己正在研究的现象学写成浅易的新书，但是自知目前还无法写成，因为我才刚过了四十岁。

然而，大冢的引导功夫实在高明，他说，假设写的话会如何构成呢？因为说是假设，所以试写了类似目次的东西，记得那是翌年一月。大概过了一个月，他又说如果用 250 页稿纸，各章怎样分配？这也不过是假设，便试着写了。到了三月，他又提出要不要试写序论看看。说是试试看，因此也就写了。最初构思了比较讨巧的开头，不过想想觉得目的性太强便作罢，于是有点俗气地、一本正经地试着写了。但大冢看后脸上的表情是不大喜欢。我说明白了，然后按照最初的构思重新写。这次，大冢高兴地说："是这个啊，就是这个。"循着这个笔调，在四月底写完了"序论"，接下来花了差不多一个月写好了第一章。

之后可麻烦了。从四月起我成为学生部委员，本来不可能有时间写书的，但是这一年正值大学的学运如火如荼，五月底与"全共斗"[1]关系决裂，大学被设障封锁，无法上课，学生部也就没有什么事情要和学生联系的。虽然连日举行教授会议，但学生部委员不出席也无所谓。整个六月就一直待在家里。

因此，大冢每天都来取稿。那时京（东京）叶（千叶）高速道路还没开通，不管是周六或者周日，他每天坐车来到位于船桥街区尽头的寒舍，五页也好，六页也好，只要完成的便取走，一天也没有断过。

进入七月不久，由学生部主持，把愿意参加的学生带到小诸附近的大学山庄里，举行为期五天的研讨会。不去不行。而刚好那天是截稿的日子。出发前的那天晚上彻夜奋战，除了终章以外最后的原稿全部完成，搭乘八点半的火车之前，约好在上野车站的月台把稿子交给大冢。差不多要开车的时间才赶到乘车月台，发车的铃声已经响起，看到了大冢的身影在对面，但是已经没有时间交给他了。确定大冢已经注意到，就把装着原稿的袋子放在地面然后跳上了就近的车厢，车门关上开始出发，我看着大冢

1　"全学共斗会议"的简称，1968—1969 年日本大学学运中，新左翼各党派以及各大学建立的斗争团体，主要索求是学生自治、学术自由等。其中以日本大学和东京大学的"全共斗"运动影响最大。

跑过来拾起了袋子之后，才去找自己的座位，一坐下就睡着了。抵达山庄后，饭也不吃一直睡到翌日早上，把同事们给吓着了。

研讨会结束回到家，校样已经出来了。把终章也写好，对校样作了相当的修改补充，到九月份已然成书了。真的感觉是被推动着写完的。

要不是这样，这本书根本不可能写成吧。幸好评价不错，持续不断重印，到最近已是第三十三次印刷了。某些批评有奇怪的论调，说现象学没有理由这么容易就能明白的。因为是以一般读者为对象的新书形式，不浅易便毫无意义。以为哲学一定是艰深的，不艰深不成哲学，这种古怪的想法反而存在于哲学爱好者之中。

之后，木田为我们执笔了好几本书，其中《海德格尔》(20 世纪思想家文库，1983 年。现为岩波现代文库)、《偶然性与命运》(岩波新书，2001 年)和《海德格尔〈存在与时间〉的构筑》(岩波现代文库，2000 年)特别难忘。

木田人很温和，我们与生松敬三一起经常在东京街头到处走，一家又一家地喝酒。有时候，丸山圭三郎和斋藤忍随，或者小野二郎他们也加入，这就是哲学家的飨宴，让我度过了许多快乐时光。后来生松敬三去世，当我在浅草的寺庙看到操办葬礼的木田、丸山时，泪流不止，在电车里也不断地哭，回到家里有一段时间都不敢让家人看到我的脸。

独自策划的第二个选题是可儿弘明的《香港的水上居民——中国社会史的断面》（1970 年）。可儿先生后来还为我们撰写了单行本《近代中国的苦力与"猪花"》（1979 年）、《新加坡　海峡都市的风景》（1985 年）。先生关注"疍民"和"猪花"这些被歧视对象的存在，以独特的视点描述中国社会史。

权威的意外推荐

1971 年，出版了山口昌男的《非洲的神话世界》。这个选题得以成立并不容易，因为当时，姑且不说林达夫这样的有识之士，对于一般人来说山口几乎是无名学者。但是，他的实力得到了学界的大权威泉靖一先生的认可。知道这情况是某次因事往东京大学泉先生的研究室拜访，谈到年轻研究者的话题，泉先生突然说："山口君行啊，虽然有点儿出格。"因为山口写过学界的长老们是"承包商"之类的话，惹得一些人反感。所以我听了泉先生的话很惊讶，同时也感动于他的磊落公正。

多亏了泉先生，选题计划得以成立。致函泉先生告知在编辑会议上介绍了他的评价以及选题计划被批准的事情后，在 1971 年 5 月 20 日收到如下的回信：

> 谢谢来函。
> 很高兴得知山口君的《非洲的神话世界》将以新书形式出版，因为他是优秀的人，所以无论如何请作为朋友给予鼓励关照。我也遥祝着他的力作面世。

关于《非洲的神话世界》的内容已有许多评论，我想没有重新复述的必要。但要强调的是，因为这本书，神话研究的重要性和魅力一下子在日本的知识世界展开，例如，1971年山口的新书刊行后，我有机会向临床心理学领域的河合隼雄引见山口。当时河合说，山口描述的神话世界与人类的无意识世界何其相似，并且举了骗子的作用等几个具体例子。初次见面的两人，却如同认识多年的朋友般意气相投地交谈，那个情景仍然历历在目。

正如林达夫先生所说，山口是个天才人物，因此思路敏捷，文章追不上思考的速度。他写的文章，细节是否有条有理没关系，是飞跃的。但是整理成书当然必须进行细节的调整和确认。

刚好当时山口初次受到法国大学的邀请，为准备讲义而忙得不可开交。《非洲的神话世界》的初校样他设法做了校对，但是没有时间看二校就去了巴黎，结果二校的责任就落到了我头上，很辛苦。不过直到今天，标志着山口的起点的这本书依然受到众多读者欢迎。

这期间，一位有意思的文化广播电台制作人Y注意到渐露锋芒的山口，希望以山口为中心组织有关文化的研究会。所谓的研究会，只是每月一次聚集在文化广播电台的一个房间，成员们边吃午饭边轮流提供话题，并围绕有关话题交换意见。成员除山口以外，还有多木浩一、中央公论社的墙嘉彦和我。记得这个集会持续了一年以上。后来也组织和参加过好几个集会，但这是第一个。

那段时间，我正忙于上田诚也执笔的新书《新地球观》，这本书介绍了对板块构造学说理论创立给予巨大启发的魏格纳（Alfred Lothar Wegener）的大陆漂移学说。记得谈到学问的变革是从意想不到之处发端的，那是由于山口的出现，产生了破除讲座派或工农派之类战后马克思主义束缚的契机。

意识形态的可怕

谈一下《新地球观》。上田诚也的这个选题，最早是参加新书编辑会议的自然科学编辑部的 M 的提案。我被指派负责这本新书，从而开始窥探地球物理学和地震学的世界。通过与正在为构筑板块构造学说这个新理论而日夜尽力的上田接触，得以体验到科学兴隆期的热气和趣味。最为惊讶的，是听到上田在美苏冷战时，"就便搭乘"美苏两方的军舰持续进行研究的事情。那是因为美苏在世界中设置的核试验探知网也可以用于地震观测和建构板块构造学理论的基础。

后来，我负责编辑井尻正二、凑正雄两位的《地球的历史（第二版）》（1974 年），这是正统派的地球生成的故事，是地质学研究和基于发掘推进的研究。井尻的诺曼象发掘众所周知。而且因为两位与地学团体研究会关系深厚，所以被认为马克思主义的影响也波及科学世界。特别是，从这方面对板块构造学说理论的批判极其强烈。

井尻和凑都是很有魅力的人物，尤其是凑每次从北海道来东京时都会约我在一起喝酒，听他们谈形形色色的事情。凑作为马克思主义者通常谈论的有：关系密切的保守党议员的传闻、财经界的内幕，或是有关"阿伊努族"的话题。但是，一旦谈到"地球"，针对当时逐渐成形的板块构造学说，"资产阶级理论""伪科学"之类的批判话语便会冲口而出。我作为编辑碰巧与相对的两种理论都有所接触，因而深切体会到意识形态的可怕。尽管如此，井尻和凑都是练达的作家，《地球的历史》绝对是名副其实的、具魅力的启蒙书。

而上田，因为他的人格魅力，我与包括他的家人和他的朋友——作曲家间宫芳生先生等，一直到现在还保持着交往。上田目前正致力于以电磁技术为基础的地震预知理论工作（《地震可以预知》，岩波科学丛书，2001 年）。我对于他旺盛的知识活力只有钦佩的份儿。

市民自治的思想

说说松下圭一的《都市政策之思考》（1971 年）。正如我在第一章的开头写到的，在成为《思想》编辑部人员的时候，我首先希望见的就是松下先生。他的学术著作《市民政治理论的形成》在 1959 年已经由岩波书店出版。

不过，强烈吸引我的是《现代政治的条件》（中央公论社，1959 年）和《现代日本的政治构成》（东京大学出版会，1962 年）。当时，有关日本社会变化的大众社会论论争正在进行，而与共产党系的论者激烈交锋的松下先生的理论，卓越地把握住不断显著的日本都市化和大众化状况。

当时马克思主义式思考的束缚依然强大。松下在这样的知识环境中，可说是孤军作战地提炼自己的理论。这就是经过《战后民主主义的展望》（日本评论社，1965年）、《现代政治学》（东京大学出版会，1968年），走向《市民最低生活标准的思想》（东京大学出版会，1971年）的历程，然后就是尝试把这些理论具体化及付诸实践的《都市政策之思考》。

松下的理论尖锐凌厉，是彻底地把握和分析社会现状后锤炼而成的。我曾经多次到法政大学拜访，但在研究室跟他见面的记忆一次也没有。每次都是在教员的等候室，先生往往正在那里专心地阅读各种报章。到了晚上则经常在新宿或四谷的酒馆一起喝酒。还有无法忘记的是，每当先生的故乡那边送来了越前蟹时，就请我到他家里去，他会巧妙地把螃蟹分解得方便食用。

松下的见解是，都市化的波涛覆盖全国，随着地方自治体的重要性正在不断被认同，"市民最低生活标准"已经有如流行语般被使用。现在，先生的理论作为常识已在地方自治体的职员心中扎根。

先生的文章比较硬，绝对说不上易读。然而，一旦理解先生的观点，就会发现他的著作条理清晰，是很容易明白的。在此介绍一段小插曲。

继《都市政策之思考》之后，1975年先生为我们撰写了《市民自治的宪法理论》。为了让宪法真正地成为市民的东西，他提出了彻底从市民立场出发构筑理论的目标。因此，他对迄今由上而来以国家为主体的理论，展开了非常严厉的批判。无论是著名的宪法学者，或是以往被认为具有良心的学者的理论，从市民自治的观点去看的话，可商榷之处很多，先生对此彻底追究。

担任这本新书校对的是我们社里屈指可数的"妇解"评论家 S 女士。松下把校样改得通红的事，曾在出版界引起恐慌，这本新书也不例外。满纸红色修改的初校、二校校样，使 S 女士非常辛苦，起初是一边生气一边工作，但到最后完成时，她对我说："这本新书的内容实在是非常精彩呢。"我高兴极了。很久之后，再次得到先生为我们撰写新书——1996 年的《日本的自治、分权》。在"后记"中他如此写道：

> 本书是继同为岩波新书的《都市政策之思考》（1971年）、《市民自治的宪法理论》（1975 年）之后的第三部作品。第一部以"政策"为中心，以向都市型社会过渡为背景，提出设想、理论的转型；第二部提到"制度"，述说了明治以来，战后也持续的宪法学、行政法学示例的转换；而这次是总括 20 世纪 60 年代以后自治体改革，同时对自治体的状况进行重新整理。伴随国家观念的寿终正寝而来的是政府步向自治体、国、国际机构的三分化，这成为本次的基调。在此意义上，如蒙大家把这三本书视为我从国家、阶级、农村的时代走向市民、自治、都市时代的探索历程，则十分荣幸。
>
> 这三本书均由岩波书店的大冢信一先生负责。与大冢先生初次见面是在 1966 年，他当时是《思想》的年轻编辑，为杂志 6 月号约稿"市民型人种"。20 世纪 60

年代是巨大的转变期，是社会科学的理论对立、党派论争特别严峻的时代。我想编辑也非常辛苦，在此再次致谢。

上面的文章中，先生说与我最初见面在 1966 年，那是他记忆有误。不过，记不起曾经与刚走出校门的青年共进午餐是理所当然的。在《日本的自治、分权》之后，《政治、行政的思考方法》（1998 年）和《自治体会否改变》（1999 年）也整理为新书出版，在《自治体会否改变》的"后记"中写道："本书也得到了大冢信一先生的帮忙。今天回望过去，由 60 年代开始的从'国家、统治、阶级'到'市民、自治、都市'的理论轴心转变，大冢先生是第一个给予理解的编辑。"这让我感动。岁月流转不知不觉间已经近三十年了。

《北美体验再考》《现代电影艺术》等

在 1971 年，我还得以遇见优秀的作者稻垣良典、鹤见俊辅、大野盛雄、岩崎昶、木村重信以及河合隼雄等。有关河合隼雄将另述。

我在《思想》编辑部时策划了《作为现代思想的天主教》的特集，由此延伸约请稻垣良典撰写《现代天主教思想》。我本身一直在新教系统的学校受教育，从大学时期开始，通过德日进神父（Pierre Teilhard de Chardin）和马塞尔（Gabriel Marcel）等，对天主教感兴趣，后来为"现代选书"系列策划了以伊凡·伊里奇（Ivan

Illich）为首的几本天主教系作者的著作。

遇见鹤见俊辅，我当时觉得有些不可思议。因为在此之前他从没有单独的著作由岩波书店出版。《近代日本思想——其五个漩涡》（1956 年）是他与久野收合著的。从邀请他担任"讲座·哲学"编辑委员时，就想约他撰写新书，却为了到底请他写什么主题而大感烦恼。因此与鹤见先生会面时，只好一般地拜托他说："能请您把在美国的体验整理成书吗？"结果，以《北美体验再考》为题完成的新书，实在是精彩的哲学著作。采用的素材虽然与哲学完全无关，但是阐述了先生的基本思考，我想除了哲学性，没有其他可以形容。后来岩波书店从单行本《战争时期日本精神史——1931—1945》（1982 年）、《战后日本大众文化史——1945—1980》（1984 年）开始，出版了先生的多部论著。

前面曾提到大野盛雄是由饭冢浩二介绍的。大野是独特的研究者，之前已经在巴西等地进行田野考察，逐渐形成了自己的一套方法。他的方法紧贴观察对象——物或者人，力求彻底地把观察对象的特征弄清楚，讨厌轻易地抽象化和理论化。可想而知为了《寄自阿富汗农村——比较文化的观点与方法》这本书，先生花费了多长时间做田野考察。

他对村里的人逐一彻底调查，然后把报告以书信形式寄给我。成捆的写得密密麻麻的信件，如果都整理成书，足够构成两三册的大作。另还拍摄了大量照片。我看大野的工作，感到调查本身就是他的生活。记得我在新书完成的时候，感觉自己跟喀布尔周边的每一个农民好像早已认识。因此后来看到喀布尔遭受战火的报道，感到很痛心。

《现代电影艺术》的著者岩崎昶并不年轻。他的学识广博，电影评论也具有扎实的根底。他对戈达尔、伯格曼、费里尼等的最新电影都发表了确切的评价。那种无比年轻的感受力，完全超越了他的年龄。记忆中编辑他的稿件是一种享受。

岩崎昶后来介绍菊盛英夫为我们撰写了《马丁·路德与德国精神史——其古罗马两面神的面孔》（1977 年）。听说他们是旧制高中以来的好友。菊盛在大学迁到八王子时辞职，之后过着自由的研究生活。虽是德国文学的学者，却与夫人居住在巴黎。他们从法国眺望德国的同时，在巴黎享受着生活。我曾经几次到埃菲尔铁塔附近的公寓拜访菊盛夫妇，与他们一起在巴黎的街道吃喝散步到深夜的光景永远难忘。后来他为我们写了一部知性的巴黎指南《不可不知的巴黎——漫步历史舞台》（1985 年）以单行本出版。

约请木村重信写《初始形象——原始美术的各种造型》，是因为他曾为哲学讲座的《艺术》卷撰稿。当时正值列维 - 斯特劳斯（Claude Lévi-Strauss）等的结构主义大行其道，人们对原始美术的关心也随之高涨。但是这方面的专门研究者，木村以外别无他人。他构思了以一句话表达原始美术意味的书名。后来他做现代美术评论时，也以此作为对照，洞察艺术的本质。拜访先生在大阪千里的家，听他谈形形色色的话题是件乐事。至今，我依然经常得到他的种种指点。

宣扬荣格的思想

与河合隼雄的交往到今天仍然持续[1]，时间实在很长。最初是从邀约《情结》的书稿开始的。河合从瑞士回国，在1967年出版了《荣格心理学入门》（培风馆），读了这本书，我对荣格（Carl Gustav Jung）产生兴趣，就给先生写了信。

当时，弗洛伊德在日本已广为人知，荣格却是默默无闻。读了《荣格心理学入门》，我认识到荣格是十分重要的思想家，但他同时对神秘主义和炼金术也涉及甚深，是个有点危险的人物。我与河合会面磋商，最初的想法是介绍荣格的核心思想，使其在日本的知识土壤中扎根，请河合以荣格使用的心理学术语"情结"（complex）为中心展开。当时"情结"这个词（包括误用在内），极为流行。《神话与日本人的心灵》（岩波书店，2003年）可说是河合毕生研究的力作，在"后记"中他提及那段时间一些有意思的事情，得到他的同意引述如下：

> 与大冢信一相识，是在1971年他担任拙作《情结》（岩波新书）编辑的时候，实在是很长久的交往。为新书出版，最初与大冢会面的情景，至今依然记忆清晰。他说"希望跟您见一面"，心想到底什么事呢，然后听到"想请您为'岩波新书'撰写书稿"。我大吃一惊。这样的事当时我完全想都没有想过。我在《情结》书稿中写到

1　本书日文版2006年出版，河合隼雄先生于2007年逝世。

R. L. 史蒂文森的《化身博士》（*Robert Louis Stevenson: The Strange Case of Dr. Jekyll and Mr. Hyde*）甫出版即大受欢迎，"半年卖了六万册"。大家读了以后跟我说"我们这本也能卖六万册呵"，当时也非常吃惊。（后来事实确如所料）

河合后来还为我们写了《传说与日本人的心灵》（1982 年）[1]、《宗教与科学的触点》（1991 年）等多部著作，与其他著作一起都被收入《河合隼雄著作集》（第 Ⅰ 期全 14 卷，第 Ⅱ 期全 11 卷）。

2001 年作为"岩波新书"出版的《对未来的记忆——自传的尝试》（上、下），是根据连载于岩波书店 PR 杂志《图书》（1998 年 7 月—2000 年 11 月），由我担任采访、河合口述的自传整理而成的。在此引述他在《对未来的记忆》"后记"中的话来说明这本书的原委：

> 我经常说如果一个人着迷于"想当年"的时候，那就完蛋了，因此从没想过要在这个年龄写"自传"这种忧郁的东西。
>
> 但是，长期交往的编辑大冢信一向我提出了"对未来的记忆"那么酷的命题，在完全被迷惑之下有了这本书

1　中文简体版译本题为《日本人的传说与心灵》，生活·读书·新知三联书店，2007 年。

的出现。

因为采访者是大冢，得以乘兴侃侃而谈。不可思议的是一旦开始，沉睡了的记忆就连续不断被唤起，显然是受到采访者的感染。在谈话的过程中，内容逐渐有了眉目，也感到了与未来的连接。"对未来的记忆"这个题目实在太好了。（中略）

没怎么做准备，只是跟随着大冢的引导而谈——尽管遇到不合适的事情时隐藏一下——也有一些重要的事给漏掉了，因此是相当随意的。在这点上可能难以称得上是"自传"，但我想对读者来说，那样是不是反而更好呢。无论如何，比起所谓的客观，我一直是在主观上豁出去的人，在这"自传"里面也有所反映。

大概应该是河合退任国际日本文化研究中心所长的派对上的事情，记得时任京都大学校长的长尾真在致辞中说到，这本书"实在是很有意思的书。但愿长久不断地为人们所阅读"。长尾先生是我非常尊敬的学者之一，他的话让我振奋。

"都市之会"

《情结》一书出版后不久，在东京诞生了一个名为"都市之会"的研究会，成员有中村雄二郎、山口昌男、多木浩二、前田爱、市川浩等，我以秘书的角色参加。河合也加入了。请容许我引用他的话（《走向深层意识之路》，岩波书店，2004 年）来说明一下：

　　"都市之会"，那些哲学和文化人类学的学者们聚集在一起干什么呢？所谓的街区毕竟是形象，街区的成立，一些地方有中心，一些是没有的，也有的地方道路是不便通行的。这种都市形式的存在，与人们心目中的理想状态，人对事物的思考方式以及感受方式等有着某些关联，是一种新的思考方式。

　　那样的思考方式，是前面提到的人们在"都市之会"进行的学习研究，从大冢那里听说后我拜托他一定让我加入，所谓的加入，就是大概每个月聚会一次，轮流发言并进行议论。这与我正在思考的心理学的事情十分吻合。深入浅出的话，所谓的印象，不就有头绪了吗。

　　都市，不仅仅是乘搭什么上哪儿去，都市有所谓的形象，它和形形色色的事物有着关联。例如，中村雄二郎先生在《魔女兰达考》（岩波书店）一书写到的，去巴厘岛，那里的祭祀出现魔女；那样的祭祀，盖房子的方式、什么样的朝向……构成了极美丽的巴厘岛。朝哪个方向有什么东西，在哪个地方有什么样的东西，营造得非常漂亮，这样的形态是跟人的心灵问题很巧妙地联系在一起的。

　　在我来说，这些跟自己所想所做的临床心理学方面的事情是相关的。我的想法一般心理学学者并不认可，反而得到上述的那些人的认同。

以山口昌男为例，如大家所知他对所谓的诡计、"跨界者"做了的重要研究，结论是"跨界者"这样的无赖破坏现成的东西，并做出了新的东西。这样的工作，跟我打破某个人顽固的心并矫治，以心理治疗改变人的心等方面非常相似；这些人谈论的事情，与我正在思考的事情密切关联。

河合为了参加聚会每月到东京一趟。他与专业不同的人们热心交流，坦诚爽朗。虽然成员们后来逐渐在日本知识界的重要领域各自独当一面，但参与这个聚会的每一位，面对当时的课题和难题都能直率地议论。比如河合谈咨询辅导的事实，当谈到那是如何地耗费精力时，全体成员对他深表理解的情景犹在眼前。

温暖的心和冷静的头脑

宫崎义一为我们撰写了《寡头垄断——现代的经济结构》（1972 年）。遗憾的是，先生在 1989 年去世了。我在追悼会上的发言被收录于《温暖的心 冷静的头脑——宫崎义一追思集》（2000 年）里，部分引述如下。

请容许在此谈一下与我本身有关的事情，那是我作为编辑部的新手被派负责岩波新书《寡头垄断》，已经是四分之一世纪前的事了。很遗憾我未能为宫崎先生帮上任何忙，但是宫崎先生于我实在教益良多。

那是因为当时先生极为忙碌，而且身体不太好。从实际情况来说，就是原稿的撰写进展缓慢。

我每天前往港北区筱原西町先生的住宅，每次收到数页原稿，同时也得到了先生各种各样的教导。

其中有一件事是我决不能忘记的，那就是先生所说的、意思如下的一番话："马克思是伟大的思想家。《资本论》实在是卓越的资本主义分析。但是，现代的资本主义已经开始带有本质性不同的变化，就是说资本主义已经开始跨越国界。因此对现代资本主义的分析，必须从明了跨国企业的实态开始。我希望写现代的《资本论》。"

如各位所知，无论打开宫崎先生哪本书，基本上都一定会谈论到跨国企业的问题，而宫崎先生的愿望也变成《现代资本主义和跨国企业》一书，于1982年实现了。

最后我想说，刚才在看先生的照片时，忽然想起一件事，请容许我以这件事情来结束发言。先前提到的译作中，有斯蒂芬·赫伯特·海默（Steven H. Hymer）的《跨国企业论》。海默英年早逝，先生在《图书》杂志（1974年4月号）上发表了悼念海默的文章。因为是突然想起的事情，如果有误请各位见谅。

文中写到海默短寿的理由，实际上是因为海默作为学者一方面耗费精力进行研究工作，另一方面为了那些不幸的小孩儿，他在自己的家里开托儿所照顾他们，可能因此而操劳过度。

　　想到这些，任何时候都和蔼可亲，永远带着微笑的宫崎先生的品格，令人怀念。

《人种的歧视与偏见》《中世纪的印记》等

　　继《寡头垄断》之后，1972 年出版了清水纯一的《文艺复兴的伟大与颓败——布鲁诺的生涯和思想》，真下信一的《思想的现代化条件——一个哲学者的体验与省察》，新保满的《人种的歧视与偏见——理论性考察和加拿大的事例》，斋藤忍随的《柏拉图》、约翰·B. 莫罗尔（John B. Morrall）著、城户毅译的《中世纪的印记——西欧传统的基础》（*The Medieval Imprint: The Founding of the Western European Tradition*）。清水纯一和真下信一已有谈及，不再赘述。

　　新保满是社会学学者，长期在加拿大执教，后来也在澳大利亚任教。他以在加拿大形形色色的体验为基础，撰写了这部《人种的歧视与偏见》。书中列举的大量事例，每一个都是他亲身感受的。这是一部重新为我们阐明引发歧视与偏见的深层问题的优秀著作。虽然新保在一般大众中没有什么名气，但这本新书确实受到众多读者欢迎。

　　在谈《柏拉图》之前，先说一下《中世纪的印记》。岩波新书出版翻译作品并不多，是由于容量的限制。比如英文原书翻译为日文出版，篇幅会变成接近原书的 1.5 倍，因此平均 224 页篇幅的新书，原书必须在 150 页以内，而且不是新书那样小开本的话就比较困难。在这样的限制下要找名著绝不容易。1972年2月，岩波新书出版了由粟田贤三翻译的皮埃尔－马克西姆·舒尔（Pierre-Maxime Schuhl）著的《机械论与哲学》（*Machinisme et philosophie*），这是粟田因研究需要而读过的法文书，觉得易懂有趣，他就自己动手翻译了。但是像这样正合适的著作为数极少。

作为编辑的基本工作之一，我给自己的任务是最少每月一次到神保町的北泽书店和三省堂去确定一下新出版的外文书，并到图书室阅览《泰晤士报文学增刊》（*The Times Literary Supplement*）和《纽约书评》（*New York Review of Book*），这是林达夫教给我的其中一件事，就是要经常以国际水平对照和测定自己的工作。在这样的情况下，我在英国有名的平装本系列中发现了《中世纪的印记》，请了在《思想》工作时期曾经讨教的历史学家堀米庸三先生过目，并得到"这是本好书"的意见。

1973年出版了克利福德·格尔兹（Clifford Geertz）的《两个伊斯兰社会——摩洛哥和印度尼西亚》（*Islam Observed*, *Religious Development in Morocco and Indonesia*），由林武翻译；1974年出版了刘易斯·汉克（Lewis Hanke）的《亚里士多德与美国印第安》（*Aristotle and the American Indians: A Study in Race Prejudice in the Modern World*），由佐佐木昭夫翻译。格尔兹的书后来在日本被大量翻译出版，但这是第一本。在内容上将伊斯兰社会的扩展置于从非洲到印度尼西亚的视野进行论述，是这方面的开创性著作。大概是1980年格尔兹伉俪受国际交流基金的邀请访日，在国际文化会馆的欢迎会上见面时提到这件事他们非常高兴，格尔兹先生对我说："那么小的书你都能找到呵。"

《亚里士多德与美国印第安》的内容非常有意思，是对于西班牙在新大陆的野蛮行为，按照神之正义是对还是错，把对西班牙的古老城市巴拉多利德（Valladolid）的审问，与巴多禄茂·卡撒斯（Bartolome de Las Casas）的事业等交叉检证。我记得这本书是在北泽书店的书架上发现的，书名的长度[1]当时也成为了话题。大概是岩波的出版物里书名最长的一部。1975年以后也出了好几本翻译作品，另记。

轻易出不来的柏拉图

《柏拉图》一书的作者斋藤忍随实在有魅力。与木田元和生松敬三喝酒，接着"去忍随先生那里"是常有的事。特别是在本乡喝酒的话，更是必然的——因为斋藤住的公寓大楼就在本乡。半夜里硬闯，把先生珍藏于书架上书本背后的德国最高级的葡萄酒喝光，斋藤和夫人都是边笑边看着我们。现在想起来，真是非常打扰了。

但是，斋藤先生是个顽固的人。为了取《柏拉图》的原稿我到东京大学的研究室去，先生说着"交稿之前，我有点渴，请陪我一下"，然后去了赤门前的酒馆。"就喝一瓶啤酒，大家分摊吧。"他说着就把自己一份的钱放在柜台上，没有办法我只好也付自己的份儿，然后变成"那我们干杯吧"。不知不觉发现已经是深

1　指日译本书名『アリストテレスとアメリカ・インディアン』。

夜了，当然是没稿子可取，因为一页都没有写好。

尽管这样的事不断重复，新书总算完成。书名叫《柏拉图》，但说的是吃人的故事，柏拉图要到后半部才登场。先生大概本来想先描述柏拉图时代希腊的知识风土，不过说远了。真是没辙，就算我有异议，他也完全不理会，只是说"很快会出来了"。书刊行后，被藤泽令夫狠狠斥责："没有柏拉图出现的书竟然叫作《柏拉图》，简直就是欺诈。"

很久之后，藤泽为岩波新书撰写《柏拉图的哲学》（1998年），书名不可能叫《柏拉图》了。其实斋藤和藤泽关系非常密切，而且二位先生都诚心热爱学问，认真培养弟子。在斋藤先生的葬礼上，其中一位弟子岩田靖夫致悼词时中途无法言语、号哭不止的情景难以忘记。在藤泽先生逝世后，以内山胜利、中畑正志为首的二十多名弟子出版了大32开本、600页的《伊利索斯河畔——献呈藤泽令夫先生论文集》（世界思想社，2005年），也是件稀有的事情。斋藤先生在1976年曾为岩波新书写了《智者们的话语——苏格拉底以前》。

《语言与文化》和《叛教者的系谱》

名为《语言与文化》的新书是铃木孝夫为我们写的，那是1973年的事情。上一章曾述及，该书作为"讲座·哲学"的《语言》卷首批登场。那个时候，为了一篇论文的撰写，先生会让我多次并且长时间地听他谈论有关的内容。社会语言学新的识见和铃木基于独特观察的事例分析，不管听多长时间都觉得有意思。

我想先生是在与编辑谈论的过程中整理自己的思考。

一篇论文尚且如此，一册新书，算起来谈论一定不少于三十小时。听了那么多的谈论就像上了课，让我能够充分了解到学问的深厚意义。当时一般人还不太知道铃木，但是我想这本书一定能畅销。事实上，它真的成为我负责编辑的新书中销量最高的，累计接近一百万册。让大众认识了社会语言学的魅力。

初次与凸版印刷的前社长铃木和夫会面时，他对我说："舍弟一直承蒙关照。"这令我惶恐。许久以后，铃木孝夫的著作集在岩波书店出版。再见到和夫先生时，他还是说同样的话，让我不知如何回答。

武田清子是我的大学毕业论文导师，约得她撰写《叛教者的系谱——日本人与基督教》一书。敢于把目光放在被视为"叛教者"的人们身上，进一步明确日本人与基督教的关系，这是以老师的独特思考为基础的论著。

同样在1973年，武田老师的夫婿长幸男先生为我们执笔了《昭和恐慌——日本法西斯主义》。从学生时代开始每次到老师的家拜访都会见到长先生。对我来说，拜托他们，就像是拜托亲戚的感觉。这两本书的内容都很精彩。

多亏铁格栅

还无法忘记的是《知识分子和政治——德国 1914—1933》的著者胁圭平，他是丸山真男门下英才，被京都大学法学部派遣前往德国从事研究，因为对托马斯·曼（Thomas Mann）的研究太投入，过了派遣期也不回国，因而失去了京都大学职位。

我见到先生时他任教于同志社大学，固执依然。先生在政治思想史上对韦伯和托马斯·曼进行探索的热意，实在令人惊讶。他对韦伯和托马斯·曼不仅做教科书式的调查，并把握时代背景以至全人格——不论好坏，他的方法非常大胆新鲜。那时，每一次到京都拜访先生，都对能听他谈话十分期待。由于他和生松敬三关系亲密，让我更感亲切。

新书约稿时收到他两次回信答应了，但是接下来麻烦大了。先生脑袋里藏着的知识实在是太多了，要凝缩为文章，七颠八倒的苦恼伴随而来。先生跟我说，韦伯考虑的是政治性整体意义的均衡，是真正意义上的"均衡主义思想家"。我多次说"只要把那些话写下来就已经足够了"，但他一旦拿起笔来，却无法把那些原话落在稿纸上。

我确信这本新书完成的话，绝对是划时代的著作。正是抱着这样的信念，我诉诸最后的手段：请他来东京，采取"罐头"行动（日本出版界的通用语，即请作者住到旅馆里在一定期间内集中进行工作）。先生答应了，把书塞进他的大众牌汽车里，自己开着车走东名高速来到东京，然后住进御茶水的山之上饭店。此后一个月，先生足不出户，而我的任务就是每天去取稿子了。

稿子终于完成了，但是先生却因为过度疲劳摇摇晃晃，实在无法开车回去，只好请他的一位大学生亲戚来开车送他回去。写稿时先生住在二楼的一个房间，窗户嵌有铁格栅。后来他说："要是没有那些格子，我老早前就自杀了。"庆幸的是这部新书获得了吉野作造奖[1]。丸山真男门下的众多政治学者聚集在一起为他祝贺。

胁先生的住宅在京都的下鸭，隔道是冈田节人的住宅。听说冈田夫人是胁先生的妹妹。后来我与冈田夫妇认识后，得到了很多关照，最初见到冈田夫人的时候，她对我说："谢谢您跟那个怪人胁经常做伴。"这一直让我觉得不好意思。

也谈一下渥美和彦著的《人工脏器——人类和机械的共存》（1973年）。当时渥美和他的小组把人工脏器植入山羊的体内，并成功地使它生存很长的年月。如果与山羊一样，人类也可行的话，人的寿命或许可以更长，因此社会对渥美抱着极大的期待。为了不辜负期待，他不分昼夜地投入研究之中。据知上田诚也是同样情况，作为肩负新科学创建的研究者，具有常人所没有的热情和魄力。"请您把这种热情凝聚在新书里传达给读者。"由于我的请求，渥美在研究的空隙撰稿，为我们精彩地描述了翻开医学新的一页的情景。直到今天，我与渥美仍然继续经常交流。

超越近代经济学的冲击

1974年编辑的三本新书，在这里一定要写下来，那就是宇泽弘文的《汽车的社会性费用》、荒井献的《耶稣及其时代》以及桥口伦介的《十字军——其非神话化》。这三册以外，除了前面提到的几本，还有村山盛忠的《生活在科普特人社会》、酒本雅之的

---

1 日本国家社会科学最高荣誉的奖项。

《美国文艺复兴的作家们》、杉山忠平的《生存在理性与革命的时代——约翰·博因顿·普里斯特利传》。

首先谈谈宇泽弘文的《汽车的社会性费用》。把宇泽弘文介绍给我的是单行本编辑部负责经济学教材的前辈 S。他对我说："跟从美国回来、锐气的近代经济学者见个面吧。"于是与宇泽先生见了面。事前我做了调查，先生是数学系出身的数理经济学者，著名的肯尼思·约瑟夫·阿罗（Kenneth Joseph Arrow）教授发掘了他，在美国长期钻研，在芝加哥大学等学校任教，被视为日本的经济学学者中最接近诺贝尔经济学奖、有着辉煌经历的人物。

在东京大学经济学部研究室最初会面的时候，先生说打算把有关汽车的社会性费用的论述归纳为新书。我从没有听说过"社会性费用"这个说法，但是在听他说明的过程中，认识到这会成为重大的问题。第一，宇泽先生对于汽车这种可说是现代文明象征的存在，以出人意表的视角进行了探讨；第二，虽然还不是很明确，但第一点的工作完成的话，先生的辉煌经历，或者极端地说，近代经济学的有效性，将成为不容否定的事情。

无论如何，决定了选题，拜托了先生执笔。他一口气就写完了，因为早已胸有成竹。这个主题不仅是作为近代经济学者的思考，也是基于先生的人格产生的。一言以蔽之，他对于汽车边喷散废气边在狭窄的马路上旁若无人地奔驰的姿态已经无法容忍。污染环境、威胁人的安全——20 世纪 70 年代日本的状况被当作光化学烟雾蔓延的象征，可以毫不夸张地说已陷于最恶劣的情势。对此，当时尝试批判的只有宇泽一人。

《汽车的社会性费用》的影响巨大。为了人能够安全、健康不受损害地步行，一辆汽车行走到底需要多少的基本设施？对于当时常识无法想象的高额耗费的"社会性费用"，宇泽将之明确。编辑部收到了好多来信说"读了这本新书非常感动"，甚至有读者说"读了这本书，我把自己的驾驶执照撕毁了"。

另一方面，来自汽车制造和销售的相关组织的批判，或明或暗地涌向了宇泽，甚至有极端的恶意骚扰或威吓，使宇泽不得不更换住宅的电话号码。与那些组织关系密切的研究者，对他的学说提出了激烈的反驳。今天看来，宇泽当时提出的诸课题，充分与否另作别论，但可以说大部分已被实现。例如，排放废气的规定、车道和行人道的分离、行人天桥的建设，等等。

那时候，我也经常跟与宇泽比肩被视为近代经济学希望的渡部经彦见面。一天，我说："宇泽先生的《汽车的社会性费用》终于出来了。"渡部回答我说："在斯坦福大学和宇泽君一起时，宇泽君就曾经在单行道上逆行，被警车追赶。他写了那样的书是何等的杰作呵。"这是对宇泽的充满亲切的揶揄。

促成宇泽执笔《汽车的社会性费用》的理由可能有很多，但归根结底是他具有的社会正义感。后来，成田机场和地球变暖的问题也令宇泽投身其中。可以想象他是受到贝尔纳德·鲁多夫斯基（Bernard Rudofsky）《为人民而建的街道》（*Streets for People*）和简·雅各布斯（Jane Jacobs）《美国大城市的生与死》（*The Death and Life of Great American Cities*）等著作的影响。就我所知，这与他留美时反越战运动的体验有着深切的关系。他多次跟我谈到，在斯坦福大学时经常去听琼·贝兹（Joan Chandos Báez）唱歌。从宇泽身上我体会到，人应该如何才能活得像个人。宇泽就是这样进行经济学问题思考的。

尽管我对近代经济学几乎一无所知，但是与宇泽一起工作实在愉快，而且还一起喝了好多酒。经常是从本乡开始，再转悠到新桥、新宿去喝。《汽车的社会性费用》出版后的某一天，我们喝到深夜连电车都没有了。先生总是坐地铁和国电，大概没坐过出租车。但是除了坐出租车回家以外没有办法。我硬把先生塞进出租车，他打开车窗合十向我说"对不起"。想起这本书的作者对坐汽车感到羞耻，我的心情真是难以形容。

写了《汽车的社会性费用》，宇泽必须与以往近代经济学上把握不充分的问题格斗。看到先生这样的姿态，我请求他把格斗过程写下来。那个成果，就是在 1977 年出版的《近代经济学的再检讨——批判性展望》。这是先生确立学问基础的论著，是对近代经济学尖锐的批判。这种不得不把经济学学者的光辉经历从身边推倒的行为是惊人的。

我无法忘记当时在岩波书店举行研究会的情景。那是在对日本社会所承担的问题进行分析时，宇泽首先用近代经济学的范例进行说明，在黑板上写算式，他据此对日本经济现状进行的分析实在清明——参会的政治学和社会学学者都有同感吧。他那独特的分析手法，打动了在座的所有人。但是接下来的瞬间，他在黑板上的算式画了个大大的 ×，并说："这个范例，无法把握日本社会的真实面貌。为什么呢，因为环境破坏和公害等最重要的因素并没有放在这个范例中。"他继续说，自己也正在为构筑能够解决如此种种问题的经济学而努力。这些话，比起前面用范例做精彩分析更让我感动。

被机动部队包围的庆祝会

这种感动经过十年以上的岁月，再次有了拜托宇泽撰写新书的机会。那时，我调到了单行本编辑部，编辑了先生的好几本书——《近代经济学的转换》（1986 年）、《现代日本经济批判》（1987 年）、《公共经济学探求》（1987 年）等。1989 年还出版了《经济学的思考方式》。有关经过，下面引述该书的"后记"。

> 在这大约三年间，岩波书店出版了我的几本书。这些书，是我过去十几年间发表的论文根据各个主题汇集而成的。最近，受到了岩波书店的大冢信一先生以下的批评：先生在经济学方面断片般地做了种种论述，但是自己本身的经济学思考到底是怎么一回事，是不是应该正式地写一下，让一般大众也能明白了解。当然，大冢先生一直是以恳挚有礼的方式跟我说的，但是我接收到的是这样的意思。这本书，是作为对大冢先生的批评做出回应而写的。

"后记"里还包括以下的话："我想要强调的，是经济学者如何理解鲜活的时代状况，使经济学的理论形式升华的一面。"正是要实践这样的想法，先生不断应对日常发生的问题，我们请他撰写为新书，包括《"成田"是什么——战后日本的悲剧》（1992年）、《思考地球暖化》（1995年）、《思考日本的教育》（1998年）三种。关于这些新书的内容，在此不一一赘述，但有一段呈现宇泽作为经济学学者存在的象征性逸事，要记述一下。

那是《"成田"是什么》刚出版后，成田机场反对同盟的农民为我们举行庆祝会时的事情。在距离成田机场滑行道的边缘延长线上仅仅数百米处，有一个小小的公民馆是庆祝会会场。公民馆的周围是机动部队的装甲车，监视着出入公民馆范围的人。头顶上是几乎不间断的、陆续着陆的大型客机的轰鸣声。就在这样森严的气氛中，举行了庆祝会。

农民们一位一位起立向宇泽先生表示感谢，先生一脸不好意思地回应。桌面上放着农民们费尽心思做的菜肴和宇泽夫人亲手做的食物，还摆着全国的支持者送来的日本各地名酒。参加者围成好几个圈，高兴地吃着、喝着、聊着。宇泽先生走动在这些圈子里，加入聊天。看着这般情景，内心涌起深深的感动，无法抑制。让我想起了序言中的话，"通过'成田'这个过程，使我加深了对自身的理解；同时，专攻经济学的我在职业观点上也学到了贵重的教训。理清成田斗争的轨迹，也就能够看清战后日本直面的最大悲剧——'成田'的本质。"

宇泽弘文先生冒着生命危险投入到"成田"之中。在只能乘坐有防卫警察随行的车出行的、不自由的数年间，他即使是偶尔在神保町小巷子的店里跟我喝一杯，外面也有防卫警察在盯梢。

看着先生的身影，想起先前引述《经济学的思考方式》的话"我想要强调的，是经济学者如何理解鲜活的时代状况、使经济学的理论形式升华的一面"，对此，先生一直在身体力行。向先生致敬。

《耶稣及其时代》和《十字军》

谈谈荒井献的《耶稣及其时代》。1971 年，荒井的大部头单行本《原始基督教和灵知主义》由岩波书店出版。我饶有兴味地读了这本书。对基督教是如何形成的，对以灵知主义为首，多种思想泛滥、互相竞争的状况，荒井做了精彩的描述。20 世纪 60 年代、70 年代正在展开严峻的意识形态斗争，基督教研究者当然也受到影响，其中有三位大概同代的优秀研究者非常活跃，要勉强区分的话，荒井位于正中，田川建三在左、八木诚一在右。

我并非基督教徒，但因为初中、高中和大学都在基督教系统的学校受教育，所以对基督教一直关注。在大学曾听过宗教哲学和神学的课。对哈维·考克斯（Harvey Cox）等的新神学的状态也感兴趣。关于天主教系统的思想家先前已有提到，预定后面也会论及。其他如约瑟夫·皮珀（Josef Pieper）等的著作，曾是我爱读的书。

因此，约请荒井为我们执笔关于耶稣及其时代的书稿，得到他答应并且很快完成。这本小书受到很多人欢迎，长期持续被阅读。荒井以及他的弟子为我们做了大量工作。2001 年我们出版了《荒井献著作集》（全 10 卷，别卷 1 卷，2002 年完结）。

桥口伦介则撰写了《十字军——其非神话化》。桥口是热心的天主教徒，在上智大学取得学籍。以西欧中心的历史观认为十字军东征是圣战，即使在日本唱反调的也很少吧，但是桥口敢于进行它的非神话化研究，在可能范围下运用伊斯兰教方面的资料，尝试将十字军放到正确位置。在伊斯兰教方面看来，十字军当然没有理由称作圣战，只能判定为非人性的侵略和杀戮。桥口确实恰当地描述该时期的事情。那是发生在东方主义议论诞生的很久以前，无法想象"9·11"同时多发恐怖事件等的时代。

书出版后，上原专禄在《图书》发表了长篇书评，对桥口的工作给予高度评价。桥口就任上智大学校长后我们还经常联系，一直至他去世。在上智大学的教堂举行葬礼的时候，置身于严肃的弥撒行列，我细细回味着先生所做工作的意义。

文艺复兴的见解

1975年出版了约瑟夫·R. 斯特雷耶（Joseph Strayer）《现代国家的起源》（*On the Medieval Origins of the Modern State*，鹫见诚一译）、加濑正一《国际通货危机》、下村寅太郎《文艺复兴的世相——围绕乌尔比诺的宫廷》、纳丁·戈迪默（Nadine Gordimer）《现代非洲文学》（*The Black Interpreters*，土屋哲译）、松下圭一《市民自治的宪法理论》、前田泰次《现代工艺——追求与生活结合》、罗伊·福布斯·哈罗德（Roy Forbes Harrod）《社会科学是什么》（*Sociology，Morals and Mystery*，清水几太郎译）。其中下村寅太郎、土屋哲、清水几太郎几位在下面介绍一下。

下村寅太郎与林达夫很亲密。我是通过林先生得知下村的文艺复兴研究的，但是见面交谈后，感觉这位年长的学者对文艺复兴的钻研，与其说方式非同一般，不如说是与林达夫在竞赛。下村的信函、便笺经常都是十页以上，而且话题涉及哲学、宗教、艺术等领域。

这位哲学家知识渊博，不限于欧洲，还有日本和中国的，因此听他谈话实在快乐。有时候，话题还涉及他喜欢的"和果子"[1]。先生是所谓的"两刀遣"——爱吃甜点，也爱喝酒。他的弟子们，从日本各地送来有名的糕点。某次，聊起京都的糕点哪个好吃，他把最喜欢的三种的名字告诉了我。一种是三条小桥附近一家店的"望月"；另一种是皇宫南边一家店的"味噌松风"；遗憾的是还有一种忘掉了。自此以后，我经常买"望月"，但"味噌松风"因为总是上午就卖光，一直没有机会买到。

新书的内容是通过接纳有关乌尔比诺（Urbino）宫廷、蒙特费尔特罗（Federico di Montefeltro）的活跃等的论述，对文艺复兴的丰饶进行重新了解和思考。与林达夫聚焦于艺术作坊具有的意义、围绕文艺复兴本质的议论有点不同，下村是着眼于文艺复兴视野的广度研究。

写完新书不久，下村做了一个大手术。我去虎之门医院探望时，先生正坐在床上吸烟。他打开衣襟让我看手术的痕迹，令我大吃一惊。手术的痕迹从喉咙经过胸部一条直线至腹部下面。

1　日式糕点。

"我有白兰地，一起喝吧。"他邀我说，但是我无论如何喝不下。"医生已经死心了，什么都不会说的呀。"他这样说。我看到先生已经超越生死。也许是因为钻研哲学，才变成这样的吧。说起来，藤泽令夫也是一样。藤泽倒下时，在家人们惊慌不安的时候，他本人却若无其事。

现代非洲文学的可能性

南非作家纳丁·戈迪默的评论《现代非洲文学》，请到了土屋哲为我们翻译。戈迪默虽然是女性，但她的评论与她的作品同样硬朗，这本书引起我对非洲文学的兴趣并打开了眼界。

其后，与土屋长久地交往。难忘的是，后来他为"岩波现代选书"翻译了马齐斯·库尼尼（Mazisi Kunene）的《伟大帝王萨迦》（*Emperor Shaka the Great: A Zulu Epic*，全二册，1979—1980）。这本书讴歌在非洲大地的背景下，与自然融为一体、以独自方式生存的非洲人民，让人感受到这个无尽宝藏潜在的力量。翻译这部大型叙事诗不是易事。土屋是学英国文学出身的，却充满精力地活跃在未开拓的非洲文学领域。

某次，土屋陪同来日本访问的库尼尼到我们社，3 人一起吃午饭。虽然初次见面，库尼尼和蔼可亲，随意地说话、开玩笑并且大笑，严肃的土屋一脸怃然的样子很滑稽。天真烂漫的库尼尼逗留日本期间，土屋一直招待他住宿在自己家里。土屋教给我不少有关非洲文学的事情。经他介绍，我也曾到伦敦拜访刊行了许多非洲文学作品的海尼曼出版社（Heinemann Publishing）。

何谓翻译的样板

哈罗德是著名的经济学家，他的名著 *Sociology, Morals and Mystery*，日文版书名译作《社会科学是什么》，译者是清水几太郎。清水是著名的社会学学者，因为文章通达拥有很多"粉丝"。他的作品《流言蜚语》《爱国心》《社会心理学》等的单行本，还有《论文写作方法》（1959年）受到广泛的欢迎。他翻译的爱德华·霍列特·卡尔（Edward Hallett Carr）《历史是什么》（*What Is History ?*，1961年。日译本，1962年），对当时的知识分子和学生具有压倒性的影响。林达夫也对清水评价甚高。

清水当时经常为《世界》撰文，是所谓进步文化人的一员。我在《思想》编辑部时，清水一声号令，召集了当时被认为哭着的孩子见到也会噤声的"全学联"干部十多人，开了一宿会。这些全学联干部，后来走上了形形色色的探索之路，清水本人也朝着意想不到的方向发展。

这本书，如原书名所示，谈论了对于习俗或道德以及神秘等的意识，是理解包括经济行动的人类社会生活所必需的；而清水大胆汲取哈罗德的意旨，将书名译为《社会科学是什么》，实在别有新意。清水本身也是朝着这样的方向观察社会科学的应有状态，在某种意义上，也是他与马克思主义的社会科学的诀别。

通过这本新书的编辑作业，也受到清水翻译方法的教育，那就是根据实际情况，对所谓忠实地翻译原文，如何将内容作为日语准确地再现所倾注的努力。有时文中甚至出现乍看像错译的情况。清水的文章，包括翻译，能够不断地吸引众多读者，其秘密是在修辞技巧上下足了功夫。

此后我经常被他叫到位于信浓町大木户的（私设）研究室，邀我一起吃午饭，每次吃的都是嫩煎猪排。在某种程度上，他与林达夫很相似，时常教给我新的学问。单行本《伦理学笔记》是他的探索成果。

还记得他听说我对意大利思想家维柯（Giambattista Vico）感兴趣，就联想起当时哲学家中村雄二郎已开始从另外的方面关注维柯，并感叹不已。他还说"因为有富余的"，把收录了维柯的记录的外文书送给我。清水的个性一直到晚年都没有改变。但是，后来他在庆生会上唱军歌，让我无法苟同。

《母体作为胎儿的环境》和《黄表纸、洒落本的世界》

1976 年，出版了冰上英广《尼采的面貌》、泷浦静雄《时间——其哲学性考察》、滨口允子《北京三里屯第三小学》、荒井良《母体作为胎儿的环境——为了幼小的生命》、斋藤忍随《智者之言——苏格拉底以前》、水野稔《黄表纸、洒落本的世界》。关于斋藤忍随和泷浦静雄已有述及。这里说一下《母体作为胎儿的环境》和《黄表纸、洒落本的世界》。

荒井良不是研究者，而是以"儿童医学协会"这个组织进行活动的启蒙家。人妊娠是怎么一回事？作为孕育胎儿的环境母体的结构是怎么样的？在这本书里，荒井恳切仔细地为我们撰述。这是在最新学问的基础上的见识，是非生物学的，也非医学的，而是对自身生命诞生的事实充满敬畏地赞叹的文章。虽说荒井在世间并不知名，但是他的这本新书，以年轻女性为中心，长销不衰。从这本新书，我看到了作为启蒙书的一种理想型新书。

当时，人们对江户时代的关心并不如今天。那是江户热兴起之前很久的事情。我对江户时代感兴趣，与现在人们关心江户的角度不一样。我关心的是，在那个闭塞的时代，人们如何生存？读了"日本古典文学大系"的《黄表纸、洒落本集》（1958年），我去拜访了"大系"的校注者水野稔。听说他是非常执着的研究者，因此担心自己的关心能否得到回应。但是，当我结结巴巴地表达了自己的问题时，先生的回答是，江户的民众确实是为了从那样的闭塞感中一时逃离而阅读"洒落本""黄表纸"[1]的呵。新书如此小的容量，先生精彩地为我们描述了洒落本和黄表纸的世界。他在此书的"后记"里如此写道：

> 想给这本书加上"闭塞时代的文字"的副题，是编辑部当初的意向。但是如果说"闭塞时代"，并不限于黄表纸、洒落本的时期，可以说贯穿江户时代，而且这个词在近代也被使用。但处在那样的闭塞时代的某个时期，黄表纸、洒落本是如何应对的，依然是必须思考的重要课题。我虽然多少感到羞怯，在这本书里使用了"飞翔"和

1　"洒落本"和"黄表纸"是江户时代"町人文学"［庶民文学］的其中两种表现形式。"洒落本"是小开本的、描写妓院游乐生活的诙谐小说；"黄表纸"则是面向成年人的绘本，形式类似中国的连环画，内容多为夹杂戏谑成分的通俗文学，因封面一律采用黄色，故称"黄表纸"。

"沉潜"等词。我想这些游戏性的文学，是处在那个封闭时代的人们，希望至少能敞开自己、主张自己，提倡谐谑、神通等的同时，在黄表纸徒劳的虚空中翱翔，朝着洒落本特殊的世界一个劲儿地深潜。

当时，写了关于平贺源内的戏剧等的井上厦，写书评对这本书高度赞赏，让我欣喜。在编辑这本书的过程中，从水野那里听到一些饶有趣味的事。在学生时代，水野并没有把黄表纸、洒落本等视为学问的对象。他在大学讲课的时候，必定穿长礼服，格调高雅得不得了。想到这本书今天能在"日本古典文学大系"占有一册的位置，更添一份感慨。

谈到江户，在这里涉及一下《思想》编辑部时代的事情。记得是做农业问题特集的时候，打算请梅棹忠夫写一下日本农业的特质，此事由我来负责。

在京都北白川的梅棹先生家我守候了好几天，他当时是大阪万国博览会的筹划者之一，极度忙碌。虽然万国博览会事务局的很多人进进出出，梅棹还是挤出时间跟我说了他的论稿构想。其中的内容，比起农业论，预定作为对比论述的江户社会论，这对我来说更有意思。那时，说到江户时代，一般都认为是黑暗的封建时代。但是梅棹认为，江户时代正是产生近代日本的丰饶时代。产业在各藩被鼓励，学问也兴盛。正因为有这样的地方的成熟发展，明治维新才成为可能，这是梅棹的论点。

在差不多二十年后，对"江户"的评价才转变为正面。特别是著名的黑格尔学者科耶夫（Alexandre Kojève）提出江户时代的日本是成熟社会的一个典型并成为话题时，我无法不深深感慨。自《思想》杂志向他约稿以来的三十年后，梅棹再为我们撰写了《经营研究论》（1989 年）和《信息管理论》（1990 年）两部独特的作品。

2 黄版的出发

1977 年 4 月，岩波新书青版刊行了一千种，因此从 5 月份开始出版新的黄版。青版刊行了以下三种：饭泽匡《作为武器的笑》、菊盛英夫《马丁·路德与德国精神史——其两面神的面孔》、牧康夫《弗洛伊德的方法》。黄版出版了中村雄二郎《哲学的现在——生存与思考》、宇泽弘文《近代经济学的再检讨——批判性展望》、福田欢一《近代民主主义及其展望》、武者小路公秀《观察国际政治之眼——从冷战走向新国际秩序》、山本光雄《亚里士多德——自然学、政治学》、鹿野治助《爱比克泰德——斯多亚学派哲学入门》。

秋天，我调到了单行本编辑部。这一年也是我在新书编辑部最后一年，在这里写一下有关青版的饭泽匡和牧康夫，以及黄版的中村雄二郎。宇泽、福田两位前面已谈，在此省略。

打击洛克希德事件的武器

饭泽匡先生离世五年后，"剧团·青年剧场"举办了"饭泽匡先生逝世五周年集会"，我为场刊《回忆饭泽匡先生》（1999 年 8 月）所写的文章，在此引述一下：

> 得到饭泽匡先生《作为武器的笑》的原稿是 1976 年年末，在翌年（1977 年）1 月作为岩波新书的一种出版。
>
> 1976 年，是洛克希德事件在日本掀起轩然大波极为震动的一年。针对这次前所未有的贪污事件，饭泽先生立刻写了戏曲作品《太多的钞票捆儿》作回应。先生以彻底的嘲笑来抗击难以置信的政治腐败。
>
> 当时，作为岩波新书编辑部的人员，我从 5 年前就开始向先生约稿，每月一次到他在市谷的家拜访，得以聆听他谈论各式各样的话题；但是，总也不见他动手写稿。
>
> 因原稿的事得到饭泽先生种种的指教，实在是愉快的经验。我尊崇为师的林达夫先生对于饭泽先生来说也是前辈。林达夫先生的译作亨利－路易斯·柏格森（Henri-Louis Bergson）《笑》（Le rire，岩波文库）经常成为我们的话题。
>
> 某次，谈到评价颇高的电视剧《刑警哥伦布》（Columbo）。饭泽先生每次播放必定观看，碰上有事时则先录像然后再看。"那部剧真是很棒啊"，他常常说。剧作把美国上流阶级的腐败精彩地揭示出来，"所以，那个剧几乎完全没有黑人出现，你注意到了吗？"在此之前，我确实没有注意到这个情况。

饭泽先生为追求恢复古代日本人曾经具有的豁达的笑，奋斗了一生。看着如今因泡沫操控经济彻底下滑而被迫买单的日本人，政府意图强行国旗和国歌法制化的现状，饭泽先生会用什么样的笑来表现呢？今天这个时刻，痛感以笑作为武器的必要性越来越高。

竭尽身心

牧康夫的弗洛伊德研究颇有意思，我是从上山春平那里听说的。那是在决定哲学讲座《价值》卷的作者过程中的事情。要说什么地方有意思的话，就是他对弗洛伊德不做文献性的研究，而是把弗洛伊德理论与自身的生存方式联系起来追溯体验，希望以此证实它的有效性——这是我跟牧熟悉以后想到的。他在摸索自己的生存方式的过程中，曾经尝试形形色色的心理疗法和禅的修行等。

我见到牧时，他已充分积累了瑜伽修行的结果，最终作为佐保田鹤治师父的高足被认可。去京都先生的家拜访时，当夫人带着我走进房间，从贴近榻榻米处传来"大家，你好"的打招呼声，吓了我一跳。原来他把头和手脚折叠成了约50厘米的立方体。他曾经说，希望以瑜伽修行对弗洛伊德涅槃原则的概念进行追溯体验。那就是，先生竭尽身心与弗洛伊德的思想交锋。有如此气魄，这部新书当然不应该止步于单纯介绍弗洛伊德的理论。他通过安娜·欧的病例分析等，对弗洛伊德初期的理论详细研究，在把握弗洛伊德的本质性方面是成功的。

　　然而，这些是后来才知道的事情，牧先生本人在书稿完成前，从开往大岛或八丈岛的客船上投海失踪了。在震惊中，重新阅读先生的遗稿，并参照他写给我的信件等，逐渐形成了尽可能以最接近他构想的形式来重新结构这本书的想法。先生曾发给我多封个人信件，其中详细谈及本书的构成和内容。为此，我向上山春平求助。作为京都大学人文科学研究所的前辈，上山曾经高度评价牧的实力，而且，他也精通弗洛伊德理论。

　　在上山的大力支持下，《弗洛伊德的方法》得以出版。牧先生失踪一年后在京都举行的葬礼，给我留下深刻印象。代表人文科学研究所致悼词的是桑原武夫，一向冷静的桑原先生在致悼词的途中，为痛失年轻有为的研究者而悲泣，实在意想不到。接着是河合隼雄作为友人代表致辞。河合先生说："经常在梦中见到牧。当我跟他打招呼叫'牧啊'时，他总是回头报以微笑。但是，这次无论我怎么叫他，他都没有回头。"至此他已经无语，没法再继续下去。在新书刊行之后，我得知藤泽令夫的夫人 MIHOKO 与牧是朋友，非常惊讶。

转折点的著作

　　中村雄二郎继《哲学的现在》之后，为我们撰写了《共通感觉论》《魔女兰达考》《西田几多郎》等多部著作。他还应邀担任"丛书·文化的现在"和"新岩波讲座·哲学"的编辑委员，以及季刊《赫尔墨斯》（Hermes）的编辑同人。而最终，先生的众多著作和论文结集为Ⅰ、Ⅱ期著作集出版。从《思想》的年代到现在，在四十年的岁月中得到先生很多的帮助。回首前尘，我只有无尽的感谢。

晚年，中村先生在毕生事业之一的大著《谓语的世界与制度——场所逻辑的彼方》（1998年）的"后记"中如此写道："于本书完成之际，要一一列举的名字实在多不胜数，不仅是日本国内，也蒙受欧美友人的恩惠。但是，如果只举出一个人的话，那就是长达三十年以上，始终、直接或间接地对我的著作活动予以支持的岩波书店大冢信一——不是作为要员，而是作为个人——是我要致谢的。"我对先生的感激之情，至今仍没有淡薄，而是随着时间的流逝越来越深。

有件事我不得不说，也许听起来太不自量，那就是直至写作《哲学的现在》之前，中村的工作虽然深具意味，但他独自的思想并没有充分展现，总有隔靴搔痒的感觉。《哲学的现在》虽然是本小书，但中村为了写这本书万分操劳。在某种意义上，说先生把所有哲学性的思考都投入了其中也不为过。因此，乍看平易的文章，要真正读懂个中意义，其实并非那么简单。我自己校对读了好几遍校样，每次都有新的发现。经济史的大家大冢久雄先生说这本书"非常有意思"，着实让我高兴。很幸运地，《哲学的现在》被广为阅读，成为畅销书之一。当时有一位我认识的人正好买了《哲学的现在》开始读，不过他坦白地跟我说太难了。以这本新书为起点，先生的著作发生了根本改变，不断地开拓独自的思想世界。

3　与法兰克福有关

直面国际性水平

1977 年在协助黄版新书出发以后，由于人事调动我转到了单行本编辑部。在那里工作的内容，会在下一章开始详细触及，在此之前，先谈谈这一年秋天首次参加法兰克福书市的情况。因为，这是我初次面对出版的国际水平，让我不得不反省自己的编辑活动。

岩波书店从很早就每年派团前往法兰克福，但过去没有多少实质性的版权买卖，反而是论功行赏的意味更强。例如，奖励花费数年时间完成了某个大项目之类的编辑。书市的会期大约一周，在那前后就是到欧洲各地观光。当时到外国去本身是件大事情，所以出发前还要举行欢送会。我作为团员之一被派遣，或许包含为新书黄版的立项做了努力的原因也说不定。

不管怎样，董事的团长、对外关系课的版权人员、自然科学编辑部人员、美术书（特别是国际合作出版）编辑部人员，以及负责人文、社会科学的我，五个成员组成了派遣团。在法兰克福的会场租了摊位展示我们的书。最初去的时候，还不是像现在那样按地域划分为欧洲、亚洲、美洲，而是以参展国家的首字母顺序排列展示。我们隔壁是以色列的出版社。在以色列的展位边上，手指按在自动步枪扳机上的士兵随时警备着。

在书市中，自然科学类，尤其是与数学和物理学相关的图书的版权经常有欧美和俄罗斯的买家前来洽谈。因为数学等只要有算式基本能明白，从日语翻译过来不是那么困难。人文、社科方面，虽然我国近代经济学多少能在世界学术界坐上候补位置，实际上几乎无人问津。因此，我便专门跑去那些看起来有意思的、不同国家的出版社摊位，看上眼的书声称"option"，即相当于购买版权的下单手续，向对方出版社提出了申请。

首次去法兰克福的 1977 年，欧美的高水平是压倒性的，感觉全都是想要的东西。下一章将要谈到的"现代选书"，大部分就是这样购入版权翻译的书。

对我来说，国际书市的最初体验是十分刺激的。能够结识欧美众多出版社的编辑和版权人员，而且意义更大的是，对所谓人文、社科的大趋势虽然还是朦胧的，但是逐渐感到能理解。比起在东京外文书店的书架和外国的书评刊物上得到的信息，那里充满着鲜活的信息。因此，虽然身体极其疲劳，但是参加这个书市却非常兴奋。

其后，一直到退休之前，我去了法兰克福书市十次以上，从20 世纪 80 年代中叶开始，日本的文化水平逐渐与欧美接近，日本的人文、社会科学的动向变得和欧美差不多。随之，依然有语言隔阂的人文、社科类的版权也开始能卖出了。举个难忘的例子，有一次英国牛津大学出版社的编辑出现在我们的展位，他对日本近代经济学学者的动态非常了解，当他探问某位东京大学经济学系助教的信息时，我惊叹"敌人"竟然调查到这里来了。

"下次在斯坦福见"

在参加书市期间，我也结识了不少欧美出版社的朋友，其中一位在这里要写上一笔。那就是美国斯坦福大学出版社（Stanford University Press）的格兰德·伯恩斯（Grand Burns）。斯坦福大学出版社在有关亚洲的出版方面也是知名的高品质出版社。它的规模不大，与哈佛或芝加哥大学出版社相比的话，也许归于弱小族类。实际上斯坦福大学出版社在书市上也没有设展位。作为社长的伯恩斯本人，在会场四处走动进行版权洽谈。

　　某天黄昏，差不多要到闭馆的时间，伯恩斯出现在我们的展位，像快要崩溃般坐到空椅子上，然后说：“能不能给我点饮料？”正好我们完成了一天的工作都松了口气，准备一起喝啤酒。当把啤酒给他时，他一口气就喝光了。接着，他跟我闲聊起来。他对日本的事情颇为了解，对日本电影特别感兴趣。当我无意中谈到斯坦福大学出版社最新刊行的日本电影评论著作 Distant Observer（《远距离观察者》）时，“原来你晓得这本书呵？！”他很惊讶，两人的距离一下子拉近了。道别的时候他说：“下次到斯坦福来吧。用我的飞机接送你。”听到他拥有私人飞机，这次轮到我大吃一惊。自此直到他逝世，我们持续交往了近二十年。

　　1991 年我们应美国国务院邀请到美国各地访问，去了各地的大学出版社，也访问了斯坦福。伯恩斯先生的款待并不是私人飞机接送，而是带我走遍出版社的每个角落，包括仓库。午宴上请我们喝的是上好的加州葡萄酒，格外美味。

　　踏入 21 世纪不久，在法兰克福书市，从加州大学出版社的丹·狄克逊（Dan Dixon）处得知伯恩斯去世的消息。一直很开朗的丹，神情哀伤地说：“他就像我的父亲一样。加州大学出版社找上我也是因为他。"从早上到傍晚三十分钟一次会见的忙碌，晚上和关系深厚的外国出版社聚餐，每当我想起充满紧迫感的书市，伯恩斯的笑脸也同时浮现在眼前。

英国的两位历史学家

最初决定参加国际书市的时候，我希望会期之后的"观光旅行"有点实质性收获。因此，为了与一直感兴趣的两位英国历史学家见面而做事前准备。一位是年轻的彼得·伯克（Peter Burke），另一位是早已负有盛名的诺曼·科恩（Norman Cohn）。我对伯克的《威尼斯和阿姆斯特丹：17世纪上层社会研究》（*Venice and Amsterdam: A Study of Seventeenth-century Elites*）非常感兴趣，给当时在萨塞克斯大学（University of Sussex）任职讲师的伯克写了信。我收到的回复是："收到你的来信十分惊喜。当然我的书能够以日语出版非常高兴。在《威尼斯和阿姆斯特丹》一书中，本来打算与堺市、大阪做比较，不过因为有关这些城市的欧美语言文献不充足，所以没有实现。"

萨塞克斯大学位于以海滩著称的布莱顿（Brighton）郊外，我去大学的研究室拜访伯克。他的模样像个研究生，对于那时正盛行的法国思想他也在关注，谈兴甚浓。谈到英国国内的话题时，聊起了埃里克·霍布斯鲍姆（Eric J. E. Hobsbawm）的事情，并说道："他是卓越的历史学家，但是书写得太多。"当时完全没有想到，这个年轻人日后在英国历史学界占有像霍布斯鲍姆那样的地位。后来岩波书店翻译出版了他的《意大利文艺复兴的文化与社

会》(*The Italian Renaissance*，1972 年。日文版 1992 年，新版 2000
年)、《法国历史学革命——年鉴学派 1929—1989》(*The French
Historical Revolution：The Annales School 1929—1989*，1990 年。
日文版 1992 年)等著作。

诺曼·科恩是出版了《千年王国的追求——中世纪的革命性
千年王国主义者们与神秘主义的无政府主义者们》(*The Pursuit of
the Millennium：Revolutionary Millenarians and Mystical Anarchists
of the Middle Ages*，1961 年)、《大屠杀的根据——犹太人称霸世
界阴谋神话和锡安兄弟团议定书》(*Warrant for Genocide：The
Myth of the Jewish World Conspiracy and the"Protocols of the Elders of
Zion"*，1967 年)等著作的知名历史学家。我到伦敦郊外他那"杂
院风"的家拜访，受到了欢迎。先生当时关注的是纳粹主义等的
集体歇斯底里现象作为历史如何描写的问题，担任专门研究"集
体歇斯底里"的研究所所长。作为犹太人的历史学家，历史地阐
明纳粹主义应该是最大的课题吧。后来，我们出版了科恩的《女
巫搜捕的社会史——欧洲的内在恶灵》(*Europe's Inner Demons：
The Demonization of Christians in Medieval Christendom*，山本通译，
1983 年。日译本副题与原书名同，原书出版于 1975 年)。

在国际书市，不仅可与各国的出版人会面，还能见到优秀
的研究者，听他们谈话是很好的学习。他们为了推销自己的著作
权来到了会场。有的学者由于自己的思想而被迫政治流亡，对于
他们来说，为了使不安定的生活能够踏实些，不得不拼命地进
行版权交易。其中一例，就是以"依附论"著称的安德烈·冈

德·弗兰克（Andre Gunder Frank）。我曾经几次跟他见面。他的著作《世界资本主义与拉丁美洲——笨拙的资产阶级和笨拙的发展》（*Lumpen bourgeoisie, Lumpen development: Dependence, Class, and Politics in Latin America*, Monthly Review Press, 1972年），由西川润翻译，在1978年出版。还有安诺尔·阿伯德尔-马莱克（Anouar Abdel-Malek），他的著作《民族与革命》（*Social Dialectics: Nation and Revolution*）和《社会辩证法》（*Social Dialectics: Civilisations and Social Theory*），由熊田亨翻译，在1977年出版。至今每年都收到阿伯德尔-马莱克的圣诞卡。

与政治出版社的交流

大概是20世纪80年代的后半期，在英国出版界突然出现、开展了繁盛出版活动的收割者出版社（Harvester Press），又突然销声匿迹。这家活跃的出版社消失了实在令人遗憾。不久，践行优秀出版活动的新兴出版社出现了，那就是政治出版社（Polity Press）。他们不断出版饶有兴味的社科书，所以我希望能与这家出版社的人见面。他们没有在法兰克福书市设展台，只有一名代表在会场，像斯坦福大学出版社的伯恩斯那样四处走动发掘有价值的书。

得到某家代理的帮助，我们终于见面了。对方是一位叫约翰·汤普森（John Thompson）的年轻人，社会学学者，听说是牛津大学的讲师。"可以的话，书市之后请你来牛津到我们出版社访问好吗？"他这样说。我去了。在聊天的过程中，得知他们出版社的共同经营者是安东尼·吉登斯（Anthony Giddens）。当时，他还没有现在那么著名。数年后他撰写了社会学的大部头教科书，更重要的是作为"第三条道路"的提倡者，成为世界知名的社会学家。

从此，我与政治出版社的交流一直持续。在和约翰·汤普森初次会面的十多年之后，才有机会在东京见到吉登斯。现已亡故的经济学家森岛通夫当时给我写信说，他的友人吉登斯和伦敦经济学院（London School of Economies）的同僚一起到日本来，见一面如何？与伦敦经济学院关系深厚的历史学者杉山伸也和社会学的大泽真幸等也一起参加了会见。记得那是 2002 年，我们请吉登斯吃午饭。谈到汤普森时，吉登斯的回应是"从他那里经常听说你啊"。还谈到政治出版社的经营得以维持，是因为吉登斯的社会学教科书卖了数十万册（每年都卖数万册）。

第四章　走进认知冒险的海洋

1 "现代选书"和"丛书·文化的现在"

进入单行本编辑部

转到单行本编辑部最初的工作，照例是协助前辈实现策划的选题，如国际共同出版的《托勒密世界地图——大航海时代的序曲》（*Claudii Ptolemaei Cosmographia*，莱利奥·帕加尼［Lelio Pagani］解说）。因为序文是意大利文，所以拜托了一桥大学的地理学者竹内启一翻译。日本版的解说则请以京都大学的织田武雄为首的三位先生撰写。织田是地理学的大家，他语言的细微之处体现着京都大学文学部的光辉传统，这一点意味深长。岩波书店已出版了"大航海时代丛书"的大计划，因此这是一脉相承的选题。

协助完成了这一册（其实是以图版为主的大部头）之后，必须自己独立制定选题计划。首先在 1978 年 4 月出版了山口昌男的《知识的透视法》。山口以《文化与两义性》（哲学丛书，1975 年）等书的成就被视为走在时代先端的学者。他的"中心与边缘"概念被广泛接受，在《知识的透视法》中更具体地、无拘无束地对形形色色的文化现象进行分析，得到了高度评价。他的影响，除了言论界以外也受到各种媒体关注，一跃成为时代的宠儿。

同年，我编辑了汉斯·格奥尔格·贝克（Hans Georg Beck）著《拜占庭世界的思考构造——文学创作的基础》（*Kirche und theologische Literatur im byzantinischen Reich*，渡边金一编译）。渡边早在 1968 年出版了《拜占庭社会经济史研究》，不愧是拜占庭学的泰斗，他教给我各种各样有关拜占庭的知识，比如，拜占庭研究的国际性据点之一在苏联。那不仅与俄罗斯正教有关，而且因为地缘政治上苏联对拜占庭地域极为关心。贝克是国际知名的拜占庭学者，他访日时我有机会与他见面。他曾跟我说："我以前也当过编辑。"

被调到单行本编辑部后，我立刻着手策划名为"岩波现代选书"的丛书。这套丛书之后两年，又策划了"丛书·文化的现在"（1980—1982 年），以后是新系列"20 世纪思想家文库"，从 1983年开始了"讲座·精神科学"的出版。现在想起来，很惊讶当时竟能连续做了那么多事情，也许因为那年代自己年轻，也对认知充满好奇心；同时，所做的书读者很多，非常畅销。作为编辑，我想那是最好的年代。下面顺序记述一下。

厚积薄发的选题计划

在准备"现代选书"时，参考了 1951 年创始的"岩波现代丛书"。战后，一直被压抑的自由的学问追求得到解放，人们渴望读到以社会科学为首的高质量图书。以沃尔夫冈·克勒（Wolfgang Köhler）著《心理学的动力学说》（*Dynamics in Psychology*）、保罗·斯威齐（Paul Marlor Sweezy）著《社会主义》（*Socialism*）、约翰·希克斯（John Richard Hicks）著《经济周期理论》（*A Contribution to the Theory of the Trade Cycle*）三部著作出发，这套丛书持续至 60 年代初，出版了包括文学作品在内的许多名著。我们在学生时代曾经婪婪地阅读着教科书般的"岩波全书"和这套丛书。

把这套丛书作为参考之一的同时，从当前来考虑选题计划的话，能想到什么样的书目呢？我让单行本编辑部的成员提出各自的书单，很快便收集到几十种书的候选目录。尽管只是两三人，有心的编辑总会希望借这样的机会出版喜欢的图书，不少选题想必一直在酝酿。因此这套书得以迅速启动。对于这套"选书"，虽然后来出现了"符号学与现代社会主义论系列"的批评声音，不过大家看一下启动时的书目，或许能够理解我们想把更广泛的领域纳入视野：

大江健三郎	《小说的方法》
詹姆斯·乔尔	《葛兰西》（James B. Joll：*Gramsci*，河合秀和 译）
罗纳德·多尔	《学历社会——新的文明病》（Ronald P. Dore：*The Diploma Disease*，松居弘道 译）
溪内谦	《现代社会主义的省察》
罗德里克·斯图尔特	《医师白求恩的一生》（Roderick Stewart：*The Mind of Norman Bethune*，阪谷芳直 译）
埃里克·威廉姆斯	《从哥伦布到卡斯特罗——加勒比海地区史 1492—1969》（Eric Williams：*From Columbus to Castro—The History of the Caribbean 1492-1969*，川北稔 译）

1978 年 5 月，"现代选书"从以上六本书出发。其中有三种由我负责编辑。

划时代的两本书

在那一年内我接着编辑的"现代选书"，书目如下：

安东尼·斯托尔	《荣格》（Anthony Storr：*Jung：A Modern Master*，河合隼雄 译）
泷浦静雄	《语言与身体》
乔纳森·卡勒	《索绪尔》（Jonathan Culler： *Ferdinand de Saussure*，川本茂雄 译）
田中克彦	《从语言看民族和国家》
V. S. 奈保尔	《印度：受伤的文明》（V. S. Naipaul：*A Wounded Civilization*，工藤昭雄 译）
卡尔·波普	《无尽的探索——一个知识分子的自传》（Karl Raimund Popper：*Unended Quest：An Intellectual Autobiography*，森博 译）
詹姆斯·A. 特里维西克	《通货膨胀——向现代经济学挑战》（James Anthony Trevithick：*Inflation：A Guide to the Crises in Economics*，堀内昭义 译）
约翰·布莱金	《人的音乐性》（John Blacking：*How Musical is Man？*，德丸吉彦 译）

现在看来，当时约请撰著或翻译的都是第一流的人物，这只有在四分之一世纪前才有可能。这些先生教给了我许多东西，在

这里只能省略。不过，简单谈一下大江健三郎和田中克彦两位。

大江的《小说的方法》是划时代的书。先生在巴赫金（Mikhail Bakhtin）的思考和俄罗斯形式主义的方法以及近年惊人地开展的符号学等研究成果的基础上，提出了富有说服力的文学理论。其核心概念"荒诞现实主义"（grotesque realism）具有巨大影响力。大江没有只停留在理论主张上，而是在自己的作品《现代传奇集》（"现代选书"，1980年）中展开实践。他为了"现代选书"的成功如此竭尽全力，我应当再次表示感谢。其实，无论是接下来的"丛书·文化的现在"，还是《赫耳墨斯》杂志，仍然不断得到他的帮助。关于这些后面将会详细涉及。

关于田中克彦，后面也有机会谈到，但是《从语言看民族和国家》这本书非常清晰地显示出先生的基本姿态，在这里稍提一下。现在也许已经是公认的观点——论述民族和国家时，语言占有极重要的位置，以及通过语言能够如何理解民族和国家，田中早在几十年前就通过本书阐明。

这部著作对政治学者和社会学者的影响，超乎想象地大。当时，世界各地的民族纷争和内战还没有激化，但田中已提出许多有教益的看法。根据他的见解来看，在语言理论的范畴内，对恶名远播的斯大林的评价是否也随之有所变化？很久以后，田中为"岩波现代文库"撰写了《"斯大林语言学"精读》（2000年）一书。

这一年，也出版了《阿兰　诸艺术的体系》（Alain［Émile Chartier］: *Le Système des beaux-arts*，桑原武夫　译）的新版（旧版《阿兰　艺术论集》，1941年）。关于桑原有太多的逸闻，其中不仅仅是有趣的，麻烦的也不少，这里按下不说。

新"知"的前提

1979年，我编辑了以下的"现代选书"：

尤里·米哈伊洛维奇·洛特曼（Yuri Mikhailovich Lotman）

　　　　　　《文学与文化符号学》（矶谷孝 编译）

中村雄二郎　　《共通感觉论——为了认知的重组》

唐纳德·R.格里芬《动物有意识吗——心理体验的进化连续性》

　　　　　　（Donald R. Griffin：*Question of Animal Awareness:*

　　　　　　Evolutionary Continuity of Mental Experience，桑原万

　　　　　　寿太郎 译）[现代选书 NS 版]

尤尔根·哈贝马斯《晚期资本主义的合法性问题》（Jürgen Haber-

　　　　　　mas：*Legitimationsprobleme im Spatkapitalismus*，细

　　　　　　谷贞雄 译）

马齐西·库尼尼　《伟大的帝王萨迦》Ⅰ、Ⅱ（Mazisi Kunene：*Emp-*

　　　　　　eror Shaka the Great，土屋哲 译）

胡安·鲁尔福　《佩德罗·巴拉莫》（Juan Rulfo：*Pedro Páramo*，

　　　　　　杉山晃、增田义郎 译）

卡门·布莱克　《梓木弓——日本的萨满教行为》（Carmen Blacker：

　　　　　　The Catalpa Bow: A Study of Shamanistic Practices in

　　　　　　Japan，秋山里子 译）

约翰·帕斯摩尔　《人对大自然的责任：生态问题和西方传统》

　　　　　　（John Passmore：*Man's Responsibility for Nature:*

　　　　　　Ecological Problems and Western Traditions，间濑启

　　　　　　允 译）

这里介绍一下中村雄二郎、秋山里子、间濑启允。

中村的《共通感觉论》不限于哲学范畴，对其他各领域也影响颇大。在价值观激烈变动的时代，对新"知"的渴求持续高涨。中村的"共通感觉"（Sensus Communis）是构成新"知"的前提。就是说，新的认知不仅仅是理性，也包含着五感的作用。论及戏剧以至各种艺术，中村知识广博言之有物。

山口昌男亦然，他的符号学分析有说服力且具魅力，归根结底也基于他的学问、艺术见识广泛。同样地，大江健三郎《小说的方法》也有这种"通"的特点。以大江、中村、山口先生为中心，加上我，接下来开展了"丛书·文化的现在"的工作。

萨满般的译者

听说秋山里子女士曾在电视台任职制作人。她后来到瑞士的荣格研究所进修，回国后一直从事心理治疗工作。她写得一手好文章，翻译也是熟练自如。她的著作陆续出版后，很快就拥有了众多"粉丝"。

英国社会人类学者卡门·布莱克的《梓木弓》是名著，但这部研究日本萨满教的书，并非任谁都能翻译。请认识布莱克的秋山担任翻译，是正确的选择。秋山出生于东京有名的禅寺，自小经历了形形色色的宗教体验，成年后又在国内外的宗教学会等汲取了多方面的知识。

我经常访问秋山位于早稻田若松町的家，听她谈马丁·布伯（Martin Buber）的本色、G. 肖勒姆（Gershom Scholem）的消息等等。不过，因为感觉秋山身上有着萨满式的因素，所以在某种程度上对她敬而远之。后来才知道，我的一位表姐——诗人、翻译家矢川澄子（已故）与秋山是密友。

间濑启允是伦理学研究者，他不只研究抽象的伦理，也坚持探索在具体的自然、环境中人类伦理的理想状态。《人对大自然的责任》可以说是原理性分析的著作。很久以后，先生为"现代宗教"系列撰写了《生态学与宗教》（1996 年）一书，书中先生的立场更加明了，并富有说服力。1997 年他还为我们翻译了约翰·希克（John Hick）著《宗教的彩虹：宗教多元主义与现代》（*A Christian Theology of Religions：The Rainbow of Faith*）。

吝惜睡眠时间

1980 年我经手出版的"现代选书"如下：

特里·伊格尔顿	《文艺批评与意识形态：马克思主义文学理论研究》（Terry Eagleton：*Criticism and Ideology: A Study in Marxist Literary Theory*，高田康成 译）
A. J. 艾耶尔	《罗素》（Alfred Jules Ayer：*Bertrand Russell*，吉田夏彦 译）
安伯托·艾柯	《符号学理论》Ⅰ、Ⅱ（Umberto Eco：*A Theory of Semiotics*，池上嘉彦 译）
大江健三郎	《现代传奇集》
乔治·斯坦纳	《海德格尔》（George Steiner：*Martin Heidegger*，生松敬三 译）

保罗·拉比诺 　　《异文化的理解——摩洛哥田野调查反思》(Paul Rabinow：*Reflections on Fieldwork in Morocco*，井上顺孝 译)

詹姆斯·M. 伊迪 　《语言与含义——语言现象学》(James M. Edie：*Speaking and Meaning：The Phenomenology of Language*，泷浦静雄 译)

玛格丽特·A. 博登《皮亚杰》(Margaret A. Boden：*Piaget*，波多野完治 译)

除了上列九种以外，还出版了以下的单行本。

N. S. 特鲁别茨柯依 　《音韵学原理》(Nikolai Sergeevich Trubetzkoy：*The Principles of Phonology*，长岛善郎 译)

山口昌男编著 　　　《20 世纪的认知冒险 　山口昌男对谈集》

前田阳一 　　　　　《帕斯卡尔〈思想录〉注解 　第一》

藤泽令夫 　　　　　《理想与世界——哲学的基本问题》

其中特鲁别茨柯依的《音韵学原理》是众所周知的语言学经典大作。前田的《帕斯卡尔〈思想录〉注解第一》，是 B5 尺寸的大开本。藤泽的《理想与世界》也是他的主要著作之一，是 A5 开本近四百页正规的学术书。

这一年不是就此结束，在 11 月还开始了"丛书·文化的现在"的出版，年底前刊行了两册。写到这里，不得不说，很奇怪，那时竟然还能挤出时间睡觉！虽然忙，却一点都不觉得辛苦，反而只记得非常快活。那时候，每星期的六、日都是在家里做选题计划；大女儿在幼儿园画的"爸爸"的样子，不是在看书就是在写稿子。平日光是通常的编辑工作已忙不过来，所以为了做选题计划而读书和进行整理的工作，也只能放在周末了。

伊格尔顿 / 艾柯 / 斯坦纳

这里谈谈"现代选书"中的几种。先谈一下伊格尔顿。我们一共翻译出版了好几本著名左派文艺批评家伊格尔顿的书，《文艺批评与意识形态》是最初的。《何谓文学——现代批评理论导引》（*Literary Theory: An Introduction*，大桥洋一译，1985 年）另外再谈；《赫耳墨斯》杂志还刊登了他与高桥康也先生的对谈，也将在后面详细记述。

接着说说艾柯。他原是欧洲中世纪研究者，后来以小说《玫瑰的名字》蜚声世界。他在符号学领域也进行了开拓性的工作，其成果结集为教科书般的《符号学理论》。从某方面来说虽然有些单调乏味，但是适时地为符号学的热潮加了把火，因此这本书超乎想象地畅销。记得在某个现代音乐的演奏会上，诗人高桥睦郎腋下夹着这本书出现。艾柯是国际符号学学会的副会长，与山口昌男关系密切。

斯坦纳是犹太裔文艺批评家，他的著作已有数种出版了日译本。他所写的关于纳粹对犹太人屠杀的文章，令人难忘。因此，这本关于曾是纳粹支持者的海德格尔的小书，也成为了韵致微妙的评传。译者生松敬三生动地传达了那些韵致，为我们创造了一部名译。顺便提一下："现代选书"的多册评传，都是选自丰塔纳出版社（Fontana Press）的"现代大师系列"（Fontana Modern Masters）。

《皮亚杰》也一样。作者玛格丽特·A.博登是英国的新晋女性心理学者。"因为是非常优秀的人，大概很快会变得有名"，说这句话的是当时在英国出版界仿如彗星般出现的硬派出版社——收割者出版社的约翰·斯皮尔斯（John Spears）。收割者出版社就像近年新兴的政治出版社，刊行提出前瞻性问题的书籍，而且陆续推出新锐学者。宇野弘藏的《经济原论》（岩波全书，1964年）英译本得到伊藤诚和关根友彦等的协力完成，而出版者也是斯皮尔斯。因此在法兰克福书市等场合经常与斯皮尔斯见面。有一次他来日本访问时，悄悄跟我说实话，博登女士是他的妻子。《皮亚杰》的翻译请了年龄差不多可以当原作者祖父的波多野完治先生。波多野先生显得很年轻，教给我各种各样的事情。他与林达夫先生关系深厚，前面曾经谈到。

从语言学扩展的世界

单行本的事情也谈一下。首先是《音韵学原理》，委托了长岛善郎翻译。20世纪初，在俄罗斯土地上由罗曼·雅各布森（Roman Jakobson）等开拓的语言学理论，与索绪尔等人的工作相互结合，成为这个世纪的知识世界结构的骨骼，对结构主义、符号学、诗学等等产生了无法估量的巨大影响。特鲁别茨柯依的著作也是在这个背景下出版的。

我后来经手了索绪尔、雅各布森等的翻译或研究书籍。回过头来看，可以说，我提出在"讲座·哲学"丛书加入《语言》卷的时候，还没有确实把握住相关背景的要点。大概是在20世纪70年代的后半期，曾经有"东欧符号学学会"等的研讨会，我经常参加，获得了不少信息。

跟着是《20世纪的认知冒险 山口昌男对谈集》。这本书的封面装帧使用了爱森斯坦在墨西哥画的素描：在上下倒置的十字架上描画着斗牛士将剑刺进牛背的瞬间，构图非常大胆。这是我选的，为了表现山口无所畏惧的、活跃的才思。

如副题所示，这本书收录了罗曼·雅各布森、S. 西尔弗曼（S. Silverman）、克洛德·列维－斯特劳斯、米歇尔·德·塞尔托（Michel de Certeau）、简·科特（Jan Kott）、理查德·福尔曼（Richard Foreman）、奥克塔维奥·帕斯（Octavio Paz）、阿尔多·奇科利尼（Aldo Ciccolini）、理查德·谢克纳（Richard Schechner）、马里奥·巴尔加斯·略萨（Mario Vargas Llosa）、乔治·斯坦纳与山口的对谈。这些横跨音乐、戏剧、文学、语言学、人类学、历史学等领域的，无拘无束的对谈，是不仅仅与欧美，还有与各种不同文化邂逅的记录。如果加上两年之后出版的《知识的猎手 20世纪的认知冒险》中与山口对谈者的名单的话，更能看出他关注的领域之广泛——这些留待有机会再记述。

忍耐癌症的疼痛

最后谈谈《帕斯卡尔〈思想录〉注解 第一》。前田阳一的帕斯卡尔研究世界知名，特别称为"复读法"的文本解读方法，实在地把握住《思想录》中帕斯卡尔的思想脉络。把复读法落实在书上，就是这部大作。书中首先刊载《思想录》原稿的部分照片，接着在活字印刷的地方用线和点等符号探寻初稿是如何开展成为最终稿的过程。从印刷技术的角度，这本书也具有重大的意义。

拜访前田的家时，看到他的书桌后面就是书架，那上面并排着数十种《思想录》的注释本。先生写稿时，即使不转身也能轻易地从后面的书架上把书抽出来参考。那些书是帕斯卡尔之后几百年间出版的注释本。当时，先生动了前列腺癌手术，因为要对抗病痛，所以把这本书的校对工作集中了在一起来做。这是事后才从先生那里听说的。

书出版后不久，时任国际文化会馆理事长的前田先生招待与本书出版有关的人士到会馆吃饭。他自己挑选了葡萄酒请我们喝，那是法国圣艾米隆（Saint-Émilion）产区的酒。他告诉我们"这个品种最早是圣艾米隆的修道院酿造的"。葡萄酒味道很特别。后来当我每次喝圣艾米隆时，都会想起当时的光景。遗憾的是注解的工作未能在他生前做完，是由他的弟子完成的。

"那个会"的成员

20 世纪 70 年代后半叶，《世界》杂志有一个称为"那个会"的聚会，成员有作家井上厦、大江健三郎，诗人大冈信，建筑家矶崎新、原广司，作曲家一柳慧、武满彻，戏剧家铃木忠志，电影导演吉田喜重，以及学者清水彻、高桥康也、东野芳明、中村雄二郎、山口昌男、渡边守章。《世界》杂志编辑部的山口一信（已故）负责事务局，并组织《世界》的文化特集。我是中途接班的。

每年举行数次集会，通常的形式是由某位成员发表谈话或演出，然后大家进行议论。例如，大冈信谈"诗歌中的色彩"，山口昌男讲"替罪羊"（scapegoat）；还有铃木忠志带来早稻田小剧场的成员披露"铃木表演方式"，演员们一边大声唱日本演歌，一边二人一组进行形体和发声训练，扣人心弦，大家都被震撼了。

大江健三郎公开自己的创作过程的时候，成员们都大吃一惊。从第一稿到第二稿、第三稿，然后到决定稿，经过怎么样的变化都清楚地说明。我想他讲的是《同时代的游戏》。第一稿是志贺直哉式的文章，但是到了第二稿、第三稿，则开始作为大江独特的文章完成。那个过程充满活力，让成员们瞠目。

那时候，也有机会看到原广司的住宅——位于町田的山上，是家中家感觉的饶有趣味的建筑。原先生的世界探险旅行的故事也非常有意思。他与自己研究室的伙伴一起，坐长途汽车走访了世界的"建筑"，原先生的"建筑"论出众而令人振奋。另外一次，井上厦叫来一位相识的浅草的脱衣舞娘，准备与她对话，大家都很期待。但是当天她看到这些人很惊恐，便跑掉了，这次对话未能实现，很遗憾。

通常的聚会形式是，大家边吃晚饭，边聆听讲话，然后进行讨论。聚会结束时还说不完，就去别的地方喝酒，一直继续谈到

深夜。这是常有的事情。关于"那个会",大江在给我的信里,曾这样写道:

> "想想看,'那个会'对于我,还有好些人来说,也许就像人生中的花朵,不久之后到了老年的时候将会成为美好的回忆。尽管如此,Ta Panta rhei！"("Ta Panta rhei"是古希腊哲人赫拉克利特［Hērakleitos］的话,即"万物皆流转"。)

"丛书·文化的现在"的构想

这样的聚会做了一段时间,有人建议是不是应该以某种形式的书籍来留下聚会成果,因此,决定由大江健三郎、中村雄二郎、山口昌男三位担任编辑代表,"那个会"的成员则是编辑委员,出版"丛书·文化的现在"(全13册)。记忆中,我在社内的编辑会议上是这样说明的:这套丛书将由代表日本的艺术家和学者共同工作,架设学问与艺术的桥梁,探寻新的文化形态。

经过三位编辑委员的讨论,确定了整体的构成。因为需要准备提交审议的方案,所以一边在山口的家里喝着啤酒,一边和山口讨论了种种问题。"文化的现在"这个题目我想是受到中村的新书《哲学的现在》的影响。应该说,中村和其他成员们都在同一氛围中也许更确切。

丛书的书目如下:

1 话语与世界

2 身体的宇宙学

3 看得见的家和看不见的家

4 中心与周边

5 老少之轴、男女之轴

6 生死辩证法

7 时间探险

8 交换与媒介

9 美的再定义

10 书籍——世界的隐喻

11 愉悦的学问

12 政治作为手法

13 文化的活化

丛书从 1980 年 11 月开始，到 1982 年 7 月完结。"文化的现在"的编辑部，只有我和后辈 O 君两个人。我因为也负责现代选书和单行本的出版，所以非常忙碌。而且，这套丛书除了编辑委员以外，还有许多艺术家、实作家[1]登场，例如：唐十郎、志村福美、谷川俊太郎、杉浦康平、别役实、清水邦夫、布野修司、林京子、安野光雅、大西赤人、加贺乙彦、宇佐美圭司、木村恒久、高松次郎、三宅一生、筒井康隆、寺山修司、富冈多惠子、

---

1 除作家以外的画家、陶艺家、建筑师、雕塑家、作曲家等在日本统称为实作家。

渡边武信等。其中有些人并不擅长写文章。另一方面，也得到很多学者的支持。但丛书内容与论文的书写不同，反而要求真正的实力，要把各种观点归纳起来并不简单，因此完成稿件也相当艰苦。

O君曾经在自称"迟笔堂主人"的井上厦的家里留宿了好几天，而我为了取得杉浦康平的三十多页原稿，不知道跑了杉浦宅多少趟。不过，由于这缘故与杉浦先生和夫人变得非常亲密。虽然与杉浦先生的工作关系仅此一次，但我们之间的交往一直持续至今。

在服装秀的空当

前面提到的艺术家之中，留下印象的人物颇多，在这里谈谈三宅一生的事情。我们邀得三宅在《美的再定义》一书里撰写题为《发扬传统》的随笔。三宅是非常受欢迎的服装设计师，当时他为了在国内外举办的服装秀做准备，不眠不休地工作，要他亲自执笔压根儿是不可能的，因此决定由我提问，三宅回答，然后把速记编辑整理成稿。也就是说，由我担任访问者和编辑的角色。但是要觅得机会实行也绝非易事。

访问的日期设定在三四个月后，在此之前，我尽可能多看三宅一生的服装秀，以搜集提问的素材。虽然我似乎与此行不搭界，但多次涉足华美的服装秀会场，不协调的感觉却比想象中少。也许是因为大学时代我做过兼职，有过在服装秀中作为陪行的男模特出场的经验；而且我母亲是设计师，曾经营西式裁剪学校的缘故。然而，什么都比不上三宅的作品强而有力，超越了所谓"流行"的维度。在访问中我用了"theatricality"（戏剧性）来表现。访问内容很充实。

在位于赤坂的三宅事务所做访问时，因为先生的助手们总来征询意见，所以经常被打断。有时要等待差不多一个小时。而在等待的时间里享用的意大利葡萄酒和奶酪的美味难以忘记。听说三宅公司设有生产布料的工场，是在意大利北部一个小城市。收录了这个访问的《美的再定义》一书出版后两年间，常常接到先生的服装秀邀请，我总是欣然出席。

再谈一下清水彻在《书籍——世界的隐喻》中撰写的《书籍的形而下学与形而上学》，在二十年之后的2001年，以这篇文章为核心，清水终于完成了他的大作《有关书籍——其形而下学与形而上学》。历经二十年时间酝酿成熟，孕育出一部内容厚重的书，获得"读卖文学奖"等奖项可说是理所当然。

薄纸函软封面的这套"丛书·文化的现在"，一改岩波书的装帧风格，与内容一同给予读者新鲜的印象，比想象的更受读者欢迎，并且有不少其他出版社的同行说"很有意思呢"。包括编辑委员，我想多数作者都是愉快地为我们撰稿的。

"火之子"夜宴

在工作上继续进行这样的集会的同时，从1980年前后开始，私人方面也以山口昌男为中心，在新宿西口的酒吧"火之子"举办聚会。后来这个会被称为"DAISAN之会"。那是因为，有一说是第三个星期六的晚上开会，也有一说是大冢和三浦[1]之会，即，我和三浦雅士召集的，以山口昌男为中心的集会。每月一两次，从晚上 8 时以后至深夜，一个劲地喝酒和聊天的聚会。

恒常的成员，先从女士开始列举：川喜多和子（当时法国电影社，故人）、栗田玲子（画廊 Galleria Grafica）、中村辉子（共同通讯社）、吉田贞子（《思想的科学》）、森和（人文书院）；男性有：井上兼行（文化人类学）、小野好惠（青土社，故人）、田之仓稔（戏剧评论）、藤野邦夫（小学馆）、安原显（中央公论社，故人），还有三浦雅士（青土社）和我。后来坂下裕明（中央公论社）也加入为成员。川本三郎、青木保、小松和彦、浅田彰（当时还是研究生），还有大江健三郎和武满彻诸位先生偶尔也参加。有一段时间，山口从印度邀请来东京外国语大学、名字叫比曼的大个子研究者也经常露面。

"火之子"虽然聚集了形形色色的人，但这个"DAISAN 之会"却是特别热闹的。虽然这个会只是喝酒、议论，热闹地一直到深夜，但也是珍贵的信息交流平台。那时三浦还没有开始写作，我曾经想如果跟比我年轻十岁的他认真议论的话，也许会输给他的（但是我们社内很少人意识到）。女士阵营也非常活跃，她们的精力往往更胜男士们。

山口总是笑容满面地关注着聚会情景。想一想，最愉快地享

1　日语"第三"的音读为"daisan"；"大"的音读是"dai"；"三"的音读是"san"。

受着的应该是山口吧。那是被称为"Belle Époque"（美好年代）的充满话题的时代，每次回忆起来，就会觉得这个会本身如同R. Shattuck 的书名《飨宴岁月》。

也曾有过经历不明的作者

1981 年、1982 年，持续地为推动"现代选书""文化的现在"，也为单行本而奔忙。这两年间，还是接下来的大型计划"20 世纪思想家文库"和"讲座·精神科学"的准备期。特别是后者，因为是岩波书店当时基本没有涉足过的领域，做准备需要前所未有的考虑。这里先记下"现代选书"和单行本。1981 年至 1982 年出版的"现代选书"如下：

［1981 年］

亚伯拉罕·舒尔曼　　　《人类学学者与少女》（Abraham Shulman：*Anthropologist and the Girl*，村上光彦 译）

托马斯·A. 西比奥克等《福尔摩斯的符号学：皮尔士和福尔摩斯的对比研究》（Thomas A. Sebeok：*You Know My Method：A Juxtaposition of Charles S. Peirce and Sherlock Holmes*，富山太佳夫 译）

伊曼努尔·沃勒斯坦　　《现代世界体系——农业资本主义和"欧洲世界经济"的起源》（Ⅰ，Ⅱ）（Immanuel Wallerstein：*The Modern World-System：Capitalist Agriculture and the Origins of the European World-Economy in the Sixteenth Century*，川北稔 译）

［1982 年］

菲莉丝·迪恩　　　　　《经济思想发展》(Phyllis Deane：*The Evolution of Economic Ideas*，奥野正宽 译)

在此期间出版的单行本目录如下：

［1981 年］

查尔斯·泰勒　　　　　《黑格尔与现代社会》(Charles Taylor：*Hegel and Modern Society*，渡边义雄 译)

丸山圭三郎　　　　　　《索绪尔的思想》

筱田浩一郎　　　　　　《空间的宇宙学》

［1982 年］

河合隼雄　　　　　　　《传说与日本人的心灵》

山口昌男编著　　　　　《知识的猎手　续·20 世纪的认知冒险》

保罗·利科 (Paul Ricoeur)《现代哲学》(Ⅰ，Ⅱ)(Ⅰ，坂本贤三、村上阳一郎、中村雄二郎、土屋惠一郎 译；Ⅱ，坂部惠、今村仁司、久重忠夫 译)

辻佐保子　　　　　　　《从古典世界到基督教世界——试论天顶马赛克镶嵌画》

大江健三郎　　　　　　《核之大火与“人”的呼声》

W. 阿伦斯　　　　　　《食人的神话——人类学与吃人风俗》(W. Arens：*The Man-Eating Myth：Anthropology and Anthropophagy*，折岛正司 译)

首先说说“现代选书”中的亚伯拉罕·舒尔曼著《人类学学

者与少女》。这是在法兰克福通过代理得到法文原稿的，因为觉得挺有意思，所以请了村上光彦为我们翻译。结果反而法文版最终没有出，因此作为图书就只存在日文版了。这部小说的内容讲的是，德国人的优秀人类学学者对一个少女进行绵密的头盖骨及其他的身体测定，以判定是否为犹太人。作品细致地描写那些过程，纳粹的"科学合理性"的可怕程度一点一点地渗进身体里。虽然处在对作者的经历和作品基本不了解的状态下，这本书还是受到了读者的欢迎。

然后是《福尔摩斯的符号学：皮尔士和福尔摩斯的对比研究》。当时正隆重地举行符号学学术会议，邀请了西比奥克访日，由于这个机会选题计划得以成立。山口昌男就任符号学会的会长，借各种各样的时机，他的研究者朋友从世界各地来到日本。是在为西比奥克举办的欢迎会上，得到他本人许可翻译这本书。内容如副题所示，富山太佳的翻译实在精彩。

关于伊曼努尔·沃勒斯坦的《现代世界体系》，大概没有说明的必要。这本书出版后，日本的西洋史学界关于现代世界体系的议论变得热烈，逐渐形成一个定论。请到川北稔为我们做了严谨的日语翻译。1983 年，先生为我们撰写了《工业化的历史前提——帝国与绅士》，是 A5 开本的学术书；其后也得到他各种各样的帮助。众所周知，后来他开辟了称为"川北史学"的独自学风。

索绪尔思想的巨大影响

接下来谈谈几部单行本。先说丸山圭三郎的《索绪尔的思想》。当时中央大学文学部的纪要，正在连载着丸山发人深省的关于索绪尔的论文。告诉我这个信息的是木田元和生松敬三。与木田和生松一起喝酒时，谈到索绪尔的话题，两位当即脱口而出的，就是丸山的论文。

我在学生时代曾随丸山学习法语，跟他认识，因此马上联系他。当看到他给我的纪要时，果然，那真是深具兴味并充满刺激的论文。于是立刻制订选题，实际编辑事务托付给了编辑部的 O女士。O女士精通法语，她出色地把丸山的原稿编辑成书。本书影响很大。前面也曾经提到，或许因为当时索绪尔刚刚开始被认为是 20 世纪的思想渊源之一，所以虽是 A5 尺寸 400 页的高价学术书，却十分畅销。以这本书为契机，丸山开始活跃于学术界，并展开了独特的文化论研究，这是大家都知道的了，在此省略。

报答荣格研究所之恩

再谈谈河合隼雄做的《传说与日本人的心灵》。河合当时已经做了格林童话的分析（《传说的深层》，福音馆书店，1977 年），我想这次应轮到日本传说的研究了，于是向先生提出建议，马上得到了他的同意。对先生而言，因为在荣格研究所的毕业论文是关于日本神话的，所以反正早晚要正式地致力于神话研究。在当时，把广为人知的传说作为研究对象应该是有十二分意义的，这是我的判断。而河合在"后记"中也写道："尽管是极其日本化的题目，但是凭借这本书，觉得终于能够向荣格研究所'报恩'了。"因此我的判断似乎比较准确。

这本书卖得很好，是先生的主要著作之一，关于内容就按下不说了。书出版后，在看到从小熟悉并感到亲近的许多传说，是如此地象征着日本人独特的心灵，感到惊讶的同时，也重新唤起了对日本文化的关心。我希望留住这个记忆。

在我离开出版社的 2003 年，盼望中的《神话与日本人的心灵》刊行了。在书的"后记"里，河合延续了前面曾经引述的部分，写道："《传说与日本人的心灵》（1982 年）是因为得到大冢先生的大力推动和支持而完成的，在某种意义上本书可以说是其续篇，能够由同一出版社出版，非常欣喜。"文中还提到"本来应该在大冢社长任期中的 5 月出版的，但是未能实现，感到万分抱歉"。作为编辑我感到实在太幸运了。这本书出版于 2003 年 7 月 18 日。

鼎盛的对话

山口昌男的《知识的猎手　续·20 世纪的认知冒险》，收录了下列多姿多彩的人物与山口的对话：艾柯、吉尔贝托·韦洛（Gilberto Cardoso Alves Velho，巴西社会人类学学者）、罗伯托·达马塔（Roberto Da Matta，巴西社会人类学学者）、亚瑟·戈尔德（Arthur Gold）、罗伯特·菲兹德勒（Robert Fizdale）（两人均是钢琴家）、E. H. 贡布里希（E. H. Gombrich，英国美术史家）、托马斯·拜勒（Thomas Bayrle，德国画家）、卡洛斯·富恩特斯（Carlos Fuentes，墨西哥作家）、罗兰·托普（Roland Topor，波兰出生的画家）、梅芮迪斯·蒙克（Meredith Monk，活跃于美国的表演艺术家）、阿兰·儒弗瓦（Alain Jouffroy，法国批评家、作家）、朱丽娅·克里斯蒂娃（Julia Kristeva）、杰弗里·劳埃德（Geoffrey E. R. Lloyd，英国古典学家）。

只举其中一例，记述一下对谈是如何进行的。著名的美术史家贡布里希勋爵曾应国际交流基金邀请访问日本。山口在四谷的福田屋与他对谈时，他的夫人也在座。当天设定这个对谈的，是《思想》编辑部的 A，他跟我说："对夫人一定要尊称'lady'才行呵。"可能因为对手是"Sir"（勋爵），就连山口也变得有点拘谨，所以对谈的气氛稍欠热烈。

然而，对谈完毕吃饭的时候，不知道是否被山口快速且滔滔不绝的跑调英语所逗引，贡布里希说话忽然来劲儿了，最后，什么 Sir 啊 lady 呀都无影无踪，只有兴高采烈、充满睿智的对话在飞扬交错着。数年后，我与《世纪末的维也纳》的作者卡尔·休斯克（Carl E. Schorske）会面时，听他说到引发自己这个德国政治史研究者对美术产生兴趣的，就是友人贡布里希。这让我想起了贡布里希氏的直爽性格。

《知识的猎手》的装帧，使用影响了布莱希特（Bertolt Brecht）的演员卡尔·瓦伦丁（Karl Valentin）的照片。与前作《20 世纪的认知冒险》的爱森斯坦画作的野性相比，不论好坏，都予人洗练的印象；从内容看，也是续编更成熟些。

巴黎的邂逅

让佐保子的《从古典世界到基督教世界》是名副其实的大作，是 A5 开本 600 页、插入了大量图版、定价 12000 日元的书。这部著作让我有幸亲身感受美术史学者绵密的工作是怎样进行的。虽然如此正式的纯学术书获奖是比较罕有的事情，但是这部著作获得了"三得利学术奖"（SUNTORY 学艺赏）。

作者辻佐保子女士，与这部严肃的堂堂学问著作予人的印象有所不同，是极具人格魅力的女性，和她的夫婿辻邦生一样。跟他们两位谈话是非常愉悦的。翌年，因为邀请邦生先生为我们的"20 世纪思想家文库"撰写《托马斯·曼》，所以有段时间经常与辻氏夫妇会面。

数年后在巴黎的某家餐厅偶遇他们夫妇，他们还带我到家里做客和在市内游览。辻氏夫妇在巴黎繁华的笛卡尔街一座建于 18 世纪的公寓里拥有居所，每年有数月生活在那里，因此买了车。不过用那辆车为我导游巴黎，是需要勇气的：紧握着方向盘的邦生先生，果敢地冲进比起东京过犹不及的巴黎堵车旋涡中前行。我记得终于在有名的多姆（Le Dôme）咖啡馆坐下时，真是松了一口气。

2 "20 世纪思想家文库"与"讲座·精神科学"

迎接世纪末

1983 年 1 月，"20 世纪思想家文库"以下列四种出发：

辻邦生　　　　　　　　　《托马斯·曼》

田中克彦	《乔姆斯基》
筱田正浩	《爱森斯坦》
木田元	《海德格尔》

然后同年内出版了以下七种：

饭田善国	《毕加索》
泷浦静雄	《维特根斯坦》
西部迈	《凯恩斯》
中村雄二郎	《西田几多郎》
广松涉、港道隆	《梅洛－庞蒂》
八束 HAJIME	《勒·柯布西耶》
镇目恭夫	《维纳》

策划这套丛书的意图是，在持续浓厚的让人们感到世纪末将至的气氛中，思考 20 世纪是怎样的一个时代。因此，挑选二十多位被认为是亲身应对世纪问题的思想家、艺术家，尝试体会他们的生存方式，追溯他们的思想进程。

挑战性的乔姆斯基论

执笔者方面，邀请了对于上述的问题意识能够以敏锐的切入方式回应的人们登场。曾负责丸山圭三郎《索绪尔的思想》的 O 和我组成这套丛书的编辑部。好像无论哪一位执笔者都写得很愉快，作为其中一个例子，请容许引用田中克彦先生《乔姆斯基》

的"后记"。虽然有点长，但是充分传达了当时的氛围：

岩波书店老相识的编辑，向我提出要不要试试写写乔姆斯基（Noam Chomsky），已经是两年前的事情了。

——由我写乔姆斯基呀，如果有那么有意思的书，我也想读读看呢——

记得当时我好像是这样回答的。虽然说话的方式也许有点可笑，但那是很好地反映我当时心情的表达方式，现在我还是这么认为的。

（中略）

不过那样的书终究完成了。尽管说那样的，仅仅是满足了"我写"的条件，而读者对我的期待这另一半的条件则是欠缺的。

（中略）

对于没有将乔姆斯基学作为专业的我，对这个人物的思想只有一点不寻常的关心，那就是，放在过去大概100年的语言学潮流中来看时，乔姆斯基的主张到底具有什么意义。从这样的角度来谈乔姆斯基，反而能弄清他以前所追寻的近代语言学到底是什么。围绕乔姆斯基我想了解的仅此而已。既然有这样的愿望，以此为基础的乔姆斯基论应该能写，而且必须写，我是这样认为的。

上面曾提到的编辑，不知什么时候，让我确信以我的方式论述乔姆斯基还有余地，而且只要根据自己的思考毫不羞怯地、正直地去做的话一定没有问题。他曾说，书写某个思想家这样的工作不是机械式的，也可以说有几分是在写自己。他这番话，我一方面觉得有点儿过于花言巧语，但同时对我也是很大的激励，结果是，毅然尝试干一把。

* * *

今年夏天，我两次到苏联突厥斯坦（Turkestan Autonomous Soviet Socialist Republic）旅行。在 6 月最初的旅程中，我只携带着极少数的、体量不大的乔姆斯基文献离开了东京，曾经有过在撒马尔罕（Samarkand）的星空下，或者在天山山麓的乡镇中阅读乔姆斯基的稀有经验。

（中略）

回国之后，我把预定 9 月再次前往突厥斯坦旅行前的约一个半月时间，都耗费在用我的语言将浮现于脑海中模糊的乔姆斯基像勾勒出轮廓，好歹把一捆原稿交托给编辑后，我放下了乔姆斯基，随心所欲两手空空地再度踏上中亚之旅。一个月后回来看到的，是我那些如同笔记的原稿已经排成了活字，已经让我无法退却了。当时毅然写下的文章，相隔一段时间，头脑冷下来重新再读，就像过去所写的情书被摆在眼前般感到害羞，让我觉得违背自己心意的地方也全都跑出来了。因此，虽然对于做了印刷和校对的人们很抱歉，但还是得到许可任性地做了大量的增删，终于完成了这本书。可以说任性被许可而印出来的书，具有不可思议的权威，束缚了我的自由。但是这事情的经过已不打算写了。

因为，我曾经被上面提到的那位编辑叮嘱说，这个后记本来是不需要的，但假如无论怎样都想写的话，长篇累牍地进行辩解是不允许的。

因为是《从语言看民族和国家》的作者写关于普遍语法的乔姆斯基，所以一定很有意思。事实上，对于乔姆斯基的信徒而言，这是具有挑战性的乔姆斯基论。

对于我写信请求田中允许引用上面的长文，他在 2006 年 7 月 11 日发来了下面的回信，同样得到许可在此引述一下：

收到了您令人怀念笔迹熟悉的来信。乔姆斯基的后记怎么用都可以。那时候，与同时代丛书、现代文库一直存续，这些都添加在名为"在七年之后"的新的后记里，若蒙想起《朝日周刊》的书评所说的"人物与笔者的组合，是水和油的角色错配"，以及"对于交付这个任务的文库编辑实在做了十分抱歉的事情"之类的，那非常感激。总而言之，如果没有大冢先生的鼓动，就不会有这本备受争议的书面世。我认为这本书超越了仅仅是单纯的乔姆斯基传记、介绍，而是作为语言学的书能够一直留存的。这并不是老者的自卖自夸，是做学问的人必须要有勇气的问题。写得好长了。祝好！

爱森斯坦 / 凯恩斯 / 西田几多郎

电影导演篠田正浩是勤奋钻研的人。电影自不待言，对历史、文学以至现实社会，他都有独特的见解。因此，与篠田聊天是乐趣，也常发生受我挑动的事情。关于爱森斯坦（Sergei M. Eizenshtein），一定有很多要说的。特别是电影蒙太奇，是不通过文字表现的语言活动，篠田在《白井晟一研究Ⅰ》（1978年）中曾经涉及过，他清晰论述了爱森斯坦与俄罗斯形式主义的关系。从这方面来说，我认为《爱森斯坦》是写得很有意思的书。从篠田的电影作品，或许比较难看到爱森斯坦的直接影响，但是到了他自己认为是最后作品的《间谍佐尔格》（Spy Sorge），在阐明历史性事件的这一点上，可说是基本继承了《战舰波将金号》的思想。

后来杂志《赫耳墨斯》得到他撰写短的散文连载，我以取稿为口实，与他在涩谷的某家咖啡店见面，一聊就聊了好几个小时。其后，在音乐会或者派对中见到，他总是满脸笑容、精神饱满地跟我打招呼。

接下来，说说西部迈的《凯恩斯》。看到西部的名字，也许会有人表示惊讶。但是，近四分之一世纪之前的西部，是风华正茂的社会科学者。当我到位于麴町的《季刊·现代经济》编辑室拜访西部时，被认为是现在革新派评论家的经济学者M一起在那里等着。我向西部讲述了我们的希望并拜托他执笔，当即得到应允。完成的原稿内容实在是高格调，让人感到"英国流"的稳重，也许难以与今天西部的著作联系在一起。

上面写到西部是"风华正茂的社会科学者"，当时的他经济学不用说，社会学、人类学，以及历史学等都进入了他思考新的社会科学建构的范围。看看《社会经济学》（1975 年）和《经济伦理学序说》（1983 年）大概能明白。在此意义上，我认为他和前面谈到的哈罗德有相同之处，同时与著述了《伦理学笔记》的社会学者清水几太郎也有着共通的地方。

但是，看西部现在的言行，比对初次会面他跟 M 氏同席时的差异，无法不感慨人类生存方式的不可思议。

这个系列也邀得中村雄二郎登场，就是《西田几多郎》一书。西田学派是以京都大学为中心形成的，那种晦涩的风格众所周知。战时背景下学派的主要成员所进行的"近代的超克"论争，我认为是黑暗中的影照。总之，学派外的人写西田，着实需要勇气。然而，中村在这部著作里，以"问题群"[1]来把握西田哲学，并大胆切入，通过对"场所逻辑"的重新把握等，致力于超脱西田哲学的重新解构。

尽管最初不是没有听到对于中村的零星批判，但过了不久对中村的批判性评价就变得正面了。自此，对西田能够从自由的立场给予广泛论评，直到今天。这在 2002 年开始由岩波书店刊行的《新版・西田几多郎全集》（全 22 卷）的编委组成上也有所反映，竹田笃司、克劳斯・里森胡贝尔（Klaus Riesenhuber）、小坂国

1　即从西田哲学选出若干关键性概念。

继、藤田正胜是编委。

海森伯 / 花田清辉 / 和辻哲郎

这个系列广被阅读的是见田宗介的《宫泽贤治 走进存在的节庆中》(1984年)。同年，还出版了宇佐美圭司的《杜尚》、村上阳一的《海森伯》、小田实的《毛泽东》；1985年出版了高桥英夫的《花田清辉》，接着在1986年出版了坂部惠的《和辻哲郎》。

其中，关于村上阳一、高桥英夫，还有坂部惠的书，在此谈一下。

首先是村上的《海森伯》。在书的"后记"中他如此写道：

> 当岩波书店的大冢信一先生提出这个工作的时候，我曾经大费踌躇。要写海森伯（Werner Karl Heisenberg），有许多其他的合适人选。描写海森伯个人的话，有与其个人交往极长久的山崎和夫（译有《部分与全体》，以及大量有关海森伯的文献），及众多以海森伯为师的日本物理学家；或者也有像渡边慧先生那样的，从德布罗意到玻尔、海森伯等，与这些在书中登场的人物以及重大的时期有直接关系，连当时被视为秘话的事情也知道的人。
>
> 而且，物理学的解说不是我的任务。因此十分犹豫。但是这套丛书比起公认最合适的对象，选择的是稍稍偏离的作者这一点也很有意思。对于这个系列的其他作者未必适用，对于我来说却是被大冢先生灌了一种迷魂汤。那

么，不是单纯地写海森伯，而是作为科学的最具戏剧性的事件，按照我的方式尝试追索 20 世纪前半的相对论和量子论诞生的过程。以这样的理解，我接受了这个任务。以前，在杂志《第三文明》上给这种工作开了头，由于书店方面的情况而中断，同时也产生了让我某种程度地利用这些资源的便宜。因此，这本书虽然名为《海森伯》，但是内容设置与聚焦于维尔纳·海森伯的评传旨趣极为不同，希望得到读者的理解。

正因为如此，可以说本来题材是极富趣味的，应该是一种诱发知识令人兴奋的东西。用我的手法，是否做得到那样，真的有些担心。若有幸能够点缀 20 世纪最初四分之一时期的全景知识戏剧的一端，作为著者没有比这个更高兴的了。

如上所述，这本书真的是意味深长，是作为 20 世纪前半的知识戏剧而完成的，精彩地描写了科学史的"圣俗革命"，我认为，这只有村上能做到。

这本书的编辑实务是与下面会谈到的《花田清辉》一样，交给了 N 负责。之后，与 N 一起做"丛书·旅行与场所的精神史"和"新讲座·哲学"。然后过了不久，以哲学和圣经学的领域为首，N 开始策划和编辑了几个大的选题。凭着坂口 FUMI 大作《〈个体〉的诞生——创建了基督教教义的人们》（1996 年）的编辑工作，他得到了独特的授予优秀编辑的奖项。

　　总之，包括担任"新讲座·哲学"的编辑委员等，我在不同的方面得到了村上诸多关照。这来自他温和的品格以及与我基本上是同代人的亲近感。

　　也许是我的个人见解：先生的著作一贯具备的优雅魅力，大概来自他本身是大提琴演奏者，有着丰富的感受力。

　　接着是关于高桥英夫的《花田清辉》。如第一章所写的，对于花田，我从在《思想》编辑部的时期开始，便抱有特殊的情感，约到高桥写这本书，真是非常高兴。

　　这次也引用一下该书的"后记"。

　　　　当我说正在写有关花田清辉的书时，好几次得到的回报都是一脸意外。其实，我自己也很意外。最初，岩波书店大冢信一先生带着"20世纪思想家文库"计划来的时候，他没有轻易地说出要写什么人，而是在巧妙的时机提起"花田清辉"。这到底行不行？记得我当时有点茫然。但是隔了些时间进行考虑的过程中，想到我与花田清辉也不是没有关系的。其实，即使没有直接的关系，也深深感到关于花田清辉的研究是有意义的。

　　结果，高桥这本书的内容，包括花田和林达夫的关系等，写得实在饶有趣味。在此意义上，花田，还有前面写到的对于高桥的工作予以高度评价的林达夫，一定都会感到高兴。附带提一句，高桥的著作《我们的林达夫》在1998年由小泽书店出版。

1983 年坂部惠著述了力作《"接触"的哲学 人称的世界及其基础》，1989 年撰写了《人格的诗学——说话 行为 心灵》，1997 年执笔了《〈行为〉的诗学》。其中，也许只有这本《和辻哲郎》让人感到是有点异质的书。

毫无疑问，这本书是唯有坂部才能写的、独特的和辻论。此书委派了 O 负责。在这本书获得"三得利学艺奖"的时候，O 和我都非常高兴。

对我来说，坂部与市川浩都是继中村雄二郎之后最有力的哲学者。正因为如此，包括《赫耳墨斯》和讲座等，很大胆地提出了请求。最甚的大概是后面会谈到的请他做《康德全集》的编辑委员。不过，不管提什么要求，先生什么时候都是以笑脸回应。想起这些我内心总满怀感激。

现状中难以实行的计划

1983 年 1 月，早早地开始了"20 世纪思想家文库"的刊行；4 月，实现我最初的讲座计划"精神科学"（全 10 卷·别卷 1 卷）。大型的"讲座"系列计划，三年的准备时间大概是必要的，因此从 80 年代初已经开始了准备工作。这个"讲座"的意图是把过去一个世纪的精神医学和临床心理学成果集大成。

那时，经济稳定过后逐渐走向泡沫期的日本社会，起因于"心灵疾病"的各种社会现象和事件频发。因此，对人的"心灵"的洞察和充分理解变得迫切。然而，不管是精神医学还是临床心理学，作为学问的体系都还没有完备。

我首先与河合隼雄商量，得出的判断是：精神医学方面的学问体系化虽然并不充分，但是因为大体已有百年历史和蓄积，所以做"讲座"系列还是可能的；而临床心理学方面则由于刚刚才开始走自己的路，还难以体系化。因此，在这个阶段通过做"讲座"有助于推进"心灵"方面学问的发展——对我这个某种意义上十分胡来的意见，河合考虑了一阵子以后表示赞成。其后，我多次得助于河合类似的"教育性关照"。

不论如何，决定先跟精神医学范畴的笠原嘉会面。因为精神科医生非常繁忙，所以某个星期天的下午，请他从名古屋来到东京，在岩波书店的一个房间里跟河合一起与他见面。我开始说希望做这个"讲座"时，笠原马上说："目前的状况是十分不可能的。能够好好地写论文的精神科医生，大概，只有四五人，最多不就是十个左右嘛。"唯一指望的精神医学若然如此，我只好对那颗怯惧之心不断激励，表达了曾跟河合说过的同样的想法，河合也在旁帮腔说："是啊，如果在这方面努力的话，精神医学和临床心理学都将会大有进展的。姑且当作被编辑欺骗了，尝试一把吧。"在河合和我持续的游说之下，笠原虽然仍是满脸疑惑，但最终还是同意了。精神医学方面除笠原以外，有饭田真、中井久夫两位；临床心理学方面河合以外有佐治守夫，这些人组成了编辑委员。

预告今后十年

五位编辑委员多次聚集在一起，最终制订选题结构如下：

第 1 卷　精神科学是什么

第 2 卷　个性

第 3 卷　精神危机

第 4 卷　精神与身体

第 5 卷　食·性·精神

第 6 卷　生命周期

第 7 卷　家族

第 8 卷　治疗与文化

第 9 卷　创造性

第 10 卷　有限与超越

别　　卷　外国的研究状况与展望

　　执笔者共达一百人以上。超出了笠原的预想，得到了很多精神科医生、临床心理学者的参与。编辑部是我跟 T 君和 U 君三人，编辑实务则交由他们二人负责。为了取得原稿，二人饱受辛劳，因而与年轻的精神科医生、临床心理学者变得关系亲密。结果，几年之后，作为这个"讲座"的副产品"丛书·精神科学"（全 16 册，1986 年发刊）诞生了。在丛书中登场的安永浩、小出浩之、山中康裕、内沼幸雄、成田善弘、河合逸雄、泷川一广、远藤翠、野上芳美、大平健、吉松和哉、花村诚一等诸位，日后活跃于种种场合。中井久夫为丛书的内容简介册子所写的文章，如同预告文，引述如下：

"登山者不带走整座山，只带走龙胆花一朵"是西方的一句诗，精神科医生的营生中可资言语的东西甚少，能够编纂成书的东西更是寥寥。这种"现场的知"能够作为"精神科学"得到他者指出，是对理解人类做贡献，让身处于狭窄世界的我们感到惊讶。若如所言，预告今后十年我们精神医学代表性的一面，这套丛书首先可说称职吧。

精神科医生的独特性

要说这个"讲座"系列的原稿，最令人烦恼的是编委中井久夫。中井知识广博，涉及精神医学以外的多个方面，最为人所知的是翻译希腊语诗歌等。但是，如果所给的主题如他所愿，像先前谈到哲学讲座的山口昌男一样，中井也是绝不可能就在规定页数内写完的。因此第8卷《治疗与文化》的卷首论文《概说——文化精神医学与治疗文化论》整整124页，占了这一卷的三分之一篇幅。后来，以《治疗文化论——精神医学再构筑的尝试》为题收进"岩波同时代文库"，因为它足有一部书的分量。

中井有时会自己写病历，住进自己当教授的神户大学医院。他的构思意义超群，但有时候行为有些异于常人。在京都举行编辑会议时，他缺席了。后来听说他是乘搭新干线过了站，一直坐到名古屋。不过，据中井自己说，那是因为曾经在京都大学的时代受过精神创伤，所以无意识中回避了去京都。对于这件事，笠原和河合也只是说果然如此，丝毫没有感到不可思议的表情，令我觉得奇怪。

至于笠原，自此得到他的很多帮助。他经常满脸笑容，以独特的高雅稳重语气说话，是让人感觉安心的精神科医生。之后拉康（Jacques Lacan）的《研讨班》（Le Séminaire）翻译出版了多册。拉康难解的文章译成日语之所以可能，是因为笠原主持的拉康研究会、《研讨班》的读书会，从那里诞生了多位优秀的精神科医生，暂且只举小出浩之和铃木国文两位的名字，还有刚从法国回来的新宫一成。我也无法忘记笠原曾向我推荐说："他是正合适《赫耳墨斯》的人物呵。"

也因为有 T 君和 U 君的努力，讲座顺利地完结。被评价为对奠定日本的"精神科学"做出很大贡献。在编辑委员工作结束的宴会上，笠原说："就当作受编辑欺骗尝试了一下，结果出来的讲座实在出色。编辑真是可怕啊。"

3　《魔女兰达考》《世纪末的维也纳》等

这一年刊行的单行本和"现代选书"也记述一下。单行本有：

渡边守章、山口昌男、莲实重彦《法国》
中村雄二郎　　　　　　　《魔女兰达考——何谓戏剧的知》
诺曼·科恩　　　　　　　《猎杀女巫的社会史——欧洲内部的魔鬼》（Norman Cohn：*Europe's Inner Demons：The Demonization of Christians in Medieval Christendom*，山本通 译）

卡尔·E.休斯克	《世纪末的维也纳——政治与文化》
	（Carl E. Schorske：*Fin-De-Siecle*
	Vienna: Politics and Culture，安井琢
	磨 译）
阿部善雄	《最后的"日本人"——朝河贯一
	的生涯》
休·劳埃德-琼斯	《宙斯的正义——古代希腊思想史》
	（Hugh Lloyd-Jones：*The Justice of*
	Zeus，真方忠道、真方阳子 译）
川北稔	《工业化的历史性前提——帝国与
	绅士》
坂部惠	《"接触"的哲学　人称的世界及其
	基础》

"现代选书"有：

| 山口昌男 | 《文化的诗学》Ⅰ、Ⅱ |

"临床的知""戏剧的知""情感的知"

中村雄二郎的《魔女兰达考》在 6 月 20 日出版。7 月 14 日出版了前面曾经谈到的《西田几多郎》（20 世纪思想家文库）。中村在《西田几多郎》的"后记"中如此写道：

6 月和 7 月——劳烦了同一编辑（大冢信一）——连

续出版了《魔女兰达考——何谓戏剧的知》和本书《西田几多郎》。要说这两本书的关系的话，书名看起来是完全性质不同、毫不相干的课题；而且乍一见，是与"哲学"离得最远和最为接近的书的鲜明对比。不过，以自身近来才摸索到的新的观点——从所处理问题方面的情况而言，可称"情感的知""戏剧的知""临床的知"——作为系统的思考计划，这两本书的确构成互为表里的关系。我认为，因为两本书的完成，似乎可以说自己终于从以《共通感觉论》为基础的阶段迈向另一个阶段。

《魔女兰达考》除了一章以外，其他都是由曾发表于"丛书·文化的现在"的论文构成。1979 年，中村和"那个会"的成员井上厦、大江健三郎、清水彻、高桥康也、原广司、山口昌男、吉田喜重、渡边守章联袂前往巴厘岛。翌年，与"都市之会"的成员市川浩、多木浩二、前田爱几位一起，他重访巴厘。这本书的内容以该地的体验为基础，主要课题"临床的知""情感的知""戏剧的知"，可说是在与上述各位共享知识的氛围中酝酿成熟的哲学概念。

我认为山口昌男的《文化的诗学》也有共同之处。不光是山口，其他成员应该也会有大大小小的共同点。而且，前面曾经引述的中井久夫文章里出现"现场的知"这样的词句，亦不是偶然的。这一点，我视作一种最美好的"时代精神"，并为自己能够多多少少地参与其中，感到欣喜和自豪。

迷恋维也纳的经济学者

下面要谈谈我最难以忘怀的一本书，卡尔·E. 休斯克的《世纪末的维也纳——政治与文化》（安井琢磨 译）。

安井是日本近代经济学的著名开拓者之一，最初给我引见会面的，是前辈 T。那是在新书编辑部时的事情。

跟先生边吃饭边聊了两三个小时，很惊讶几乎没有聊经济学的话题。印象特别深刻的，是他对我说："最近，'岩波新书'出版的《现象学》，那本书很有意思。"T 跟他介绍"那本新书是大冢君做的"，接着我们的话题都是围绕着现象学的。与《世纪末的维也纳》也有些关联，因为这个时期，安井正埋头研究诞生了近代经济学元祖瓦尔拉斯（Marie Esprit Léon Walras）的知识风土。当然，他对维也纳学派和维特根斯坦也抱有兴趣。所以，他在谈话中对哲学动向也知之甚详，真是令我大吃一惊：这就是著名的近代经济学学者的风范呵。

自那以后，我经常到安井的家——最初是在长冈天神，然后是在宝冢市的逆濑川——叨扰他，惠受各种各样的教益。特别是关于他喜欢的维也纳画家古斯塔夫·克里姆特（Gustav Klimt）和奥斯卡·科科施卡（Oskar Kokoschka），那时候基本还没有专门研究他们的美术史学者，从先生那里听到许多有意思的事情。比如，一位名为克里斯蒂安·M. 内贝海（Christian Michael Nebehay）的维也纳牙科医生对克里姆特做了很多的调查，写了一部大书，因此正在与他通信。

安井对克里姆特感兴趣，是因为克里姆特画了维特根斯坦的姐姐玛格丽特的肖像。先生对维特根斯坦的兴趣也扩展到对卡尔·波普尔（Karl Popper）的研究，甚至还跟波普尔会过面。过去波普尔的自传《无尽的探求》（1978 年）作为"现代选书"出版的时候，安井还给我们指出了种种细部的事实。

先生获得文化勋章，我前去祝贺时，他只是说了"连一直完全没有关系的车站前的银行支店店长，都拿着花来祝贺，说存款的事请多多关照。实在烦人，真是没办法"，一句也不提授勋，而是开谈维也纳的话题。在这样的状况下，好几个向他约定了的经济学选题，毫无进展的动静。

知道了安井的兴趣所在，我便拜托他翻译《世纪末的维也纳》。引述他在该书"译后记"中的话来说明一下：

> 我……把维也纳学派和维特根斯坦作为媒介，从 70 年代初期开始，以克里姆特为线索逐渐迷上了维也纳和维也纳文化……知道我热衷于维也纳的岩波书店大冢信一，在原书公开出版之前的 1979 年秋天，带来了书的校样怂恿我翻译。由于校样包含了我曾经读过的四篇论文，所以我对大冢的提议欣然接受。

如他所说的，原版刊行（1980 年）的前一年，我在 Alfred A. Knopf 出版社的目录上看到了预告，立刻写信请求寄来校样。这些校样虽然还没有插入彩色图版，但我已经觉得非常有意思，因此买下翻译版权，并去拜托了安井。那时候没有想到，其中七篇论文先生已经读过了四篇。七篇论文如下：

    Ⅰ 政治与心理：施尼茨勒和霍夫曼斯塔尔

    Ⅱ 环城大道，其批评者及城市现代主义的诞生

    Ⅲ 新基调中的政治：奥地利三重奏

    Ⅳ 弗洛伊德《梦的解析》中的政治与弑父

    Ⅴ 古斯塔夫·克里姆特：绘画与自由主义自我的危机

    Ⅵ 花园的转型

    Ⅶ 花园里的爆发：科科施卡与勋伯格

这本书叙述了所有关乎维也纳的世纪末文化——政治、城市、建筑、思想、心理、绘画、文学、音乐，并说明它们的相互关系，在美国出版后即成为畅销书，而且在第二年获得了普利策奖（非小说类）。这本书很难用一般的方法进行翻译。不愧是安井，经历千辛万苦为我们做出精准的翻译。

翻译过程中，也有以下的事情："……经岩波书店安排曾经有机会与休斯克教授夫妇于京都会谈。那是在 1984 年 4 月教授夫妇应国际交流基金邀请来日本访问期间，关于本书内容和维也纳文化的一夕欢谈，让我留下了难以忘怀的快乐记忆。教授回答了我提出的问题，并且谈了关于自己的研究进程以及本书构成的很多情况，这成为我在翻译工作中巨大的心灵支持。"（"译后记"）

会谈是在一家名为"中村"的京都料理老店进行的，休斯克

夫妇坐在并不习惯的铺着草席的日式房间里，尽管两条腿感到难受，但仍然很高兴地与我们吃饭和聊天。夫妇俩似乎相当开心，还对我说，希望邀请我去他们在长岛的别墅。

这本书有关勋伯格等的音乐方面内容的翻译，得到专家德丸吉彦的帮助。书在 1983 年 9 月出版。那时候的定价 6200 日元，即使是"菊判"[1]接近五百页的大书，也绝对说不上便宜。然而，实在令人吃惊的是，这本书销售了近一万册，而且还获得了"翻译出版文化奖"。

比原书还正确

为了《世纪末的维也纳》一书的出版，1983 年 11 月，安井的众弟子们组成的会——"安井琢磨 Seminaristen"举行了祝贺会，我也被要求发言，在此引用一下有关记录（《安井琢磨 Seminaristen 通讯》No.17，1984 年）。

请允许自我介绍一下，我是大冢。首先最重要的是，对安井先生为我们所做的卓越的翻译工作，致以衷心的谢意！

今天有幸获邀参加如此盛大的聚会，也十分感激。更加要说的是，因为今天出席的四十多位先生，使我们销售了四十多册书，这是岩波书店的荣幸。恳请各位今后继

1　150mm×220mm 尺寸的开本。

续指教、支持。

我在二十多年间，一直从事编辑工作，这个职业犹如"黑子"[1]，本来不应该在这样盛大的场面出现，但是因为被指名了，所以我想，如果容许我向大家介绍安井先生为《世纪末的维也纳》这本书做了什么样的工作，或者与原书作者休斯克究竟是怎么样的一种关系，说说其中的二三事，那我就算是尽了责任。

首先是关于先生的工作情况，如同刚才松本先生介绍的，说是完美主义，我确实最为了解；用一句话来概括，这本书比卡尔·E.休斯克先生的原著 *Fin-De-Siecle Vienna* 还要完美，我认为可以肯定地这样说。

为什么能够这样说，例如无论是克里姆特，或是建造了环城大道的建筑师奥托·瓦格纳（Otto Wagner），安井先生都涉猎了所有相关文献，而且原书作者休斯克先生只是引用英译的霍夫曼斯塔尔的诗句，先生翻译时却全部对照德文原著进行确认修正。原书中存在的种种错误，尽管那是因为英美系统的学者比较多地采取粗略引用的方式，而这本书比原书还正确，并且附有严谨的译文。因此，这确确实实是完美的书。

还有，我想各位可能已经看到了，《朝日新闻》的书评末尾这样写道："近来罕见的名译"，其实写那篇书评

---

1 歌舞伎演出者背后的辅佐员。

的，是德国文学研究者种村季弘先生。他是德国文学的研究者，精通欧洲文化，也撰写各式各样有意思的文章，而且著述甚丰，拥有众多书迷，很少赞扬别人。就是这位先生，说出了"近来罕见的名译"，我想大概没有比这更好的赞美了。

接着谈一下先生与原著者休斯克的关系。那是前年（1981年）春天，一个晚上在京都，邀请到安井先生和休斯克先生夫妇聚餐。当时休斯克先生是应国际交流基金之邀访问日本。

休斯克先生本身是政治思想家，作为德国社会民主党的研究者而闻名。因此，在日本举办的招待会上，也基本上以政治学者为中心。可是休斯克先生与安井先生的欢聚，发生了令人惊讶的事情。虽然二位是初次见面，竟然愉快地畅谈了超过三个小时。我碰巧有机会同席深感荣幸。实际上不光是我一个人非常兴奋，休斯克先生也十分开心，他对日本国际交流基金负责接待的萩原延寿先生说，在日本最快乐的事，就是与安井先生的会谈。萩原延寿先生还专门打来电话，告诉我休斯克先生所说的话，并表示感谢。我想跟大家介绍的就是成为休斯克先生在日本最快乐记忆的这件事。

休斯克先生是非常著名的政治思想家，安井先生则是著名的经济学家，两人都在不是直接的专业领域里尽力做了各自的工作，而且跨越了语言的种种障碍，敞开心扉谈了三小时以上，实在是难得的机缘。我从事编辑这个职业的二十年间，曾经有过很多类似的同席经验，这次却是最难得的。

最后，请容许我说一下自己的事。其实安井先生从十几年前我在岩波新书编辑部工作的时候开始，就给予我种种的指点。每次到先生府上拜访，他总是说："你，读过这本书吗？"或者"知道这本书吗？"拿出一本又一本的书来，当然大部分都是我不知道的。因此我想，先生说的事情即使能理解一半也好，于是拼命去学，直至现在仍然没有被先生嫌弃，保持着交往。

闻说在座的各位都是东京大学或东北大学的研讨班出身的，而我纯粹是个别的安井讲座的在学生。最初身处这里时，感觉自己非常不合时宜，但是刚才所谈的事情也许可以作为让我今天参加这个集会的理由。

今天真是非常感谢。

这本书出版以后，掀起了维也纳热的现象，克里姆特和科科施卡大受欢迎。我认为没有别的书能像它那样迫近维也纳文化的核心。

编辑是失败者吗

阿部善雄的《最后的"日本人"——朝河贯一的生涯》这本书的编务交由曾担当"讲座·精神科学"工作的U负责。提到U

有很多的回想，这里记述一下他调动到编辑部时的事情。他入社以后一直在营业部。听说他是营业部的"另类"，有时间就会进仓库里阅读各种各样或新或旧的书。他特别爱读幸田露伴的书，这是后来了解到的。

在 U 即将要调来编辑部之前，我作为他被分配所属课组的主管，某天傍晚约了他到位于大冢的一家居酒屋。我跟他说了编辑人员的基本心得之类的，在喝了一点点酒后，他信口开河说道："所谓的编辑，反正都是失败者吧。因为，那是无法成为作家的人无可奈何地从事的工作。"这番话让我吃惊。其实，从编辑成为小说家，或者成为学者的例子不少。然而，我从来没有像他说的那样想过，我认为编辑的工作与作家和研究者的工作完全是两回事。因此，我跟 U 说："对你的意见，今天在这里我不做反驳，等你做了一年的编辑工作以后，我们再谈。"

U 负责编阿部善雄的书，是调到编辑部之后不久的事。朝河贯一战前曾经在美国耶鲁大学讲授法制史，是国际知名学者，通过日欧封建制度研究，与历史学家马克·布洛克（Marc Léopold Benjamin Bloch）有深厚交情。他的"入来文书"研究很著名。[1] 当日美间的形势变得糟糕时，朝河贯一在美国土地上积极游说美国政府，尽力避免开战。另一方面，他也希望向日本政府呼吁，然

1　"入来文书"是日本鹿儿岛县萨摩川内市（旧名"入来町"）的武家氏族入来院家从镰仓时代至江户时代的古文书群，里面记录着领地继承、土地买卖、裁判等史料。朝河贯一的英文著作 *The Documents of Iriki* 于 1929 年在美国出版（日译本《入来文书》，2005 年），是他对这些古文书的研究成果。

而没有引线，他只好通过岩波茂雄等向日本的政治家和知识分子传达反战意图。

作者阿部善雄（1986 年逝世）完全地把握了朝河贯一的特点。可惜的是，他对朝河过甚的褒扬，多余的形容词和过度修饰的文章让人生厌，为原稿带来反效果。为此，我在十页左右的校样上用红笔彻底修改，尝试尽可能删减为只传达事实的文章。我给 U 参看，嘱咐他剩下的原稿以同样方式加工。当然，还必须取得作者的谅解。这并不是一般的编辑作业。通过 U 的努力，称之为名著也不为过的朝河贯一评传终于面世。

这本书广受欢迎。特别是在朝河的故乡福岛县二本松市的书店非常畅销。在国际文化会馆举行出版纪念会时，很多二本松的人士参加，十分热闹。这本书在 1994 年收进"同时代丛书"，2004 年收进"岩波现代文库"，得到更多的读者阅读。

出书后不久，U 对我说："请您应酬我一晚。"在神保町一家秋田料理店刚开始喝起来的时候，U 说道："我调到编辑部前曾经说的话是不对的。编辑到底是怎么样的工作，我朦朦胧胧地逐渐看得见了。"自从在大家的居酒屋谈话以来，已经过了一年多的时间。U 继负责"讲座·精神科学"之后，出版了好几本具有特色的书，也亲手做了一些是讲座副产品的丛书，并且在数年后，完成了出版"全集－黑泽明"（全六卷，1987—1988 年）的心愿。

岩波书店当时出了不少作家的全集，出版剧本的全集却是首次。策划这套全集，从一开始便困难重重，但是 U 的热情打动了巨匠黑泽明，选题得以成立。U 曾两次带我去与黑泽明会面。当我们到御殿场[1]的别墅拜访他时，黑泽从书库拿出有关俄罗斯前卫艺术的书说："我希望用这种红做装帧。"全集的装帧就如此决定了。全集取得了很大成功。可是很遗憾，U后来遭遇了重大事故，不得不退职。

作者的"夜袭早击"

关于现代选书的《文化诗学》Ⅰ、Ⅱ，我无论如何还是要谈一下，因为这是山口昌男著作中我的最爱，是呈现他知识广博的最佳范本。两卷的章题如下：

卷Ⅰ

序论　恰帕斯高原的狂欢节——抑或祝祭的辩证法

第一部

Ⅰ　奥克塔维奥·帕斯（Octavio Paz）与历史诗学

Ⅱ　奥克塔维奥·帕斯（Octavio Paz）与文化符号学

Ⅲ　《源氏物语》的文化符号学

Ⅳ　文化符号学研究的"异化"概念

Ⅴ　文化人类学与现象学

Ⅵ　精神医学与人类科学的对话

第二部

Ⅶ　脆弱——作为潜在性凶器的"日常生活"

1　日本静冈县东部的高原城市，位于富士山麓，海拔250—700米。

只要看到这个目录，当时的火热状况便浮现眼前。除非山口出国，否则每天早上过了 8 点就往我家里打电话，每次大概 15 分钟至 30 分钟左右，讲讲昨天做了什么呀，今天准备做什么呀。我妻子经常说："完全像恋人一样呢。"

有意思的展览我们会一起去看，有重要的戏剧和演奏会一定结伴观赏。而山口主持的研究会，如果我没有出席会心情不好。山口与其他出版社或杂志的编辑见面，只要我的时间能凑上也会跟他会合。不问昼夜，只要有空，我们就到啤酒厅或酒馆喝酒聊天。我也不时去山口家，他在国内外买的书里面，有重复的会收拾出来给我。他的外国朋友来日本见面时，经常把我也拉上。而美国著名的文化人类学学者马歇尔·萨林斯（Marshall David Sahlins）夫妇访日，除了让我和他们共进晚餐，第二天还让我给萨林斯夫人当向导探访古董店。可是这样的场合山口一般都不出现。也曾发生少有的事情：山口在酒馆醉得不省人事，翌日一早我去把他救出。

幸亏有这样的生活，山口一篇接一篇地写出了结集在书中的那些论稿。确实，符号学是任何事物都可作为分析对象的。如这本书所示，先生剖开一个一个事物，而且由于犀利，这种剖开是没有止境的。随着《赫耳墨斯》的创刊，呈现更为火热的状态。有关情况稍后会详细谈到。

请看某天晚上与山口、大江健三郎三人一起喝酒时的一个场景。大江从柜台的花瓶掐下花朵泡在威士忌里，然后把花朵压在杯垫子的背面描了模样。山口看到后，在那上面首先写道：

Hainuwele

符号学竟是

无关系　　昌

大江承接写下：

> 大宜都
>
> 　　比卖神也是
>
> 　　micro
>
> 　　cosmos　　　健

Hainuwele[1] 是因为神话学者 Y 曾经写了有关的书。而"大宜都比卖"[2] 则是我们三人在谈论的话题。由此可以想象当时山口的符号学研究到底有多意气风发。

才俊之会

1983 年我策划选题并出版的书籍如上所述，同时这一年创立了可说是年轻版的"那个会"。最初曾叫作"新人之会"，两三年后也曾称为"现代文化研究会"，其间名字隐没掉了。但是，聚会仍持续了五六年。

当初的成员有：伊藤俊治（美术评论）、丘泽静也（德国文学）、土屋惠一郎（法律哲学）、富永茂树（法国思想史）、富山太佳夫（英国文学）、中泽新一（宗教学）、野家启一（哲学）、花村诚一（精神医学）、松冈心平（国文学）、八束 HAJIME（建筑）。后来，落合一泰（文化人类学）、佐藤良明（美国文学）、森反章夫（社会学）、奥出直人（美国研究）等加入。当时，他们是助

1　印尼、马鲁古群岛一带神话中流传的农作物女神。
2　《古事记》中记述的日本神话里掌管食物的女神。

手或讲师，两三年后也有些人成为了副教授。他们都曾经是新锐学者。

我这方面，每月一次只是提供场地（岩波书店的会议室）和膳食，聚会由某位成员作报告，接着大家进行议论。即使专业领域不一样，个个都是以一当千的人物，因此议论激烈，很有意思。岩波书店除了我，还有 T 和新人 K 参加。

偶尔，也会邀请嘉宾。比如，戏剧的如月小春和现代音乐的一柳慧，以及植岛启司（宗教学）和新宫一成（精神医学），还有田中优子（国文学）和松浦寿夫（法国文学）等等。还曾得到八束 HAJIME 招待参观他新建的住宅。那是让人想到维也纳分离派建筑的独特建筑物，八束的极佳品位成为了众人的话题。

各个成员当时所关注的课题，即便还不是很成熟，也在这个会上发表出来，让其他领域的人提供意见，后来听到好几个成员都说十分有参考价值。成员里只有中泽新一极少出席，但有时候出人意表地，与两三位朋友结伴而来。富永是从京都、野家是从仙台来参加的，五六年间坚持出席，实在难能可贵。

时间充足并精力旺盛

参会的成员们今天活跃在各个专业领域，许多成为首屈一指的人物。当年他们都有着充足的时间和旺盛的精力，因此，能够约请他们为我们做很多工作。或者说把很多工作强加给他们——这样表达也许更准确一些。

最极端的例子，大概是富山太佳夫。前面已提到托马斯·西比奥克（Thomas A. Sebeok）著《夏洛克·福尔摩斯的符号学》，在此之后接连地请他翻译乔纳森·卡勒（Jonathan Culler）《论解构》Ⅰ·Ⅱ（1985年，与折岛正司合译）、罗伯特·斯科尔斯（Robert E. Scholes）《符号学的乐趣 文学、电影、女性》（1985年）、凯瑟琳·达尔斯默（Katherine Dalsimer）《思春期少女——从文学看成熟过程》（1989年，与三好美雪合译）、简·盖洛普（Jane Gallop）《阅读拉康》（1990年，与其他二人合译）、威廉·多姆霍夫（William Domhoff）《梦的秘法——赛诺伊的梦理论与乌托邦》（1991年，与奥出直人合译）。

直到今天，包括他自己的著作，究竟先生为我们做了多少本书呢？富山涉猎的范围超群广泛，最重要的是交给他的工作大可放心。因此，编辑部收到一些棘手的译稿时，也经常向他求助。即使是专业领域中的著名人物，翻译并不一定是高明和正确的。我们把很多幕后的工作都强加给了富山。

要说我强加给他的最大的工作，应数《岩波—剑桥 世界名人辞典》（1997年）。请他任日本版的主编，与金子雄司一起，完成了这个实在麻烦的工作。那是后来我兼任编辑和辞典负责人时的事情了。以他的知识渊博，托付给他是正确的。

这部辞典，除了富山、金子两位主编，还邀请了可儿弘明、河合秀和、佐藤文隆、佐和隆光、多木浩二、德丸吉彦、中村雄二郎、山内昌之诸位先生组成日语版编辑委员会，每位都十分称职。

后来的《岩波伊斯兰辞典》（2002年）则拜托山内昌之担任编辑委员。山内先生，包括他的夫人，都曾经给予我很多帮助。他为我们执笔了大作《不服气的男子——恩维尔·帕夏　从中东到中亚》（1999 年）等多部书，后来，鉴于当时过于粗率的政治状况，作为"紧急出版"，约请先生撰写了《政治家与领导才能——超越民粹主义》（2001 年）。

还有丘泽静也，也是请他做了各种各样的工作，包括米切尔·恩德（Michael Ende）、艾尔哈特·艾普勒（Erhard Eppler）等著《在橄榄林里谈天——幻想、文化、政治》和米切尔·恩德作品的翻译，有：《镜中镜——迷宫》（1985 年）、《继承遗产游戏——五幕悲喜剧》（1986 年）、《梦之旧货市场：午夜诗歌和轻叙事诗》（1987 年）、《米切尔·恩德的猎蛇鲨》（1989 年）；以及米切尔·恩德、约尔格·克里希鲍姆（Jörg Krichbaum）著《黑暗考古学——论画家埃德加·恩德》（1988 年），米切尔·恩德、约瑟夫·博伊斯（Joseph Beuys）著《围绕政治和艺术的对话》（1992 年）等。

1996 年还请他翻译了米切尔·恩德编《米切尔·恩德读过的书》，收集了庄子、鲁道夫·斯坦纳（Rudolf Steiner）、歌德、欧根·赫里格尔（Eugen Herrigel）、古斯塔夫·R. 霍克（Gustav Renè Hocke）、陀思妥耶夫斯基、马尔克斯（Gabriel José García Márquez）、博尔赫斯（Jorge Luis Borges）等二十五位思想家、作家的作品，是深具兴味的书。

丘泽人如其著——《身体智慧　心之肌肉——游泳、跑步、思考》（1990 年）所显示，是重视身体和精神平衡、思想独一无二的人物，与他独特的说话方式一起让人留下深刻印象。他至今仍然时常给我发来游泳和跑步的故事，给予我刺激。

法律哲学专业方面，中村雄二郎的门生土屋惠一郎，也是性格有趣的人。我们请他翻译保罗·利科（Paul Ricoeur）的《现代哲学》Ⅰ（1982年，与坂本贤三等合译），也请他在《赫耳墨斯》登场，并且给我们出版了多部著作。早期的有《元禄梨园名角传》（1991年）、《独身者的思想史——解读英国》（1993年）。

土屋除了作为思想史家，也具有作为演出筹划推广者的特殊才能。他与松冈心平一起，创设了"能"的革新组织"桥之会"，因长年推行古曲的复演等而知名。现在，他跟松冈等一起建立了"能乐观世座"，积极地坚持能乐的上演。托土屋、松冈的福，我有机会欣赏到很多能乐表演。

松冈心平是中世纪艺能的专家，以独特的视点向我们传达日本文学的趣味。也是在这个研究会上，他为我们做了关于"稚儿"[1]的讲演。他最初的著作是《宴之身体——从婆娑罗到世阿弥》（1991年），其后他在文化界非常活跃，广为人知。

八束HAJIME在"20世纪思想家文库"撰写了《勒·柯布西耶》（1983年）。最近收到他赐赠名为《作为思想的日本近代建筑》的大作。

野家启一后来为我们写了好几本书，下面将会谈及。其他成员也各自成一家，二十年前的一个个年轻面容，在我的脑海里并没有消失。

1　古代日本寺院和公卿、武士家的童仆。

第五章　向不可能的挑战

——《赫耳墨斯》之环 I

1　为文化创造而办的季刊

无谋之勇

1984 年，我也经手出版了几种单行本和现代选书。是年 11 月，推出"旅行与拓扑斯（Topos）精神史"新系列丛书。关于这套丛书待后叙。这一年，也是筹备 1985 年将正式推出的"新岩波讲座·哲学"的最后一年。如前述，凡大型讲座最少需要三年的筹备期，这套讲座自 1982 年启动以来，在编委之间进行了缜密的协调。必须在 1983 年到 1984 年，最终确定选题、落实撰稿人，为此我度过了无法分身的日子。

尽管忙得不亦乐乎，我却逞无谋之勇，在"丛书·文化的现在"基础上，酝酿创刊季刊文化杂志。这项动议在 1983 年秋全社长期选题编辑会议上通过，预定翌年务必发刊。这就是季刊《赫耳墨斯》。

我在一年一度的长期选题编辑会议上，说明办刊意图时说——通过日本具有代表性的学者、艺术家联手，整体把握包括风俗层面的现代文化，探索面向 21 世纪的新认知方向及真正丰富的文化创造的可能性。然而,这却是一块难啃的骨头。

第一,刊物采取编辑同人制,请谁不请谁,是绕不过去的一关。学者方面,人选相对好办。如上所述,山口昌男、中村雄二郎二人,气势如虹,无人企及。从艺术方面,大江健三郎加盟,毫无悬念。这三人可谓声应气求,在很多问题意识上,互有借重。然而,艺术方面的其他人选呢?这时,"那个会"和"丛书·文化的现在"谱系中的三人——建筑师矶崎新、诗人大冈信、音乐家武满彻,油然浮现。

担任编辑同人的事,六人欣然接受,甚至承诺,将不遗余力地合作。后面将详述,如果没有他们六人的全力支持,就没有季刊《赫耳墨斯》。这六位都活跃在国际舞台上,是炙手可热的大忙人。尽管如此,居然为《赫耳墨斯》倾注如此大量的时间和精力,用今天的眼光看,可谓奇迹。

感谢"三得利"

第二,是给杂志起名字。提出了各种方案,其中尤其"媒介者"和"赫耳墨斯"(Hermes)引起热议。"媒介者"是"丛书·文化的现在"编委会的常用词。"丛书·文化的现在"第8卷书名,即《交换与媒介》。各卷目录中虽未出现,但卷尾一定有一个人概观全卷,阐明各论稿的意图。他,就是媒介者。因为这个角色的重要性,所以全部由编委担任。这套"丛书·文化的现在",旨在做学问与艺术的津梁。而办刊物,也是试图在各种异质要素之间架桥、作为媒介。比如在学问和艺术、雅和俗、男与女、精神与身体、城市与传统社会、西方和东方之间，等等。因此，"媒介者"的命名亦有难以割舍之处。

一方面，"赫耳墨斯"最先是山口昌男提出来的。山口定义"跨界者"的特性是跨领域的认知和变幻自如的行动，而要寻找体现它的存在，除非希腊神话中的神使赫耳墨斯。经过一番激烈辩论，"赫耳墨斯"成为众望所归。

然而，这时却遇到了始料未及的障碍。经编辑部多方调查发现，"ヘルメス"[1]一词已被三得利（SUNTORY）公司进行了商标注册，不仅酒类，包括书刊也不能用。这样一来就不能用"ヘルメス"做杂志名。"完了，完了"，当人们沮丧的时候，山口突然表现出赫耳墨斯风范。他打算调动内线，攻克三得利的社长。山口与当时三得利的宣传部长 K 私交甚笃，说可以通过 K 说服 S 社长，并当即拨通了 K 的电话。

后来与我们以及编辑同人都混熟了的 K，想必是向社长汇报了同人阵容，并建言给予特别许可。其结果，三得利公司正式批准同意，连管理岩波商标事务的顾问律师，也说"这事听着新鲜"，可见是奇闻一桩。出于对"三得利"心存感激又不太理直气壮的心理，刊名确定为季刊『へるめす[2]』。

编辑同人的力作

杂志名称虽然有了，可是具体做什么样的刊物呢？编辑同人

1　Hermes 的日语片假名标记。

2　Hermes 的日语平假名标记。

和编辑部心里都没谱。编辑部有 T、新人 K，我担任主编。本来，岩波书店几乎没出过彩版杂志。我刚入社时做过的《思想》，名曰杂志，其实通篇活字，更像大学的学刊。

我们与编辑同人首先要议定，谁做包括季刊《赫耳墨斯》标识的封面设计。在矶崎新力主下，决定委托黑田征太郎。名噪一时的插图画家黑田能答应吗？我心里没底。但一见面，他二话不说，满口应承："冲着编辑同人诸贤，岂有不允之理？"黑田细心琢磨，决定以鸟系列贯穿。像鸟一样自由的封面设计，自创刊号以来持续至第 18 期，一直受到好评。

既然杂志的面孔——封面已定，接下来就是谁做版面设计和排版了。经与社里资深制作人 S 商量，决定起用志贺纪子的设计事务所。那里，志贺手下还有三四名得力干将。

现在想来，连我这个主编算上，一帮外行办刊物，还要挑战需要良好悟性的文化杂志，简直是鲁莽。虽说封面和排版落实到位，可是内容如何构成？编辑方针八字还没一撇呢。我开动脑筋：总之最大限度地调动编辑同人，由他们的论稿构建基本框架，其余版面以年轻人为主打，组织血气方刚的稿件。方针一出，我便着手编目录，并对 T 和 K 声言——杂志的主编必须是独裁者。

一般来说，杂志仅次于封面引人注目的，就是卷首插图吧。这里就做成彩色照相凹版，由矶崎主持每期连载"后现代主义风景"。创刊号上，矶崎以《至上主义者地形学（Suprematist Topography）——扎哈·哈迪德的建筑》为题。一般读者接触扎哈·哈迪德（Zaha Hadid），恐怕这是第一次。扎哈·哈迪德极具戏剧性的插图，让人倒吸一口凉气。加上矶崎挑衅性的文章，强化了版面的戏剧性效果。事实上，矶崎的观点不仅令人惊异，他还道破现代主义的最终形式——至上主义与俄国形式主义的关系，即形式自律与自动运动的具体验证。

开篇论文，刊登了山口昌男的《露露（Ruru）的神学——大地精灵论》。文章剖析了从 19 世纪到 20 世纪 20 年代，戏剧、艺术的热门主题"露露"神话，并透过与娜塔莉·泽蒙·戴维斯（Natalie Zemon Davis）所说"颠倒的世界"的关系，揭示了其本质——不愧为山口的手笔。而朱尔斯·谢雷特（Jules Cheret）等的插图也不逊色，传达出时代气息。

接着，大江健三郎为刊物写了小说《浅间山庄的跨界者》，与季刊《赫耳墨斯》堪称佳配。小说用"我国稀世人文学者 H.T（林达夫）"的去世做引子。读这篇小说，让我追怀起与林达夫多次见面的往事，他身体健旺的时候，我偕大江、山口、中村，有时往访林宅，有时在城里餐馆边吃边谈。

难忘那次访林家回来的路上，在藤泽车站月台上，山口语出惊人："嗨，哥儿几个有点新柏拉图主义者的感觉嘞！"当时，高桥岩也在场。小说里流荡着浓浓的新柏拉图主义氛围，我是能感觉到的。

大冈信发表了《组诗·桧扇之夜，天的吸尘器逼来》。这个组诗让人拍案叫绝。后来大冈也为刊物写过长篇评论，但他一出手就是如此火辣的作品，绝对幸运。看看《卷三·小曲集》之《五·曾经叫作神的堕天使之歌》吧：

说什么性的倦怠?

还优雅?

滚起来!

我是阿修罗。

住地底　游太空　寝海床。

好战　乐淫。

是喽,

她们舞动着绝品的

屁股迎迓

洒满堤坝的

骄阳。

最后,中村雄二郎以一篇《场所、通底、漫游——为了拓扑斯论的展开》,为杂志总体做了总结。文章分析了巴尔蒂斯(Balthus)的作品,同时对《人生阶段》加以论述,再从解读熊野比丘尼的曼陀罗绘,到论及中上健次的作品,是一篇与季刊《赫耳墨斯》辉映成趣的力作。山口如是,中村亦在绘画、戏剧、文学、历史、神话领域任逍遥,有神使赫耳墨斯般的广大神通。

不拘一格的策划

编辑同人的力作分明地勾勒出刊物的性格,为杂志构架打下了坚实基础,下面就要尽可能表现多样性了,我们大胆发表了一批年轻作者的作品,列举如下:

松冈心平　　　　《婆娑罗（basara）的时代——表演考古学》

赤濑川原平　　　《创造价值》

上野千鹤子　　　《社会性别的文化人类学》（女权主义的地平线①）

近藤让　　　　　《现代音乐的不可能性，或可能性》

伊藤俊治　　　　《镜中圣像——对新写真表现的视点》

　　另外，组织了河合隼雄与前田爱对谈《从歌舞伎町到三浦——性风俗与现代社会》（"Decoding Culture"①），佐以高桥康也的《脱绳套的课——贝克特（Samuel Beckett）与"世界剧场"》。翻译也刊登了两篇，其一为米切尔·恩德《镜中镜》里的《这位绅士只用文字长成》，译者丘泽静也。

　　创建了三个专栏：

"表现与媒体"——如月小春、濑尾育生、小野耕世、南伸坊、水木
　　SHIGERU

"知识的方位"——花村诚一、小松和彦、高山宏、德丸吉彦、高桥
　　英夫

　　另一个专栏"言语表现"，由八人供稿，每次以同一题目写一页随笔。具体如下：

高松次郎（颜色）吉原SUMIRE（光）浅见真州（音）铃木志郎康
　　（线）

筱田正浩（言语）　宇佐美圭司（面具）　杉浦康平（身体）　间宫芳生
（声）

发刊词

创刊号的内容落实了。万事俱备，只欠发刊词。经过几轮会议，决定由大江拟初稿。他既抓住了编辑同人共同分享的情绪，又反映出继"那个会""丛书·文化的现在"以来同人之间齐心协力的成果。以下全文引述：

给季刊《赫耳墨斯》创刊

在当今认知地壳变动中，我们为唤起新文化的萌生，筹办季刊杂志时忆起的是林达夫的话：

"历史家……是那些不断随机应变，要么逆时代、时间而动，要么斜滑旁出、无拘无束的人……倘若照老规矩，找个'精神史'守护神的话，恐怕既不是缪斯九神中的克利俄，也不是阿波罗，而是秘教元祖俄耳甫斯，尤其是冥界、地上界、天上界的神使赫耳墨斯吧。"

我们的自由结合、相聚畅想，由来已久。被兴会淋漓的认知激活，每个人都在工作中勇气倍增。它也是激励我们立足并超越本身的领域，创出独特的文化理论的动力。我们确实在追求随机应变，逆时代、时间而动，斜滑旁出、无拘无束，并对这种姿态之切要不疑，这已成为共识。

而且，于各自自由的流迹相互交融之处，读懂、构想同时代的今天与明天，这样的共同意志，已经清晰形现。我们为新刊冠以赫耳墨斯之名，理由不算不充足。

我们愿通过这份新杂志，悠游于跨领域的广阔天地，扮演使者的角色；在相互隔膜的人们之间，起到"媒介者"的作用。我们所希望的是，搭建一个舞台，让各方才学尽情施展。

作为自己的工作已经有一定基础的人，我们也愿摈弃既有表现形式的框框，将根本重组付托于扎实的预期。务使守护神赫耳墨斯的象征性发扬光大。

矶崎新　大江健三郎　大冈信

武满彻　中村雄二郎　山口昌男

无谋弥勇

创刊号有了眉目。而我在筹备创刊号过程中，渐渐坚定了一个信念：必须使刊物成功。因为是季刊，创刊的声势要尽量做大，以泽被2期以后。其次，创刊号的内容相当饱满，读者是否同时想得到一个宽松的氛围呢？——这样一想，脑子发热，生出创刊号别卷的主意。

出所谓创刊0号，投石问路，在出版界不乏其例。然而，本来外行的杂志已经是心余力绌，还要同时发行别卷，连自己也觉得疯狂。但其时箭在弦上，T、K两编辑同声响应。编辑同人、社领导虽然被吓着了，却也没有阻拦。因此出炉的创刊纪念别卷，内容如下：

杂志版研讨会（战后日本文化的神话与脱神话①）

寻觅乌托邦　寻找故事——怎样思考战后文学

井上厦 / 大江健三郎 / 筒井康隆

杂志版研讨会（战后日本文化的神话与脱神话②）

科学与技术的剧变——对人、对文化的意义

江泽洋 / 中村雄二郎 / 村上阳一郎 / 米本昌平

对都市与拓扑斯的视点①

都市论的现在

矶崎新 / 大冈信 / 多木浩二

全卷由两个鼎谈和一个座谈会构成。向编辑同人大江、中村、矶崎、大冈各位要求的是今天难以置信的合作，他们都慨允帮忙，诚属可贵。

这个别卷，对预订季刊《赫耳墨斯》的读者免费赠送。发刊前我就接受采访，在媒体上频频曝光。同人捧场，在新宿纪伊国屋大厅举办的创刊纪念会，会场爆棚，盛况空前。大概不枉这些造势之功，季刊《赫耳墨斯》订数超过预期，深受读者欢迎，甚至出现了杂志鲜见的首印数不够，必须紧急增印，让人乐不可支的事态。

矶崎新的"后现代主义风景"

第 2 期以后的版面，继承了创刊号和别卷的内容。首先是卷首插图，矶崎新连载的"后现代主义风景"（连载次数与期号一致的，省略期号，后同），列举如下：

2 伯纳德·屈米（Bernard Tschumi）的魔法——结构主义景观

3 大卫·霍克尼（David Hockney）的摄影拼贴（photocollage）——立体主义摄影

4 （矶崎新的）迪斯科舞厅"Palladium"——多媒体表现空间

5 安德里亚·布兰兹（Andrea Branzi）的设计——室内景观

6 白南准（Nam June Paik）的时间拼接——录像的装置艺术

（创刊一周年纪念别卷）

7 弗兰克·盖里（Frank Gehry）的建筑——不折不扣的解构主义

（第 6 期）

8 弗朗切斯科·克莱门特（Francesco Clemente）的自画像——解体的深层自我

（第 7 期）

9 菲利普·斯塔克（Philippe Starck）的家具——"去现代化"（demodernization）

（第 8 期）

这个连载跨了两年。我认为，其间"后现代主义风景"具体诠释了季刊《赫耳墨斯》的编辑方针。这个刊物正是在后现代主义的时代氛围中，既表现又顽强超越后现代主义的真实写照。矶崎新本人被喻为后现代主义旗手，但他之后开始了新一轮卷首插图连载，主题是"建筑政治学"。由此不难看出，他抛弃后现代主义和对新方向的探索。

这里，不妨披露一个分明后现代主义式的插曲——第6期卷首插图，提出弗兰克·盖里的建筑，同期又安排了矶崎与盖里对谈。对谈地点选在矶崎设计、有日本后现代主义代表作之谓的"筑波中心"，我和K陪同盖里夫妇、矶崎，驱车前往筑波市。途中，沿隅田川走在首都高速6号线时，盖里探望着浅草的街屋说："高高低低不规则的老城区天际线，美不胜收啊。"我吓了一跳。参差不齐、晦暗拥挤的低矮房屋而已，我没看出有什么美。然而，后来见识了盖里搞的波士顿再开发，方才明白个中含义。那里，巧妙地再现了浅草等老城区才有的亲密空间。

大江健三郎的《M/T》及其他

以下，依刊登期号顺序列示大江健三郎的小说。

2　河马升天

3　四万年前的蜀葵

4　圣克鲁兹（Santa Cruz）的"广岛周"

大江第5期开始连载长篇小说。司修插图。这个连载出版单行本《M/T与森林中的奇异故事》，以及后来连载的《奎尔普的宇宙》及单行本《奎尔普军团》，均由司修插图并担任装帧设计。

　　大江也到第 8 期结束连载，从第三年开始了以新形式发表小说。

大冈信的《组诗》

　　大冈信的组诗《桧扇之夜，天的吸尘器逼来》，带着层出不穷的实验和大胆尝试，在每期上连载，至第 10 期结束。以下引用最后的《卷三八·四季的歌》：

　　一　夏的歌
　　爬虫类才是强韧生命的形态
　　虽倏然间不与直线苟同

　　赞美他们自大海来弥合大地
　　又返回波浪中的种族

　　二　秋的歌
　　夜　是一把巨大蓝色椅子
　　沿着它的椅背

无眼无鼻的《混沌》的手指
将我们拈华

岸边哗啦哗啦的脚步声
昨天从天际琅琅传来

三 冬的歌

蜗牛又
还原成卵

为了抚育
从未谋面的春天

四 春的歌

又一件 佛陀的 话 让人愕然
黄色的外衣
下摆部分
正要变成大河

即使生类之死
从上游倾泻
时间之河仍流向永劫
由超越人的 言语 洪流汇成

山口昌男《认知的即兴空间》

以下，依刊登顺序列出第 2 期以后山口昌男的论稿：

2　做梦的时候——异文化交往的精神史

3　水与世纪末文明

4　神话世界的《哈克贝利·费恩历险记》(*The Adventures of Huckl-eberry Finn*)　　　　　　　　　　　　　　　　　　　　（第 6 期）

5　四月最无情　　　　　　　《认知的即兴空间》①　（第 7 期）

6　观宝冢——从齐格菲到巴厘岛《认知的即兴空间》②　（第 8 期）

7　"大巧若拙"的力量——皮罗斯马尼（Niko Pirosmani）的欢宴世界

　　　　　　　　　　　　　　《认知的即兴空间》③　（第 9 期）

8　声音与新都市文化　　　　《认知的即兴空间》④　（第 10 期）

9　"笑的符号学"纪行　　　　《认知的即兴空间》⑤　（第 13 期）

10　挫折的昭和史——从榎本健一到甘粕正彦

　　　　　　　　　　　　　　《认知的即兴空间》⑥　（第 14 期）

11　土地精灵与它们的眷属——围绕吉田喜重《呼啸山庄》

　　　　　　　　　　　　　　《认知的即兴空间》⑦　（第 15 期）

中村雄二郎《形的奥德赛》

最后，看中村雄二郎发表的论稿：

2　纯粹形式与戏剧性认知 ——维特凯维奇（Stanislaw Ignacy Witkiewicz）=20 年代的文艺复兴　　　　　　　　　　（第 4 期）

3　《南方型》认知的发掘——那不勒斯论序说　　　　（第 5 期）

4　全息照相与谐振　　　　《形的奥德赛》①　　　（第 9 期）

5　六大皆有声——宇宙节奏与形态生成

　　　　　　　　　　　　　《形的奥德赛》②　　　（第 10 期）

6　形象的诱惑——形态学与怪物曲线

　　　　　　　　　　　　　《形的奥德赛》③　　　（第 11 期）

7　"造型"的射程（与杉浦康平对谈）

　　　　　　　　　　　　　《形的奥德赛》④　　　（第 12 期）

8　颜色的领界——造型的分身　《形的奥德赛》⑤　（第 13 期）

9　迷宫与原型——涡形与螺旋的惊异

　　　　　　　　　　　　　《形的奥德赛》⑥　　　（第 14 期）

10　几何学与混沌——形象的彼方／根底的存在

　　　　　　　　　　　　　《形的奥德赛》⑦　　　（第 15 期）

11　模糊与新科学认识论　　　（临时增刊别卷，1988 年 7 月）

从中可见其后问世的大作《形的奥德赛——外观、形态、节奏》（1991 年）的原型。

社会、风俗解读

编辑同人各显神通已如前述，其他连载也列举如下。首先关于 "Decoding Culture"。

2　井上厦／罗杰·普尔弗斯（Roger Pulvers）《世纪末的老外——围

176

绕日本人的异文化理解》

3　中村雄二郎 / 矢川澄子 / 山中康裕《看不见孩子们——教育是怎么回事》

4　宇泽弘文 /C. W. 尼可（Clive Williams Nicol）《体育全盛时代——健康对于人意味着什么》

5　别役实 / 宫本忠雄《犯罪万花筒——恐怖主义的日常化》

6　种村季弘 / 前田爱《现代食物考——寻求细节差异的单身文化》

7　安野光雅 / 富冈多惠子《"校园欺负"现象学——均质社会本身的病理》

8　玉村丰男 / 宫田登《人为什么要出行——从巡礼到温泉热》

9　筱田正浩 / 所 George（Tokoro George）《现代年轻人考——新人类头脑开放吗？》

10　吉田 RUI 子 / 立松和平《中流意识的虚实欤？——从写真周刊杂志到牛排屋》

11　青木保 / 中泽新一《东方主义对于日本人的意义——从浪漫主义到天皇制》

12　生井英孝 / 伊藤俊治 / 细川周平《80 年代的时尚思考》

（第 13 期）

　　这个连载体现了本刊的特质之一，即创刊意图所示的"整体把握包括风俗层面的现代文化"。从连载中，可以大致窥知 1984 年到 1987 年三年间日本的社会状况。

连载的难度

以下是关于"对都市与拓扑斯的视点":

2　川本三郎《作为乌托邦的都市阴暗——从孩子的视角》

3　伊藤俊治《西洋镜都市》

4　青木保《努沃勒埃利耶（Nuwara Eliya）——沉淀在时间中的亚洲
度假地》

5　内藤昌《名胜的拓扑斯——历史中都市的活性》

6　池泽夏树《亚特兰蒂斯（Atlantis）无稽的地理——抑或城市的营
造与生成》

7　西和夫《修学院御幸记——风雅世界与其时代》

8　杉本秀太郎/原章二（对谈）《京都的文化看不清吗——自
然·人·言语》

连载至第8期结束。虽然汇集在这里的尚可圈点，但仍嫌缺
少了向心要素。当然这是编辑部的责任，但也许受了几乎同步的
"旅行与拓扑斯精神史"系列丛书的干扰。该系列待后叙。

接下来是关于"女权主义的地平线":

2　伊藤俊治《女人们的女性探寻——从事摄影的20世纪女性》

3　宫迫千鹤《都市型社会的女权主义——或别了"唯我独尊"》

4　玉野井芳郎《对人的社会性别的发现——女人还有男人的世界》
足立真理子《自然占有与女性——劳动与记忆与讲述》

5 富山太佳夫《从女权主义到文学批评》

6 藤本和子《我说，布鲁斯（Blues）就是平常的歌啊——女人们的话语探寻》

7 阿奈井文彦《通向异界的回路——以野口体操为线索》（第 8 期）

这个连载做了两年。终未发现冒尖的作者，不无遗憾。

还有，"战后日本文化的神话与脱神话"，除创刊纪念别卷刊登的两篇外，还有如下三篇：

3 高桥悠治 / 武满彻《日本的现代音乐——过去·现在·未来》

（第 2 期）

4 矶崎新 / 宫内康《建筑与国家》　　　　　　　　　（第 3 期）

5 宇佐美圭司 / 大冈信 / 武满彻 / 松浦寿夫《何谓前卫——泷口修造与战后美术》　　　　　　　　　　　　　　（第 5 期）

三册别卷

另外，这里该为三册别卷登出的选题策划留下一笔了。

首先是创刊一周年纪念别卷（1986 年 1 月）：

• 井上厦 / 大江健三郎 / 筒井康隆《小说的趣味——想象力与语言的力量》

• 伊藤俊治 / 植岛启司 / 川本三郎 / 佐藤良明 / 细川周平《〈研讨会〉在宇宙感觉中的超越》

• 铃木忠志《〈访谈构成〉何谓戏剧的戏剧性？》

再看创刊两周年纪念别卷（1987 年 2 月）：

• 矶崎新／大江健三郎／大冈信／武满彻／中村雄二郎／山口昌男《〈编辑同人研讨会〉构建把握世界的新模式——当代文化创造的条件》
• 伊藤俊治／松浦寿夫《〈对谈〉从巴黎看现代美术——以"前卫日本展"等为中心》
• 网野善彦／中村雄二郎／松冈心平／横山正／冈田幸三／敕使河原宏《〈座谈会〉从中世纪文艺看日本人的心——花镇·婆娑罗·会所》
第一部　探寻日本文化的活力（网野、中村、松冈、横山）
第二部　能乐舞台与花（冈田、敕使河原宏、中村）

最后是临时增刊别卷（1988 年 7 月），刊登了下述研讨会记录：

• 市川雅／白石 KAZU 子／中上健次／三浦雅士／山口昌男《〈研讨会〉BUTOH（舞踏＝舞蹈）的现在——侵犯性与洗练的彼岸》

来自国外的嘉宾
从第 4 期开始连载"Guest From Abroad"。

1　弗德里克·热夫斯基（Frederic Rzewski）/武满彻《现代社会中作曲家的作用》　　　　　　　　　　　　　　　　　（第 4 期）

2　雷蒙德·默里·谢弗（Raymond Murray Schafer）/山口昌男《音乐与大地精灵》　　　　　　　　　　　　　　　　（第 5 期）

3　莫顿·费尔德曼（M. Feldman）/近藤让/武满彻《"封闭"的音乐，开放的会话》　　　　　　　　　　　　　（创刊一周年纪念别卷）

4　路易·马兰（Louis Marin）/中村雄二郎《帕斯卡尔、符号学、〈日本效应〉》　　　　　　　　　　　　　　　　（第 6 期）

5　安东尼奥·加德斯（Antonio Gades）/山口昌男《身体几何学——弗拉门戈（Flamenco）与文化的自我认同》　　（第 7 期）

6　白南准/矶崎新《破坏并创造着——何谓录像时代的艺术？》　　　　　　　　　　　　　　　　　　　　　　（第 8 期）

7　米切尔·恩德/井上厦《何谓故事？》　　　　　　　　　（第 9 期）

8　约翰·凯奇（John Cage）/山口昌男《音乐、人生，还有朋友们》　　　　　　　　　　　　　　　　　　　（创刊两周年纪念别卷）

8　安德里亚·布兰兹/矶崎新《后现代的设计有未来吗——意大利与日本的对话》　　　　　　　　　　　　　　（第 10 期）

9　亚德里安·诺贝尔（Adrian Noble）/高桥康也《世纪末的莎士比亚》　　　　　　　　　　　　　　　　　　　（第 11 期）

10　西尔韦诺·布索蒂（Sylvano Bussotti）/山口昌男《在音乐与戏剧的夹缝间》　　　　　　　　　　　　　　（第 12 期）

11　杰曼诺·切兰特（Germano Celant）/矶崎新《现代是巴洛克式时代吗？——"贫穷艺术"以后的美术与建筑》　（第 13 期）

12　克里斯蒂安·沃尔夫（Christian Wolff）/ 近藤让《关于音乐的前
　　卫性》　　　　　　　　　　　　　　　（创刊三周年纪念别卷）

13　彼得·埃森曼（Peter Eisenman）/ 矶崎新《激进，即与中心的距
　　离！——建筑与现代思想》　　　　　　　　　　　（第 14 期）

14　乔治·罗素（George Russell）/ 武满彻《通过音乐思考世界》
　　　　　　　　　　　　　　　　　　　　　　　　　（第 15 期）

如上所见，由于我的失误，第 8 期重复了。当时的匆忙由此
可见——尽管这只不过是托词而已。

武满彻的来信

这个连载有太多的回忆。先说第一次，弗德里克·热夫斯基
与武满彻的对谈。身为编辑同人的武满彻，当时忙得焦头烂额，
对文字不能时常出现在杂志上深感遗憾。如前所述，即使如此，
他仍在第 2 期与高桥悠治进行了正式对谈。然而，看到其他编辑
同人轰轰烈烈，武满彻对我再三表示"歉意"。因此，决定从第 4
期开始设"Guest From Abroad"专栏时，率先推荐弗德里克·热夫
斯基的，就是武满彻。

对谈在涩谷的一家餐馆举行，关系亲密的二人开门见山，直
指议论的核心。有强烈社会批评意识的热夫斯基，与认真对应的
武满，二人都抵抗现代社会的物欲横流，强调精神生活的重要
性。当这篇清新畅爽的对谈校样退回来时，武满彻附了这样一
封信：

严谨的文字整理，让我不知该如何言谢。经过梳理的对谈，明畅可喜。实得益于热夫斯基的明晰思辨，和大冢先生的组织得力。

目下，我在山上恶战苦斗。不厌其烦地与没头没脑的交响乐厮磨。如标题 Dream/Window 喻示，用眼下时髦的说法，即内部（梦）与外部（窗）的问题。写起来不顺手，深感繁难。

望自珍重。对谈如此成功，欣慰不已。

第 3 次是费尔德曼、近藤让、武满彻三人的鼎谈。1926 年出生的费尔德曼，与厄尔·布朗（Earle Brown）以及后面提到的克里斯蒂安·沃尔夫，都是"凯奇小组"成员。他作的都是纤细并且长的曲子，与他伟岸的外形反差极大，访日时让日本听众又惊又喜。据说他在乐谱中写满了 PPP、PPPP 的最弱奏指示，这种音乐动辄个把小时，甚至持续六小时，即使对音乐再狂热的听众，也难保中途不瞌睡。事实上，某音乐会上山口昌男就做梦中游了。然而，这位作曲家的饶舌，相当了得，明明是鼎谈，老兄几乎独揽了。

费尔德曼于两三年后去世了。某音乐会中场休息，我出去大厅时，被武满彻叫住了。"费尔德曼走了。他临死前还从病榻给我打来电话，说'Toru，I love you！'"说到这，武满语塞了。

世界很小

最后，提一下第 12 次的克里斯蒂安·沃尔夫。沃尔夫这次对谈，也请了近藤让。对谈题为《关于音乐的前卫性》。为了这场对谈我去饭店接沃尔夫。沃尔夫在达特茅斯学院执教音乐与古典学。据说教古典学是因为只靠音乐吃不上饭。

当他得知我在学术出版社工作时，提出了一连串问题。他对出版界门儿清，我觉得蹊跷，问他理由，答曰："家父是万神殿图书公司（Pantheon Books）的创始人之一。""万神殿"是美国数一数二的出版社，以出版优秀图书闻名。这一下轮到我刨根问底了。他告诉我："万神殿图书的创始人有两位，一位是家父库尔特·沃尔夫（Kurt Wolff），另一位是杰克·希夫林（Jack Schiffrin）。他们从法国政治避难来到美国，合伙创办了出版社。"

直到后来，我见到了希夫林的儿子安德烈·希夫林。这段巧遇前面已经有过交代。安德烈虽然曾在万神殿，却在不久前成立了"新出版社"（The New Press）。因出版对冲基金巨头乔治·索罗斯的书，以及约翰·道尔（John Dower）的《拥抱战败：第二次世界大战后的日本》（*Embracing Defeat: Japan in the Wake of World War Ⅱ*）（岩波书店出版了日文版）名声大振。在当今美国的出版界，应列入最有良知的出版社行列。"9·11"恐怖袭击发生后，该社又于2002年不失时机地出版了胡安·冈萨雷斯（Juan Gonzáles）《死灰——世贸中心大楼倒坍给环境带来了什么》（*Fallout: The Environmental Consequences of the World Trade Center Collapse*）。我立即取得了翻译权，由岩波书店出版日文版（尾崎元译，2003年）。S担任责编。

交谈中话题转到了克里斯蒂安·沃尔夫身上，安德烈·希夫林说："我俩是发小儿，总在一起玩。双方的父母近如家人。"我在不经意中知道了万神殿图书创立的经纬脉络，与他们的第二代相识，再和前面提到的石黑 HIDE 的邂逅联系起来，感觉世界真的很小。

2002 年 7 月的一天，收到安德烈·希夫林寄自美国的包裹。里面是他的著作（*The Business of Books: How the International Cinglomerates Took Over Publishing and Changed the Way We Read*，Verso，2000）的日文版《没有理想的出版》（胜贵子译，柏书房，2002 年）。

我溜一眼目录后的"谢词"，发现了出版本书法文版《没有编辑的出版》（*1'Édition sans éditeurs*）的 Fabrique 出版社埃里克·哈赞（Eric Hazan）的名字。埃里克·哈赞（因为是法国人，我们都叫他阿赞［Azan］），本来他是哈赞（Hazan）社的社长，一家以出版美术图书为主的法国优秀出版社。

我们之间宾主往复，每次去法兰克福或他来日本，不知有多少次的欢聚。哈赞社的同人和岩波书店的编辑们兴奋起来，英、日、法、意、德语掺杂无碍的火热场面，仿佛就在眼前。

遗憾的是正如希夫林原著副标题所示，哈赞社被巨大资本鲸吞。然而不管怎么说，我能够与优秀的编辑、出版人希夫林、阿赞邂逅，并且一起对出版何去何从直抒胸臆，毕竟作为一个编辑堪称至福。

主要论稿的供稿人

第 2 期以后，卷首或卷尾的主要论稿，除编辑同人以外，有以下作者供稿：

2　中井久夫《神户的光和影》

3　前田爱《明治23年的桃花源——柳田国男与宫崎湖处子的"归省"》

4　多木浩二《视线的考古学——绘画与摄影，或从结构到欲望》

5　川崎寿彦《人工的理想风景——洞窟、废墟、浪漫主义》（第6期）

6　秋山邦晴《左与右看东西（不戴眼镜）的思想——或达达中的萨蒂与普鲁托》　　　　　　　　　　　　　　　　（第7期）

7　坂部惠《和辻哲郎与〈垂直的历史〉》　　　　　　（第7期）

8　赤濑川原平《脱艺术的科学——抓住视线的视线》　（第8期）

9　多木浩二《法西斯主义与艺术——以德基里科（Giorgio de Chirico）为线索》　　　　　　　　　　　　　　　　（第9期）

10　高桥裕子《画家与模特——但丁·加百利·罗塞蒂（Dante Gabriel Rossetti）再考》　　　　　　　　　　　　　　（第10期）

11　河合隼雄《片面人的悲剧——从民间故事看现代人的课题》

　　　　　　　　　　　　　　　　　　　　　　　（第11期）

12　多木浩二《法国革命的诗学》　　　　　　　　　（第12期）

13　赤濑川原平《艺术原论》　　　　　　　　　　　（第14期）

14　吉田喜重《随风飘舞的手绢，一张明星照——电影随想录》

　　　　　　　　　　　　　　　　　　　　　　　（第15期）

与"实作家"打交道

另外还有两个不叫"连载"的连载。其一，是反映画家等实作家"一线声音"的随笔，用作者本人的作品做插图。创刊号上刊登了赤濑川原平的《创造价值》。第 2 期以后列于下：

2　中西夏之《远处的画布、眼前的画——为了从作业到作业的接点
　　＝瞬间》

3　木村恒久《为了原宿民族的末世史观——想象力的陶醉》

4　司修《会说话的画——混日子画师的一天》

5　原广司《冲绳·首里的〈村庄小学〉》

6　增田感《古灵树——木与音雕刻音乐会》

7　若林奋《林际——所有·氛围·振荡》

第 9 期开始以《表演现场》为题的连载。

8　黑田征太郎《创世纪》　　　　　　　　　　　　　（第 9 期）

9　井田照一《一·二·三，雪·月·花……——护美箱文化中的三
　　累项音律》　　　　　　　　　　　　　　　　　　（第 10 期）

10　冈崎乾二郎《向新柏拉图主义倾斜！？》　　　　（第 11 期）

11　武满彻／近藤让《MUSIC TODAY 1987》　　　　（第 12 期）

12　宇佐美圭司《外流人型——ghost plan 的展开》　（第 13 期）

13　大森一树《我的电影语法》　　　　　　　　　　（第 14 期）

14　荒川修作／市川浩／三浦雅士《寻求未知的句法——荒川修作的
　　轨迹》　　　　　　　　　　　　　　　　　　　　（第 15 期）

这个连载需要与每个实作家接触，充满紧张感，别有乐趣。

与心无旁骛、埋头创作的作者打交道，对编辑来说也许是最刺激的机会。你必须从总体上理解他们的工作。所以往往一面之交，能生成以后三十年的交往。例如，中西夏之、木村恒久、若林奋、井田照一、冈崎乾二郎等人，即为其例。这样建立起来的友情，尤可宝贵。

年轻作者的阵容

另一个不冠名的"连载"，是让年轻建筑师围绕建筑热身的尝试。

1. 三宅理一《共济会再考——18世纪法国的建筑师们》 （第2期）
2. 杉本俊多《希特勒的建筑师——阿尔伯特·斯佩尔（Albert Speer）·人与工作》 （第4期）
3. 八束HAJIME《形态字母——建筑的新柏拉图主义》 （第6期）
4. 小林克弘《装饰艺术的摩天大楼——建筑与象征主义》 （第8期）
5. 片山笃《憧憬之梦屋——探索郊区住宅的原意象》 （第11期）
6. 片山笃《憧憬之婚庆典礼——结婚的仪式与空间》 （第15期）

这个连载也令人愉悦。特别是片山笃的论稿，使人眼界大开。

最后过一遍除上述以外的、自第2期后三四年中登场的年轻作者阵容：

田之仓稔、藤井贞和、牛岛信明、松冈心平、青野聪、荒

KONOMI、新宫一成、落合一泰、原章二、小松和彦、今福龙太、狩野博幸、土屋惠一郎、奥出直人、高桥达史、松浪克文、三浦雅士、铃木国文

另外，已刊载译文的主要国外著者阵容如下：

罗伯·丹屯（Robert Darnton）、纳丁·戈迪默（Nadine Gordimer）、米兰·昆德拉（Milan Kundera）、安伯托·艾柯（Umberto Eco）、约翰·厄普代克（John Updike）、君特·格拉斯（Günter Grass）、欧文·豪（Irving Howe）、萨缪尔·贝克特（Samuel Beckett）、M.谢泼德（M. Shepherd）、理查德·里夫（Richard Rive）、M.马乔巴（M. Matzoba）、多尔·阿什顿（Dore Ashton）、瓦尔特·霍勒尔（Walter Höllerer）、彼得·汉特克（Peter Handke）、卡尔·休斯克（Carl E. Schorske）、雅克·德里达（Jacques Derrida）、伊莱恩·肖瓦尔特（Elaine Showalter）。

2 精神支柱——林达夫

"认知的愉悦"

在结束本章之际，必得提及第 3 期、第 4 期登出的林达夫 / 大江健三郎 / 山口昌男的《认知的愉悦——以林达夫为圆心》。正如"发刊词"所见，本杂志的精神支柱之一，即林达夫。至于鼎谈的

内容，只能请读者一阅，此处仅引用第 3 期鼎谈后所附大江健三郎、山口昌男二人的文章。文章生动地再现了林氏对年轻一代认知英雄的姿态，以及追随他的人们的氛围。

林达夫的"赫耳墨斯之环"
大江健三郎

追随林达夫先生的、当年三四十岁的优秀学人圈子——包括山口昌男，以及开辟其后世界认知前沿的许多人——我作为作家唯一享此殊荣。15 年前，不，应该倒回 20 年前了吧……我和山口昌男二人，叨教林先生广博无边的言谈，这种机会因不久一同编辑本志的大冢信一牵线，接连持续数次。

（中略）

同林先生的对话，智慧却不经意的、如瞬间的火花般滑出的作家、诗人、思想家的名字，后来往往对我意义重大。毋宁说这是一种常态。例如，林先生赠我他的著作新版之际，在扉页上写下托马斯·曼的话，而在这个对话中，他告诉我，那是摘自叶芝诗的一个题词。几年过后，叶芝成了对我非常重要的诗人。一开始从林先生口中听到叶芝的名字时，我内心打了个机灵——也许是 F. 叶芝（Frances A. Yates），而不是 W. B. 叶芝（William Butler Yeats）吧，我意识到这个念头有多么浅薄。

不间断地读布莱克（William Blake），又是在凯瑟琳·雷恩（Kathleen Raine）陪伴下，所以新柏拉图主义的世界，对于我来说是进入视野的一座高深莫测的大森林，今后务必下苦功探向纵深，而每观前方景色如初旭乍暾，那是各种场合林先生的言辞熠熠生辉，做了楔入各重要地点的标记。

以林先生为核心，由几个圈子形成的"赫耳墨斯之环"，显然与多数人聚合求拓展之环有别，它具有非常封闭的紧密性，林先生走后也因其紧密而免于崩溃，今后也必将向世人展示累累硕果。（后略）

与林达夫的邂逅和离别
山口昌男

与林先生初次谋面，还是塙嘉彦健在那会儿，所以应该是 1969 年春天吧。林先生一直看的医生，在中央公论社诊所工作，所以他两周一次必到该社。记得那时我们都到了社大楼顶层餐厅的和室，正巧来访的芦原英了、志水速雄赶上了，成了一次热闹的聚会。令人心惊的是，塙 4 年前、芦原 3 年前、林去年、志水今年相继辞世，只剩下我孤零零一人。时间的侵蚀作用诚可畏。

同一位林先生，如大江提及——以每日出版文化奖获奖为"口实"成立了以林先生为圆心的会，其成员西乡信网、丸谷才一、萩原延寿、清水彻、由良君美、高桥岩、大江健三郎、高阶秀尔以及编辑大冢信一等，一个也不少，活蹦乱跳地出成果，想到此虽说是偶然，不由人嗟叹：人的离合聚散，被奇妙的命运之绳操控着啊。墒组一方，也许墒把他敬爱的人统统带去另一个世界，只有我是他不大喜欢的？说不清道理，至少大冢组目前人丁兴旺。

我真正读林先生的书比较晚，大约在1956年前后。在旧书店偶遇战前的《思想的命运》，由此一发不可收拾，当时能弄到手的书都不放过。这样的读法，此前只有渡边一夫和花田清辉。

（中略）

和林先生见面，既有我和大冢的时候，也有和中村雄二郎或其他人在座的时候。中村不言而喻，是林先生长年执教的明治大学同僚，平时也有机会见面。而林先生和我，大概有我和浅田彰的年龄距离，所以他多半把我当成未知领域擒获的珍兽了。

一次他对我说："你这个人动作敏捷，起初以为在某地，近看却只留下一缕烟尘，人去无踪也。"

（中略）

本志收录的对话，是大冢凭借詹姆斯·鲍斯威尔（James Boswell）般执念，从录音带复原得来，最近深感似这样机锋相对的对话，连自己亦觉力不赡了。

遗憾的是林先生晚年卧病的六七年，我和高桥岩、大冢一起去探病以后，始终没有机会再见面。林先生有些固执地、每次要去探望均以"见山口君需要准备两个月"为由，一推再推。在认知世界，林先生终未能抵达枯淡之境就入了鬼籍。听说直到最后，他都被书山围困，就为与我等"年轻人"见面时储备谈资。

明治与昭和的对话

这两个鼎谈和林、山口二人加中村雄二郎的鼎谈，以及林、山口二人加古野清人的座谈记录，集合为一册，于1986年出版了单行本，即山口昌男编《林达夫座谈集 以世界为舞台》。编辑当然是我。山口在"编后记"中写道：

我完全无意以林达夫的接班人自居。我认为林达夫是林达夫，仅此而已。然而，抚育了林达夫的时代，也是抚育了榎本健一、村山知义、芦原英了，抚育了秦丰吉，抚育了田河水泡的时代。如果让我指出日本近代中最有趣的时代，我会毫不犹豫地举出昭和一位数时代[1]。正值日本认知最开放时代的一位认知领袖人物，战后一直活到20世纪80年代，并像强手陪练一样，和后来者悠悠然地保持着分享座谈的机会，实属奇观。

这个座谈，因完全偶然的机会留下了记录，这使我

---

[1] 指昭和元年至九年的八年零七天期间，即1926年12月25日—1934年末。

193

不能不有感于编辑这个奇妙人种不可思议的生态，正是由此感发，我对本书付梓开了绿灯。可以说本书在某种意义上，是跳过大正的、明治与昭和一代人的对话。

这本书出版后的一次《赫耳墨斯》编辑同人会上，大江健三郎给我带来一个写有下述内容的纸板。

　　鲁南（Joseph Ernest Renan）在某处说过："读书要成为有用的，必须是包含某种劳作的一种修炼。"而致力于特别要求读者大脑训练的叙述，作为一种启蒙的形态，也可以在众多井然有序的系统叙述中，主张其生存权吧——林达夫

　　　　　　　　　　　　　　　　　　大江健三郎

　　大冢信一兄

此后二十年，这个纸板一直悬在我的书斋。

第六章　享受认知的冒险之旅

1　单行本与新系列

关于季刊《赫耳墨斯》，后面一章将回过头来叙述，这里先看 1984 年以后四五年的时期。首先是 1984 年，按单行本、现代选书及新推出的"丛书·旅行与拓扑斯精神史"顺序叙述。

1984 年，我策划、编辑的单行本如下：

风见喜代三　　《印欧语的亲族名称研究》

米切尔·恩德、E. 埃普勒（E. Eppler）等

　　　　　　《在橄榄树森林的谈话——幻想·文化·政治》
（*Phantasie, Kultur, Politik: Protokoll eines Gespräches mit Ehrhard Eppler und Hanne Tächl*）（丘泽静也 译）

广川洋一　　《伊索克拉底（Isocrates）的修辞学校——西方式教养的渊源》

坂崎乙郎　　《埃贡·席勒（Egon Schiele）——两重自画像》

贝尔纳·鲍狄埃《普通语言学：理论与说明》（Bernard Pottier: *Linguistique générale: Théorie et description*，三宅德嘉、南馆英孝 译）

服部四郎　　　《音声学》(附录音磁带)

武田清子编，加藤周一、木下顺二、丸山真男

　　　　　　　《日本文化的隐形》

一柳慧　　　　《聆音——思索音乐的明天》

芭芭拉·A. 巴波科克（Barbara Allen Babcock）编

　　　　　　　《颠倒的世界——艺术与社会中的象征性逆转》

　　　　　　　（*The Reversible World-Symbolic Inversion in Art and*

　　　　　　　Society，岩崎宗治、井上兼行 译）

青木昌彦　　　《现代的企业——从游戏理论看法律与经济》

一代硕学二三事

　　风见喜代三《印欧语的亲族名称研究》，是大 32 开 436 页的正规学术著作。虽然内容不敢妄加评说，但鉴于我们的"认知冒险"之旅，在很大程度上是从索绪尔（Ferdinand de Saussure）、20 世纪初的罗曼·雅各布森（Roman Jakobson）等的工作起步，自我感觉对本书的意义是有所理解的，加之风见先生的人格魅力，编辑工作非常愉快。他的名著是新书《言语的诞生——比较言语学小史》(1978 年)，记得我和当时任该书责编的 S，三人几次欢晤骋怀。1993 年又约了他撰红版新书《探寻印欧语的故乡》。

　　顺便谈谈服部四郎的《音声学》(附录音磁带)。这本书的讲义部分，以 1951 年版岩波全书《音声学》为底本。服部先生对于出版后经过了 30 年的著作，除参考文献等若干补充外，不同意做任何修改。他的后辈教授不放心，聚首商议，推出时任某名校语言学科主任教授的 U 作为代表，携最起码需要订正一百几十处的

清单，与服部先生面议。因为希望责编到场，我也在场奉陪。结果没有一处订正。而且，录音工作也很吃力。服部先生新做的假牙因咬合不好，无法进行他自己满意的发音。但是，书终究还是设法出版了。

通过这个编辑作业，我着实领教了一代硕学的伟大和某种意义的悲惨。关于服部先生的故事很多。但又多不便见诸文字，干脆不能考虑。实在遗憾。

与广川洋一先生自从"讲座·哲学"的约稿以来，已经有三十年的交情。1980 年约了单行本《柏拉图学园阿卡第米亚（希腊文 Akademeia）》，因之其续篇《伊索克拉底的修辞学校》应运而生。进而本书副标题"西方式教养的渊源"衍生成就了 1990 年落笔的新书《希腊人的教育——何谓教养》。我和单行本责编 O 曾一起去他的家拜访，从那里能眺望筑波山，令人难忘。2000 年又约他成就大著《古代感情论——从柏拉图到斯多葛学派》。

《埃贡·席勒》是坂崎乙郎在《世界》杂志的连载结集出版。本书描写了席勒其人和艺术，一位继前述《世纪末的维也纳》时代的特异画家，在"世纪末维也纳热"中受到了读者追捧。

《日本文化的隐形》以"思考日本文化的原型"为基础，这是国际基督教大学亚洲文化研究所主办的系列讲演会。担任编辑的 T 即该大学出身。

现代音乐的乐趣

一柳慧的《聆音》给人留下很多回忆。一柳先生在"后记"

中提到我"（大家）为了让我优先正业音乐（因为近年我的作曲、演奏、策划活动太集中），其间以极大的耐心，而且一场不落来听那些音乐会，将我写的东西和音乐的关系，以自己信服的方式吃准，继续编辑工作"。一柳先生在《朝日新闻》晚刊专栏，以《编辑》为题发表了内容相仿的文章。

这对于我来说，可谓辱承奖誉，说老实话，我是太迷他的音乐了。所以只要时间允许，他的几乎所有音乐会我都必到。现代音乐反复演奏相同曲子的事并不多见，但是一柳先生的"帕格尼尼"（Paganini Personal）等，我却听了不知多少遍。他在这个时期大量创作以笙、龙笛、筝等和（应该是东方）乐器配器的作品、"往还乐""回然乐"等雅乐作品，怎不让人狂喜？因这层关系，我与笙演奏者宫田 MAYUMI 等也熟悉了。后来还请宫田女士为市川浩先生的告别仪式演奏。

虽然本书编辑作业是愉快的，但辛苦也在所难免。一柳先生太忙，几乎无暇撰稿。所以收集了他以前发表的文章，但还是凑不够。无奈，只好尝试我来提问的访谈编辑形式。作曲家间宫芳生洞察这些背后的苦心，在书评中对本书的意义给予了高度评价。我也因此结识了间宫先生，后来向他约稿新书《现代音乐的冒险》（1990 年）。与一柳夫人也熟络起来，但其后夫人英年早逝，令人恻然。

芭芭拉·A. 巴波科克编《颠倒的世界》，收录了戴维·孔茨尔（David Kunzle）、巴波科克、娜塔莉·泽蒙·戴维斯（Natalie Zemon Davis）、詹姆斯·皮科克（James L. Peacock）、芭芭拉·G. 迈耶霍夫（Barbara G. Meierhof）、布鲁斯·杰克逊（Bruce Jackson）、维克多·特纳（Victor Turner）的论文。原书还包括另外几位作者的论稿，经编者同意，面向日本读者进行了重新编辑。这本书饶有趣味，书中剖析了种种象征性逆转的案例，分为"意象逆转"和"行为逆转"，由文化史家、历史家以及文化人类学学者操刀，并尽量采用了大量图版。山口昌男加以解说，他与本书各位作者相识。

青木昌彦的《现代的企业》与后述青木保的《礼仪的象征性》，这年双双获得三得利学艺奖。

痛切的后记

这一年刊行的现代选书，有以下六种：

玛格丽特·米德	《来自田野考察现场的信》（Margaret Mead：*Letters from the Field*，畑中幸子 译）
费迪南·费尔曼	《现象学与表现主义》（Ferdinand Fellmann：*Phänomenologie und Expressionismus*，木田元 译）
鲁本·贝尔科维奇	《野兔子》（Reuben Bercovitch：*Hasen*，邦高忠二 译）
青木保	《礼仪的象征性》
多木浩二	《"物"的诗学——从路易十四到希特勒》
路易斯·J.普列托	《实践的符号学》（Luis J. Prieto：*Pertinence et pratique：Essai de sémiologie*，丸山圭三郎、加贺野井秀一 译）

费迪南·费尔曼的《现象学与表现主义》描写了霍夫曼斯塔尔（Hofmannsthal）、罗伯特·穆齐尔（Robert Musil）等与胡塞尔（Edmund Husserl）的关系，引人入胜。本书堪称 19 世纪末至 20 世纪初的德国精神史，也许可说是对《世纪末的维也纳》的补充论述。以下引述"译者后记"一段稍长的文字，其中木田的痛切心情，我亦感同身受：

> 最后，请允许我谈一点个人的感伤。前不久，也就是今年 5 月 24 日，我痛失挚友生松敬三。毫无疑问，他是学贯东西、当代顶尖的思想史家，是他对我这个历史盲，晓谕思想史的思维方法。我们在同一所大学共事，相处甚密。我们都钻研哲学，然而生松是思想史，我是现象学，当初立场互不相侔，看问题的方法截然不同。但四分之一世纪过去，经过密切的接触切磋，似乎使双方的关切也逐渐收敛。最近生松开始关注过去不屑的海德格尔（Martin Heidegger），甚至翻译了斯坦纳（George Steiner）的《海德格尔》（岩波现代选书），我也学会从思想史角度重新审视现象学。生松在最后时期，尤其关注（19）世纪末到 20 世纪二三十年代，那正是我研究的现象发展的时期，两人谈起来特别投机。我读了这本书，首先也是跟生松说的。去年春天，大概是去哪儿旅行的车上，我提到此书是谈霍夫曼斯塔尔、穆齐尔等与胡塞尔交往的，告诉他："令人意外的故事层出不穷，好看极了！"生松表现出强烈兴趣，说"这也在意料之中吧"。

他对文学上的表现主义的研究，给了我不少启示。就是在那次谈话中，他谈到了不仅世纪末到本世纪初的艺术，包括哲学思想的展开，也可以"从印象主义到表现主义"的模式思索。他对本书翻译的完成翘首以盼，可惜还是没赶上完成。当我再次看校样时，越发感觉这正是我们两人共同关注的主题。一想到同生松就这个话题谈开去，肯定几天几夜也谈不完，甚至深化这个主题，就有痛切之憾。谨将此拙译本献于畏友生松敬三灵前。

怎么看畅销滞销

再看贝尔科维奇的《野兔子》。这部小说出自一位生于纽约、名不见经传的脚本作家之手。在紧邻纳粹集中营旁的森林里，两个少年看到了什么？用对比的手法将美丽的自然与人类的野蛮，伴随着少年的成长描绘出来的佳作。也许是题目吸引人，这本书很受读者欢迎。《周刊花花公子》的书评极口称赞，仍记忆犹新。

青木保的《礼仪的象征性》，是展现他的博学多识与犀利的分析力的力作。近二十年前，"讲座·哲学"的月报上发表了他的草包族（Cargo Cult）论述以来，他的思想得到深化，洞察力更敏锐。遗憾的是，除了获得三得利奖以外，书评方面并没有得到应有的关注。

多木浩二《"物"的诗学》的际遇也大同小异。依我看，本书是反映思想家多木最优秀一面的著作，却连个像样的书评也没有。我认为在他的著作群中，这是堪与岩波新书《天皇的肖像》（1988年）媲美的名著，所以对读者反应迟钝耿耿于怀。凭经验，青木、多木二位先生的书理应深受欢迎，记得我为此很伤脑筋，也想到是否"现代选书"的平台本身失效？但正如前述，《野兔子》歪打正着，作家无名，销量甚好。这种差距来自何方呢？至今没有找到满意的答案。当然，转念一想，出版的玄机也许正在于此……好在今天《礼仪的象征性》与《"物"的诗学》都收入了"岩波现代文库"。

"丛书·旅行与拓扑斯精神史"

同年 11 月推出新系列"丛书·旅行与拓扑斯精神史"。头一炮是同时出版以下三本书：

山口昌男	《祝祭都市——象征人类学的方法》
吉田喜重	《Mexico 令人愉悦的隐喻》
田村明	《何谓都市的个性——都市美与城市设计》

1985 年出版了：

宫田登	《妖怪的民俗学——日本的不可视空间》
可儿弘明	《新加坡——海峡都市的风景》
渡边守章	《巴黎感觉——城市阅读》
大室干雄	《西湖指南——中国庭园论序说》

1986 年出版了：

土肥美夫	《布鲁诺·陶特艺术之旅——通往阿尔卑斯建筑之路》

这个系列，如一开始山口昌男的副标题所示，以象征人类学或符号论的方法为基调。但是，田村明、可儿弘明、土肥美夫几位，都用了各自的方法论叙述。

山口在东京外国语大学，以"象征与世界观"为题主持的联合研究，也有宫田登、大室干雄以及前述青木保等人参加。最近（2006 年 4 月），"东亚出版人会议"在中国杭州西湖畔的饭店召开之际，韩国著名出版人金彦镐说"以前我读过《西湖指南》"。我听得心里美滋滋的。

另外，也是最近（2006 年 5 月）渡边守章的《巴黎感觉》收入岩波现代文库。渡边在"岩波现代文库版后记"是这样开头的。

> 想请您为"旅行与拓扑斯精神史"系列写一本书——写哪个城市——比如说阿姆斯特丹——我以前写过佛兰斯·哈尔斯（Frans Hals），一般来说对 17 世纪的荷兰绘画也很关注，但是要认真地写阿姆斯特丹这个城市，底气和见识都嫌不足，巴黎是谁来写呢——这还没确定呢——让我来写巴黎吧，云云。
>
> 当时岩波书店的一个学习会名曰"文化的现在"，召集人，也是后来的社长大冢信一，与我的这番对话，时间大约在 1982 年吧。那以前，我在当时高田宏任主编的另类公关刊物《能源对话》终刊上，以"法国"为题，前半与山口昌男，后半与莲实重彦做过对谈，由大冢策划，岩波出版单行本《法国》，是在 1983 年。

渡边的保尔·克洛岱尔（Paul Claudel）研究名声很大，他终于为岩波文库翻译了《缎鞋》（各 500 页以上，上下册）。那是 2005 年。附有详细注解的这本文库本问世，无疑是"壮举"。

《美好年代》《日本人的疾病观》等

1985 年 5 月，"新岩波讲座·哲学"启动了。进入这个讲座之前，过一遍同年出版的单行本与现代选书。先看单行本：

埃德蒙·利奇 《社会人类学》（Edmund Leach：*Social Anthropology*，长岛信弘 译）

大江健三郎 《人生的定义 重归于状况》

前田阳一 《帕斯卡尔〈思想录〉注解 第二》

威利·哈斯 《美好年代》（Willy Haas：*Die Belle Epoque*，菊盛英夫 译）

大贯惠美子 《日本人的疾病观——象征人类学的考察》

路易斯·叶尔姆斯列夫 《语言理论导引》（Louis Hjelmslev：*Omkring sprogteoriens grundlaeggelse*，竹内孝次 译）

米切尔·恩德 《镜中镜——迷宫》（丘泽静也 译）

杰弗里·巴勒克拉夫 《历史学的现在》（Geoffrey Barraclough：*Main Trends in History*，松村赳、金七纪男 译）

马丁·L. 魏茨曼 《分享经济——克服滞涨》（Martin L. Weitzman：*The Share Economy: Conquering Stagflation*，林敏彦 译）

特里·伊格尔顿　　　　《何谓文学——现代批评理论导引》（大桥洋
　　　　　　　　　　　一 译）

亨利－伊雷内·马鲁　《古代教育文化史》（Henri-Irénée Marrou:
　　　　　　　　　　　Histoire de l'éducation dans l'antiquite，横尾壮英、
　　　　　　　　　　　饭尾都人、岩村清太 译）

大卫·W. 普拉斯　　　《日本人的生活态度》（David W. Plath: *Long
　　　　　　　　　　　Engagements: Maturity in Modern Japan*，井上俊、
　　　　　　　　　　　杉野目康子 译）

菊盛英夫　　　　　　《不为人知的巴黎——走到历史幕后》

盐川彻也　　　　　　《帕斯卡尔　奇迹与象征》

罗伯特·司格勒斯　　《符号学的乐趣——文学、电影、女人》（Robert
　　　　　　　　　　　Scholes: *Semiotics and Interpretation*，富山太佳
　　　　　　　　　　　夫 译）

以下为"现代选书"：

乔纳森·卡勒　　　　《论解构：结构主义之后的理论和批评》Ⅰ、
　　　　　　　　　　　Ⅱ（Jonathan D. Culler: *On Deconstruction:
　　　　　　　　　　　Theory and Criticism after Structuralism*，富山太佳
　　　　　　　　　　　夫、折岛正司 译）

古斯塔沃·古铁雷斯　《解放神学》（Gustavo Gutierrez: *Teología de la
　　　　　　　　　　　Liberación*，关望、山田经三 译）

威利·哈斯的《美好年代》与《世纪末的维也纳》同为"菊

判"（152mm×218mm），收入大量照片、图版。以同样意图出版的还有爱德华·露西－史密斯（Edward Lucie-Smith）的《1930年代的美术——不安的时代》（*Art of the 1930s: The Age of Anxiety*，多木浩二、持田季未子译，1987年）。虽然都是阐发时代与文化关系的名著，但都不及《世纪末的维也纳》成功。本书与其后出版的《不为人知的巴黎》均由S担任责编。

带来有关大贯惠美子信息的是山口昌男。当听说"有人在美国干得很出色"，我立即赶往神户位于阪神电车沿线高台的高级住宅区，拜访正在国内的大贯。

据她说，她在美国的大学自修了文化人类学，经过对"爱斯基摩"实地考察，现在对象征人类学感兴趣。听说她在关注日本的医疗制度，以及在这种制度下日本人的疾病观，我建议她就此题目著书立说。付梓的《日本人的疾病观》，堪称象征人类学的范本，我在读原稿过程中，兴味盎然，眼前几度豁然开朗。

以后，向她约《稻米人类学——日本人的自我认识》（1995年）。2003年我退休前夕，出版了她的大作《被扭曲的樱花——美意识与军国主义》。身为有西方教养、充满理想、有文化的青年学生，为什么成了神风特攻队员，纷纷断送了年轻的性命？本书悉心揣摩特攻队员留下的庞大记录，对遗属进行了大量访谈，历史地跟踪了樱花在日本文化中的意义，相信这是日本人创造的象征人类学的最高成就。

大贯在后来又出版了堪称《被扭曲的樱花》姊妹篇的《学生兵的精神志——"强加的死"与"生"的拷问》（2006年）。本书

卷首"谢辞",大贯起笔道:

> 2003 年在岩波书店出版《被扭曲的樱花——美意识与军国主义》后,无论读者的反应还是书评,对学生日记一章反响尤为强烈,针对这种情况,本书考虑以日记为中心进行细致爬剔,深入地介绍他们——那些从小被要求"为国捐躯",度过被"强加了死"的少年、青年时代,20 岁刚出头便在注定失败的战争中被"戕杀"的苦闷和心灵拷问。
>
> 介绍日记用了这样长时间,大大超出预期,首先一个理由是,本书涉猎的学生兵学养水平之高,使我必须以超出前书的不自量力,为尽量理解他们的想法而殚精竭虑。

她又在本书的扉页背面题词:

> 愿通过解析本书中青年未圆的梦、他们的纠结、大恸,向读者传达杀戮了这些青年的战争的可怖和无谓,为反战与世界和平尽绵薄之力。

访恩德的旧宅

米切尔·恩德的《镜中镜》,在季刊《赫耳墨斯》上也曾部分登出。这本书彻底推翻了儿童作家恩德在人们眼中的评价。他成了具有恶魔般一面的作家和对现代文明持根本性批判眼光的思想家。同时，恩德面向儿童的图书的意义，也作为由更多元要素构成的图书，被重新认识。

记得是在 2000 年，我与恩德夫妇的两个好友，一起到罗马近郊真扎诺 - 迪罗马的恩德旧宅访问。位于高台上的宅邸本身，就建在罗马时代乃至更远的遗迹之上。远眺海的那一边，太古以来历史层积叠累的景致，横亘眼前。这时我切实感到，对卡巴拉（Qabbalah，犹太密教）等秘教（Esoteric）思想也有深层关怀的恩德的思想，无论在历史还是思想层面上，都达到了高深的境界。恩德旧宅的邻居，是以研究手法主义（Mannerism）闻名的古斯塔夫·勒内·赫克（Gustav René Hocke）。现在身为编辑的其子赫克继承了父业。而恩德与赫克关系密切，对理解恩德作品不是一种暗示吗？

《何谓文学》的惊人产物

特里·伊格尔顿的《何谓文学》原题为 *Literary Theory, An Introduction*，1983 年出版。这本书介绍了当时具有代表性的批评理论。诸如，英语文学批评的诞生、现象学·诠释学·容纳理论、结构主义与符号学、后结构主义、精神分析批评、政治性批评。自《文艺批评与意识形态》以降，本书、《克拉莉沙的救赎》（*The Rape of Clarissa*，1987 年）相继付梓，1997 年又出版了《何谓文学》新版。均为资深编辑 H 经手实现的。

本书甫出，我在东京恰巧有机会见筒井康隆，跟他约稿给季刊《赫耳墨斯》连载小说。临分手时，我说："在新干线上翻翻吧。"把这本书交给了他。几天以后，筒井打来电话说："伊格尔顿的书，到新神户之前就差不多读完了。就以那本书为题材来写给《赫耳墨斯》连载吧。"其结果，《文学系唯野教授》闪亮登场。我清楚地记得，自己对作家的伟大想象力心悦诚服——居然从特里·伊格尔顿不算轻松的批评理论著作中，信手拈来那个令人解颐的《文学系唯野教授》！

不易通过的选题

马鲁《古代教育文化史》是 *Histoire de l'éducation dans l'antiquité* 1948 年版本的全文翻译。与耶格尔（Werner Jaeger）《潘狄亚：希腊文化的理想》（*Paideia: die Formung des griechischen Menschen*）齐名的本书日文版，是广岛大学研究人员集体完成的。他们多次举行研究会、译稿研讨会，我参加的投宿江田岛的讨论会，令人难忘。我认为，本书与前述广川洋一的著作同样，是自希腊、罗马直至中世纪初，基于西欧文化根源的人道主义追溯教育史的最重要著作之一。

老实说，要通过大 32 开 500 多页的这个选题，绝非易事。时值泡沫破灭的预感临头时期。几次编辑会议上都被保留。于是我要制定战术来智取。既然著作本身的评价不成问题，就把重点转到著者的满腔热情上，强调本书序言中所说"我的这本书，是在第二次世界大战的黑暗日子里，需要点燃年轻人心中自由的火焰，与极权主义的野蛮行径、假威信勇敢面对时所作"，突出身为抗德运动斗士的马鲁的情怀，把它定位在与纳粹斗争、宣扬西欧人道主义上。奇怪的是，站在这样的视角再读本书，目录都活了，扑面而来。我满怀信心，再次上报选题，并获通过。

盐川彻也的《帕斯卡尔 奇迹与象征》，是他向巴黎索邦大学提交的博士论文，由 Edition A. G. Nizet 1978 年出版的 *Pascal et les miracles* 的日文版。我是从前田阳一处得到这篇法语论文的消息。第一次见盐川记不得在哪里了，像在巴黎，也像在东京的一家咖啡店。不过，谈话内容记忆鲜明。话题涉及路易·马冉、符号学方面的出版物，盐川耐心地指教了有关最新学术动向。本书是以奇迹问题为中心、货真价实的帕斯卡尔研究，由《索绪尔的思想》的责编 O 担任编辑。另外，O 也是《围绕语言理论的确立》和《日本人的生活态度》的责编。

最后，是现代选书。乔纳森·卡勒的《论解构》，是在人人"解构"的风潮下，对解构的恰切介绍和解说。古铁雷斯的《解放神学》见前出，不再赘述。

2 "新讲座·哲学"与单行本

展开打破学派的讨论

"新岩波讲座·哲学"的编辑工作，用了很长的时间，是自1967 年刊行"讲座·哲学"，时隔十八年出版的哲学讲座。关于上一次讲座的编辑，也许我是半路加盟的缘故，感觉学院派、马克思主义、分析哲学等学派，只是各说各的，哲学理应有的、打破学派的彻底交锋显然缺位。在这样的反思基础上，我想这次在选题策划阶段，就应该展开彻底的议论。所幸，编委们彼此熟悉，也都是为岩波撰书不下几本的作者。编委阵容列于次。上段四人相对下段年龄稍长，尽管不到一代人的距离：

大森庄藏　泷浦静雄　中村雄二郎　藤泽令夫

市川浩　加藤尚武　木田元　坂部惠　坂本贤三　竹市明弘　村上阳一郎

前后三年间，召集十一位编委开编委会三十余次。因为编委都是在职教师，调整日程很费劲。编委会必然每每挤占周日时间，而且议论务求彻底，一次会开六七个小时也不稀罕。所以这三年，我和后辈 N 几乎没休过周末。后来女编辑 S 加盟，编辑部由我们三人组成。

今天哲学何为

先纵观全部十六卷的构成：

1　今天哲学何为

2　经验·语言·认识

3　符号·逻辑·隐喻

4　世界与意思

5　自然与宇宙

由此不难理解，与先前的哲学讲座迥然有别。从第 1 卷起，一般标题应该是"什么是哲学"或"哲学的意义"，本讲座却是"今天哲学何为"。这正表明编委们准备真挚地回答问题的姿态：21 世纪即将来临之际，赋予哲学的课题何为？今天哲学能做什么？事实上，全体编委都在第 1 卷上倾注全力，直面给自己定的题目。以下是第 1 卷目录：

V　哲学与语言　　　　　　　　　　　　　　泷浦静雄

VI　哲学的言语与自我关系性　　　　　　　　加藤尚武

VII　哲学与反哲学　　　　　　　　　　　　　木田元

VIII　言语行为与沉默——通向创作论的一个视角　坂部惠

IX　基于断章·身体的世界形成　　　　　　　市川浩

X　围绕死的第二断章　　　　　　　　　　　村上阳一郎

XI　在现代日本"哲学化"的意义　　　　　　坂本贤三

各编委的心气高昂。三十几次编委会议自然产生了结果，使编委之间共享问题，同时针对各哲学性课题，每人分头拿出答案。

符号与逻辑的扩展

以下提出几个有特色的卷。先看第 3 卷《符号·逻辑·隐喻》的目录：

I　符号·逻辑·隐喻——纵横阡陌式考察的尝试　中村雄二郎

II　符号与意思　　　　　　　　　　　　　　伊藤邦武

III　符号与信息　　　　　　　　　　　　　　土屋俊

IV　数字与逻辑——无限的悖论　　　　　　　佐藤彻郎

V　事实与逻辑　　　　　　　　　　　　　　内井惣七

VI　日常言语的逻辑结构　　　　　　　　　　八木泽敬

VII　隐喻的结构与逻辑　　　　　　　　　　　泷浦静雄

VIII　虚构与真实　　　　　　　　　　　　　　佐佐木健一

似乎可以感知一线专家学者在各个主题上下的功夫。很明显，符号、逻辑等概念，包括隐喻、象征问题在内，已经具备了前所未有的深度和广度。

新宇宙观

接着看第 5 卷《自然与宇宙》的目录：

　　这一卷结合与宇宙的关系论述了自然。不难理解，在现代宇宙论飞跃发展的背景下，正在呼唤新的宇宙观。

科学与魔术

　　最后还想介绍一卷：第8卷《技术·魔术·科学》。以下是该卷构成：

这一卷要求在论述科学、技术之际，必须兼顾咒术、魔术的传统。科学与非科学的关系，也被正面提出来。也就是说这个讲座，对原来不言自明的所有概念，重新研判，以期赋予其符合现代的定义。或者说在科学、技术令人惊异的发展中，编委与许多撰稿人为了寻求新的宇宙观与价值，使出浑身解数。

抓住选题策划的先机

经手这个讲座的编辑工作，让我抓住了其后展开各种选题策划的先机。以讲座策划而言，其后有"转型期的人"（共十卷、别卷一卷，1989—1990 年）；"宗教与科学"（共十卷、别卷二卷，1995—1996 年）。以系列丛书而言，包括本讲座副产品"现代哲学的冒险"（共十五册，1990—1991 年）、"21 世纪问题群 BOOKS"（共二十四册，1995—1996 年），以及"丛书·现代的宗教"（共十六册，1996—1998 年）等。

这个讲座于 1985 年 5 月启动，翌年 8 月结卷。虽然册数上仅相当于十八年前讲座的 15%，但每册平均仍上了 10000 册大关。从这个时期起，"出版萧条"的说法开始不绝于耳，但是编委和我们尽心竭力打造的这个讲座，仍有尚佳的表现。

《宗教与科学的接点》及其他

1986 年，除了继续出版哲学讲座以外，还出了以下单行本：

《赫耳墨斯》编辑部编《解读世纪末文化》

大卫·斯坦纳德　　《退缩的历史：论弗洛伊德及心理史学的破产》（David E. Stannard：*Shrinking History：On Freud and the Failure of Psychohistory*，南博 译）

罗曼·雅各布森、琳达·R. 沃

　　　　　　　　《语言音形论》（Roman Jakobson & Linda R. Waugh：*The Sound Shape of Language*，松本克己 译）

宇泽弘文　　　　《近代经济学的转轨》

市仓宏祐　　　　《现代法国思想导读——反俄狄浦斯王（Oedipus Tyrannus）之彼岸》

山口昌男编　　　《林达夫座谈集　以世界为舞台》

河合隼雄　　　　　　《宗教与科学的接点》

米切尔·恩德　　　　《遗产继承游戏 —— 五幕悲喜剧》（Michael
　　　　　　　　　　Ende：*Der Spielverderber：Eine komische Tragödie*
　　　　　　　　　　in 5 Akten，丘泽静也 译）

路易·马兰　　　　　《绘画符号学——书法·绘画》（Louis Marin：
　　　　　　　　　　Études sémiologiques：Ecritures，peintures，筱田浩
　　　　　　　　　　一郎、山崎庸一郎 译）

P. C. 耶西尔德　　　《洪水之后》（Per Christian Jersild：*Efter Floden*，
　　　　　　　　　　山下泰文 译）

坂本百大　　　　　　《心灵与身体——通向原一元论的构图》

托马斯·菲茨西蒙斯　《日本相对镜的礼物》（Thomas Fitzsimmons：
　　　　　　　　　　Japan，personally，大冈信、大冈玲 译）

山口昌男　　　　　　《文化人类学的视角》

大江健三郎　　　　　《M/T 与森林中的奇异故事》

巴里. 斯潘雅尔德　　《看到地狱的少年——一个美国人在纳粹集
　　　　　　　　　　中营的经历》（Barry Spanjaard：*Don't Fence Me
　　　　　　　　　　In！An American Teenager in Holocaust*，大浦晓生、
　　　　　　　　　　白石亚弥子 译）

此外，刊行了两册现代选书：

杰克·古迪　　　　　《野性心灵的驯服》（Jack Goody：*The Domesti-*
　　　　　　　　　　cation of The Savage Mind，吉田祯吾 译）

塞缪尔·鲍尔斯、赫伯特·金迪斯

《美国资本主义与学校教育——教育改革与经济制度的矛盾》I（Samuel Bowles & Herbert Gintis：*Schooling in Capitalist America：Educational Reform and the Contradictions of Economic Life*，宇泽弘文 译）

这个时期，我又多了个编辑部副部长头衔，实在忙得不可开交。所以，即使这里举出的书目，也多是靠 T、O 以及新来的 S 帮忙。但我自己编辑的书也超过十册，仅就印象深的书目略记一二。

首先，关于《语言音形论》。这是有关语言学的系列专著之一，恐怕是雅各布森最后的著述，是他与年轻的女弟子琳达·沃合著的。记得我曾有机会，与这位在雅各布森眼里跟孙女差不多且非常美貌的琳达·沃见面，谈起了雅各布森的事。

河合隼雄的《宗教与科学的接点》先在《世界》杂志连载，然后出版了单行本。本书不是生硬地割裂开宗教和科学，而是与人的生态挂钩具体论述，有理有据，因此非常受读者欢迎。也可以说，它是几年后刊行"讲座·宗教与科学"的预告篇。

菲茨西蒙斯是美国诗人、大学教授，和夫人住在日本。他和大冈是至交，两个人还一起作连诗。我与大冈夫妇、菲茨西蒙斯夫妇有几次聚餐，每次都度过了美好的时光。

现代选书，鲍尔斯和金迪斯的《美国资本主义与学校教育》寓意深刻。因无法满足现成的经济学而独辟蹊径的鲍尔斯和金迪斯，也是宇泽弘文的好友。本书与美国资本主义发展联系起来，考察教育方向的思想，构成其后宇泽为岩波新书撰《思考日本的教育》（1998 年）的基调。其实，这本新书本来是向熟悉作者的已故石川经夫约稿的。失去一位优秀后辈的宇泽，为了补缺，亲自披挂上阵。他在新书"序"中写道：

> 本书原计划由畏友石川经夫执笔，因为不得已的原因由我代替。石川是代表日本的经济学学者之一，他超越了既有新古典派经济学，从社会正义、公正、平等的观点，引领了经济学的新发展。对于石川来说，教育经济学在经济学的新发展过程中，起到了最核心的作用。石川曾在哈佛大学师从肯尼斯·约瑟夫·阿罗（Kenneth J. Arrow）教授，与塞缪尔·鲍尔斯也很熟，在奠定了本书主旋律的鲍尔斯和金迪斯"对应原理"建设上，做出重要贡献。鲍尔斯和金迪斯的"对应原理"，是对教育理论带来革命性影响的观点，在考察 21 世纪学校教育制度的指针上，将起到核心作用。

1991 年石川经夫曾为岩波撰名著《收入与财富》，另外，我还曾向石川夫人千子约稿，后成大作《都市与绿地——面向新城市环境的创造》（2001 年）。

《奥村土牛》《空间〈从功能到面貌〉》等

1987 年刊行的单行本如下：

近藤启太郎　　　　《奥村土牛》

原广司　　　　　　《空间〈从功能到面貌〉》

雅克－阿兰·米勒编《雅克·拉康　精神病》上、下（Jacques-Alain
　　　　　　　　　　Miller [ed.]: *Jacques Lacan: Les psychoses*，小出浩
　　　　　　　　　　之、铃木国文、川津芳照、笠原嘉　译）

安伯托·艾柯、V. V. 伊凡诺夫、莫妮卡·雷克托

　　　　　　　　　　《狂欢化》（Umberto Eco，V. V. Ivanov，Monica
　　　　　　　　　　Rector: *Carnival！*，池上嘉彦、唐须教光　译）

马丁·杰伊（Martin Jay）

　　　　　　　　　　《阿多诺》（Martin Jay: *Adorno*，木田元、村冈晋
　　　　　　　　　　一　译）爱德华·露西－史密斯《1930年代的美
　　　　　　　　　　术——不安的时代》（多木浩二、持田季未子　译）

米切尔·恩德　　　《梦之旧货市场：午夜诗歌和轻叙事诗》（丘泽
　　　　　　　　　　静也　译）

宇泽弘文　　　　　《现代日本经济批判》

中村雄二郎　　　　《西田哲学的解构》

宇泽弘文　　　　　《寻求公共经济学》

大冈信　　　　　　《桧扇之夜，天的吸尘器逼来》

山口昌男　　　　　《山口昌男·对谈集　身体的想象力——音
　　　　　　　　　　乐·戏剧·梦幻》

"现代选书"有：

221

塞缪尔·鲍尔斯、赫伯特·金迪斯

《美国资本主义与学校教育——教育改革与经济制度的矛盾》Ⅱ（宇泽弘文 译）

阿尔弗雷德·卡津 《纽约的犹太人——一个文学的回忆 1940—1960》Ⅰ、Ⅱ（Alfred Kazin：*New York Jew*，大津荣一郎、筒井正明 译）

克利福德·格尔茨 《文化解释学》Ⅰ、Ⅱ（Clifford Geertz：*The Interpretation of Cultures：Selected Essays*，吉田祯吾、柳川启一、中牧弘允、板桥作美 译）

近藤启太郎以作家闻名。尽管本人说过着玩世不恭的日子，其实他为人诚恳。《奥村土牛》也反映了他的为人，是一本扎扎实实探索土牛艺术的上乘评传。近藤时而从千叶县鸭川过来，与他攀谈是件快事。本书对我的教益是，提高了鉴赏日本画的能力。后来，细致追摹了横山大观等近代日本画遗稿的《日本画诞生》，经资深编辑 H 之手出版（2003 年）。

原广司的文体独特。内容的核心是原氏独创的、远远超出既成概念的新概念，使用数字抑或伊斯兰教用语叙述，所以理解起来绝非容易，但又感觉似乎理解了。这一点看他的建筑作品，也许就好懂了。他的建筑形态既绝对新潮，又不让人产生半点隔膜，反而很舒服。这本书以"从功能到面貌"概念为中心，展开了独特的空间论，尽管内容绝不通俗，却超越建筑的框范得到读者的热烈追捧。

拉康攻坚战

雅克·拉康的思想，以艰涩难懂著称，但听说他的讲义录——"研讨班"（Séminaire）比较容易理解。据闻编者雅克－阿兰·米勒是拉康的女婿，说这个人有一种秘教氛围，很难接近。拉康的解说本在日本已经出滥了，而拉康本人的著作、其可信的日译本几乎不存在，在这种状况下，我很想翻译出版哪怕"研讨班"的主要部分。

"研讨班"共有二十几册，经与笠原嘉、小出浩之商量，决定从中选出对理解拉康的思想最重要的，先翻译几册。虽说是几册，原书一册译成日文往往是两分册，所以等于出十几册译本。况且，尽管"研讨班"相对容易理解，但是要准确翻译，必须举办彻底的读书会、研究会。所以翻译一册原著，至少需要三四年。我向法国的门槛出版社（Editions du Seuil）的人，用了几年时间耐心地做工作，取得了"研讨班"半垄断的翻译权。

其间，与自称雅克－阿兰·米勒的代理人的人们，几次在东京或巴黎见面。其中一个叫皮尔·史克里亚宾（Pierre Skrjabin），据说是俄罗斯作曲家亚历山大·史克里亚宾（Aleksandr Skrjabin）的侄子。1987 年 2 月在东京见史克里亚宾之际，他带来了雅克－阿兰·米勒给我的信。信上说除了《弗洛伊德的技法论》（*Les écrits technique de Freud*）以外，希望我们一定要翻译《精神分析的伦理》（*L'éthique de la psychanalyse*）和《精神分析的四基本概念》（*Les quatre concepts fondamentaux de la psychanalyse*）。这本《精神病》是"研讨班"翻译的第一本。

其后，相继于 1991 年出版了《弗洛伊德的技法论》上、下

（上卷小出浩之、小川丰昭、小川周二、笠原嘉译，下卷小出浩之、铃木国文、小川丰昭、小川周二译）；1998 年《弗洛伊德理论与精神分析技法中的自我》上、下（*Le moi dans la théorie de Freud et dans la technique de la psychanalyse*，小出浩之、铃木国文、小川丰昭、南淳三译）；2000 年《精神分析的四基本概念》（小出浩之、新宫一成、铃木国文、小川丰昭译）；2002 年《精神分析的伦理》上、下（小出浩之、铃木国文、保科正章、菅原诚一译）；2005 年《无意识的形成物》上卷（*Les formations de l'inconscient*，佐佐木孝次、原和之、川崎惣一译），下卷于 2006 年 3 月出版。

关于《狂欢化》，几乎没见到像样的书评。但是，最近海野弘在《海野弘　书的旅行》中提及（蒲蒲兰社［Poplar Publishing Co., Ltd.］，2006 年），引用如下。我认为，他完美地抓住了狂欢化和巴赫金（M. M. Bakhtin）等现代思想的本质：

> 我对狂欢化的兴趣，来自俄罗斯符号学家巴赫金的影响。大学时代，我在调查俄罗斯前卫派时，读巴赫金的拉伯雷论、陀思妥耶夫斯基论如醍醐灌顶。通过语言、表演，颠覆日常或体制的秩序，催生新世界的巴赫金的想法，对于我来说浑若哥白尼式的倒转。
>
> 我选择"世纪末"的课题，难道不也是颠覆旧世纪，创生新世纪的狂欢化吗？那么，新艺术（Art Nouveau）就是狂欢化的形式。
>
> 旧秩序僵化，没有出路，陷入瘫痪，必须冲破它的

坚壳，让巨大的混沌释放出来。我感觉，自己做的小小研究，并非与从巴赫金到艾柯的现代思想大潮风马牛不相及，似乎从中看到了自己的方向。

关于山口昌男《身体的想象力》，列出目录如下：

I　音乐与土地精灵

雷蒙德·默里·谢弗（Raymond Murray Schafer）

II　身体的几何学　弗拉门戈文化的自我认同　安东尼奥·加德斯

III　面向戏剧的初始　　　　　　　　　　彼得·布鲁克（Peter Brook）

IV　梦幻与戏剧性想象力　　　　　　　　　　　　米切尔·恩德

V　音乐、人生及朋友们　　　　　　　　　　　　　约翰·凯奇

VI　在音乐与戏剧的夹缝间　西尔韦诺·布索蒂（Sylvano Bussotti）

VII　"开放"（glasnost）中的符号论　在莫斯科得偿夙愿的邂逅

V. V. 伊凡诺夫

将上述内容与《20世纪的认知冒险》和《知识的猎手续·20世纪的认知冒险》合观，试想日本人除山口以外，还有谁能在如此多领域、酣畅淋漓地发挥认知能量呢？这些对谈大多我都亲历，每次都享受超级的精神大餐。这里再次向山口致意！

管理职的编辑

1988年出版的单行本如下（选题策划是我，然而经济方面以

外的书目，编辑的具体业务多由 S 和 S［君］等承担)：

苏珊·斯特兰奇　《赌场资本主义——国际金融恐慌的政治经济学》
　　　　　　　　(Susan Strange: *Casino Capitalism*，小林襄治 译)

海曼·P. 明斯基　《凯恩斯〈通论〉新释》(Hyman P. Minsky: *John*
　　　　　　　　Maynard Keynes，堀内昭义 译)

皮埃尔·宾得　　《打扮和不打扮——人为什么穿衣服》(Pearl.
　　　　　　　　Binder: *Dressing Up Dressing Down*，杉野目康子 译)

井上厦、大江健三郎、筒井康隆
　　　　　　　　《寻觅乌托邦　寻找故事——面向文学的未来》

James L. 皮科克　《人类学与人类学学者》(James L. Peacock: *The*
　　　　　　　　Anthropological Lens，*Harsh Light*，*Soft Focus*，今福
　　　　　　　　龙太译)(中译本《人类学透镜：强光与柔焦》，北京
　　　　　　　　大学出版社，2009。——译注)

马文·哈里斯　　《好吃：食与文化之谜》(Marvin Harris: *Good To*
　　　　　　　　Eat，*Riddles of Food and Culture*，板桥作美 译)

米切尔·恩德、约尔格·克里希鲍姆
　　　　　　　　《黑暗考古学——论画家埃德加·恩德》(丘泽静
　　　　　　　　也 译)

大江健三郎　　　《奎尔普军团》

　　前一年我就任了编辑部部长一职，所以这一年编辑的书目发
生了急剧变化。井上、大江、筒井三人的《寻觅乌托邦　寻找故

事》、大江的《奎尔普军团》，都是在《赫耳墨斯》上发表过的。除此之外，清一色都是翻译书。这也最直接地暴露出管理职编辑的尴尬。拿出充分的时间，与每一位撰稿人讨论，催生扣人心弦的图书——这些编辑的本职工作现在做起来却心余力绌，实在怅然。然而每种译本，都有足够的信心投放市场。比如通过《赌场资本主义》，苏珊·斯特兰奇名噪一时，"赌场资本主义"一词也成了流行语；而马文·哈里斯的《好吃：食与文化之谜》一书耐人寻味，赢得了广大读者；还有《人类学与人类学学者》一书，是我从这位人类学学者 1968 年的处女作 *Rites of Modernization* 以来就密切关注的、发人深省之作。本书后更名《何谓人类学》，1993年作为"同时代丛书"中的一种出版；皮科克也是前述《颠倒的世界》的撰稿人。然而作为编辑只能以译本为中心，毕竟是绠短汲深的结果。

　　以下用两章篇幅归纳《赫耳墨斯》其后，一个编辑的终场工作。

第七章　总编辑的后半场

——《赫耳墨斯》之环 II

1　同人们的干劲

矶崎新的"建筑政治学"

我担任《赫耳墨斯》总编直至第 29 期。即 1984—1991 年的 7 年。第 19 期（1989 年 5 月）开始，由于季刊的节奏已经无法消化选题内容，改为双月刊。编辑部增加了新手 T，变成 4 人。

《赫耳墨斯》的印厂校对，每每通宵达旦，校完都在黎明。当天空泛白的时候，照例各自坐上印厂门前等候的出租车回家。T 还是年轻女性，不好难为她也干通宵。我要她赶地铁末班车，提前离开印厂校对室。T 听话地说"我先走了"出门去。约莫 30 分钟后，她又回来了，说她"迟了一点，没赶上末班车，无奈只好回来了"，继续校对。接连三四次"没赶上车"，结果以后 T 也跟着熬夜了。

两章前写到第 15 期，本章将着重归纳第 16—30 期。

首先，关于矶崎新的卷首连载。"后现代主义风景"持续到第 8 期，是满两年的连载。从第 9 期开始"建筑政治学"。以下具体看连载内容：

1　凤凰城区计划　　　　　　　　　　　　　　　（第 9 期）

2　MOCA（洛杉矶现代美术馆）　　　　（创刊两周年纪念别卷）

3　东京市政厅（City Hall）落选方案　　　　　　（第 10 期）

4　巴塞罗那奥运体育宫　　　　　　　　　　　　（第 11 期）

5　布鲁克林美术馆（Brooklyn Museum）扩建计划　　（第 12 期）

6　南法的美术馆计划　　　　　　　　　　　　　（第 13 期）

7　树魂与地灵　　　　　　　　　（创刊三周年纪念别卷）

8　城市再开发——帕特诺斯特广场（Paternoster Square）计划

　　　　　　　　　　　　　　　　　　　　　　（第 14 期）

9　国际舞台研究所·利贺山房　　　　　　　　　（第 15 期）

10　想象的复原——卡萨尔斯音乐厅（Casals Hall）与东京地球剧团

（The Globe Tokyo）　　　　　　　　（1988 年临时增刊别卷）

11　水户艺术馆　　　　　　　　　　　　　　　（第 16 期）

12　斯特拉斯堡现代美术馆计划　　　　　　　　　（第 17 期）

13　三个校园计划　　　　　　　　　　　　　　（第 18 期）

1986 年 12 月至 1989 年 3 月，连载跨三年。这里看到的包括建成和未建成的在内，全部是矶崎的作品。他被称为后现代主义的旗手，然而正如前述，他在摸索新方向而不是安于现状。这个连载既是这种摸索的轨迹，又展示了矶崎建筑的博大精深。

奔走在世界各地的大忙人矶崎，何以全始全终一次不落地发稿呢？为了回答这样朴素的问题，需要具体查看连载的内容。话虽如此，仍无暇观其全貌，仅举其代表案例第 3 次连载的"东京市政厅（City Hall）落选方案"为例。

东京市政厅落选方案

这是参加东京都市政厅新综合大楼竞标的方案。众所周知，实际上矶崎新的老师丹下健三的建筑，成了新宿上空高高矗立的双塔。矶崎案构思的不是超高层建筑，而是拥有世上少有的超大规模空间的建筑。方案的立意是，通过这个巨大的公共空间，让人们感知崇高性。然而，实际被采用的仍是老一套的哥特式建筑。从建筑史看可知，每当看不清方向犹疑彷徨时，总是回归哥特式。矶崎写道：

> 东京市政厅首选方案，因突出哥特式设计备受世人推崇，也可以说正是钻了今天缺少统制性建筑模式的空子。然而，这里哥特式仍不外乎罩在平常超高层建筑外表的借来的衣裳。于是，东京都的象征便将永远罩着借来的衣裳了。

我作为东京都市民，希望新市政厅拥有方便市民的巨大公共空间。那里，一定可以看到象征真正民主的崇高性。象征权威的哥特式样无论如何也不合适，它是模拟主义，不，甚至是让人笑掉大牙的！我恨不得拍案而起。但是就矶崎案而言，恐怕不能简单地说它仅仅是被指定参加竞标的方案。如果知道他就权力与其象征建筑的关系，包括伊势神宫、桂离宫等案例进行的缜密彻底的分析，就不难理解这个方案的深刻寓意了。所以，即使连载中的一个高尔夫球场的会所（7　树魂与地灵）都离不开建筑"政治学"，更何况奥运设施、美术馆，"建筑就是政治本身"显而易见。

　　卷首连载继"建筑政治学"是"被中断的乌托邦"，我认为矶崎的意图非常明确了。毋庸置疑，"乌托邦"正是关系"政治"终极的概念。

虚构之设计

以下参看"被中断的乌托邦"连载：

1　伊凡·伊里奇·列奥尼多夫（Ivan Ilich Leonidov）的"阳光城市"

（第 19 期）

2　伊凡·伊里奇·列奥尼多夫的"阳光城市"（续）　　　（第 20 期）

3　勒·柯布西耶（Le Corbusier）的"Mundaneum"　　（第 21 期）

4　勒·柯布西耶的"Mundaneum"（续）　　　　　　（第 22 期）

5　阿斯普朗德（Erik Gunnar Asplund）的"斯德哥尔摩博览会"

（第 23 期）

6　理查德·巴克敏斯特·富勒（Richard Buckminster Fuller）的"Dymaxion"（节能高效）　　　　　　　　　　（第 24 期）

7　朱塞佩·特拉尼（Giuseppe Terragni）的"但丁纪念馆"（Danteum）

（第 25 期）

8　朱塞佩·特拉尼的"但丁纪念馆"（续）　　　　　　（第 26 期）

9　沃尔特·迪士尼的"主题公园"　　　　　　　　　（第 27 期）

此处想引用本连载最后一回结尾部分。他对追求乌托邦，我们面对的境地，做出了一针见血的分析。

> 现在切实感觉，做规划以现实为标准已经不可能，只能靠编织莫须有的虚构才能奏效。这就是"主题公园"成功的原因，那里只出售虚构。
>
> 建筑设计，也面临同样事态。没有被统一认知的标准模式，所以需要虚构的主题。我在这个普通的办公楼设计上，中央造了一个无意义的筒状空洞，为了使它顺理成章，我建议使它成为世界最大的日晷，并被采纳。其实是把某种主题，赋予了这个被抽象化的形式。落在那个空洞上的影子，即"时间"。恐怕它被理解为具有"时间"主题的建筑。虚构——离开了作者，擅自行动起来了。

矶崎新不仅为卷首写连载，还以各种形式出现。关于"Guest From Abroad"等的细节留待后述，这里仅记述他与多木浩二的连载对谈：

1968 年是一切之源！

　　　　　　　《世纪末的思想风景》1　　　　　（第 20 期）

筵席散了之后——70 年代前期的摸索

　　　　　　　《世纪末的思想风景》2　　　　　（第 21 期）

古典主义与后现代——从"间"展到"筑波"

　　　　　　《世纪末的思想风景》3　　　　　　（第 22 期）

技术与形而上学——80 年代能看清什么

　　　　　　《世纪末的思想风景》4　　　　　　（第 23 期）

创造的根据何在——20 世纪的终焉、面向 21 世纪的展望

　　　　　　《世纪末的思想风景》5　　　　　　（第 24 期）

　　这个连载后以矶崎、多木合著形式出版了《世纪末的思想与建筑》（1991 年）。由此可见矶崎涉《赫耳墨斯》之深，令我心感靡已。

大江健三郎的小说、对谈

　　第 9 期以后大江健三郎的作品及评论、对谈，列举如下：

革命女性（其一）——献给有戏剧性想象力的人 1　　　（第 9 期）

革命女性（其二）——献给有戏剧性想象力的人 2　　　（第 10 期）

革命女性（完结）——献给有戏剧性想象力的人 3　　　（第 11 期）

《明暗》、渡边一夫（两个讲演）　　　　　　　　　　（第 12 期）

奎尔普的宇宙（第一回）　　　　　　　　　　　　　　（第 13 期）

奎尔普的宇宙（第二回）　　　　　　　　　　　　　　（第 14 期）

奎尔普的宇宙（第三回）　　　　　　　　　　　　　　（第 15 期）

奎尔普的宇宙（第四回）　　　　　　（1988 年 7 月临时增刊别卷）

奎尔普的宇宙（第五回）　　　　　　　　　　　　　　（第 16 期）

歌剧创作 1. 植根于世界视野的同时——与武满彻的对谈　（第 17 期）

歌剧创作 2. 面向故事——与武满彻的对谈　　　　　　（第 18 期）

由此可见，从第 9 期以后至第 29 期，大江缺位仅第 26 期一次。第 28 期在 "Dialogue Now" 与津岛佑子对谈。《赫耳墨斯》能够维持正常发行，全靠编辑同人的干劲，对这一点不能不重新认识。

大冈信的"摹的美学"

大冈信的组诗《桧扇之夜，天的吸尘器逼来》，连载至第 10 期完结。从第 11 期开始了新连载 "摹的美学"。

修辞与直情——诗人的神话与神话解体

	"摹的美学"（四）	（第 14 期）
古代"现代主义"的内与外	"摹的美学"（五）	（第 15 期）
连诗大概——动机与展开	"续摹的美学"（一）	（第 16 期）
连诗大概——作品检查　其一	"续摹的美学"（二）	（第 17 期）
连诗大概——作品检查　其二	"续摹的美学"（三）	（第 18 期）
连诗大概——用英语作连诗	"续摹的美学"（四）	（第 19 期）
为笛子和语言和舞蹈而作的水炎传说		（第 20 期）
1900 年前夜后旦谭［新连载随笔］（一）—（六）		（第 21—26 期）
日本的诗与世界的诗［讲演］——围绕"诗与神圣"		（第 27 期）

法兰克福连诗 —— 与加布里埃莱·埃卡特（Gabriele Eckart）、乌
利·贝克尔（Uli Becket）、谷川俊太郎［对谈］"法兰克福连诗"及其背
景——与谷川俊太郎　　　　　　　　　　　　　　　（第 29 期）

　　大冈信没出现的也只有第 28 期。那是为了准备第 27 期刊登的
讲演，正在访问比利时等地。法兰克福连诗，是法兰克福每年举
办的国际书展，该年（1990 年）邀请日本做"主宾国"开展的一
项活动。"1900 年前夜后旦谭"断续连载到第 49 期，以第 17 回告
终。1994 年出版了单行本（《1900 年前夜后旦谭——近代文艺丰盈
的秘密》）。

　　大冈在本书"后记"写道：

　　　　《赫耳墨斯》以第 50 期为机缘，解除了编辑同人制。

本书对我说来，虽然是在十年的《赫耳墨斯》同人时代后期所作，但若没有这个杂志，此书千真万确是不会存在的。矶崎新、大江健三郎、武满彻、中村雄二郎、山口昌男诸位的存在，对我是保持必要紧张感和持续性的源泉。

另外，第20期登出的《水炎传说》，是为1990年1月在青山圆形剧场表演而作，实相寺昭雄导演、石井真木作曲、赤尾三千子笛子演奏。

山口昌男的关切所指

关于山口昌男的论稿，第五章中记述到第15期，这里举出第16期以后。

战争与"知识分子"　　　　　《挫折的昭和史》2　　　（第16期）

体育帝国（上）——小泉信三与网球

　　　　　　　　　　　　　　《挫折的昭和史》3　　　（第18期）

体育帝国（下）——冈部平太的"满洲"

　　　　　　　　　　　　　　《挫折的昭和史》4　　　（第19期）

心向墨西哥　　　　　　　　《认知的即兴空间》　　（第21期）

现代主义与地方城市——北海道和金泽

　　　　　　　　　　　　　　《认知的即兴空间》　　（第22期）

画师和将军　　　　　　　　《挫折的昭和史》5　　　（第24期）

似达达派的将军肖像　　　　《挫折的昭和史》6　　　（第25期）

"夕阳将军"的影子	《挫折的昭和史》7	（第 26 期）
读书的军人	《挫折的昭和史》8	（第 28 期）

　　《挫折的昭和史》连载虽然开始了，但读山口的这个连载有种吊诡的味道。他在第 17 期"Dialogue Now"与赫伯特·布劳（Herbert Blau），第 27、29 期"Guest From Abroad"分别与鲍利斯·艾夫曼（Boris Eifman）和茨维坦·托多罗夫（Tzvetan Todorov）对谈。但是可以说，山口的关切明显在变化，并发展成后来的《败者的精神史》。

中村雄二郎不断高扬的参悟

　　中村雄二郎的情况怎样呢？他在第 16 期"Guest From Abroad"与让‐弗朗索瓦·利奥塔（Jean-Francois Lyotard）对谈。第 17 期《形的奥德赛》8，与池田满寿夫、司修举行鼎谈。那以后的论稿如下：

恶的哲学可能吗——恶的哲学·序说		（第 18 期）
在美与力以及崇高的夹缝——为了解开形式的咒缚		
	《形的奥德赛》9	（第 19 期）
场所与节奏振动——空白与充满的动力学		
	《形的奥德赛》10	（第 20 期）
有色世界·无色世界——脑髓与宇宙的接点		
	《形的奥德赛》11	（第 21 期）

新的音声宇宙的胎动［与细川俊夫对谈］

结束《形的奥德赛》连载，接着《恶的哲学笔记》新连载。中村参悟的生产效率与日俱增。而这些连载又是在《赫耳墨斯》从季刊改为双月刊以后，每念及此不胜感慨。

武满彻的《歌剧创作》

关于武满彻大显身手，也必须有所交代。

（第 20 期）

艺术家留给未来的东西——与大江健三郎的对谈

《歌剧创作》最终回　（第 27 期）

走遍世界的武满彻——回顾音乐会点描［赫耳墨斯编辑部编］

（第 29 期）

如上所见，从第 21 期到 26 期不见武满彻的身影。正如第 29 期"走遍世界的武满彻"已经点明，1990 年的后半期为了纪念武满彻的花甲之年，在世界各地举办了音乐节或回顾音乐会。他与大江健三郎的对谈《歌剧创作》的连载，1991 年 11 月结集出版岩波新书《歌剧创作》。

2　从畅销作家到科学家

筒井康隆的两种想象力

正如前述，请过非编辑同人的筒井康隆与井上厦、大江健三郎举行鼎谈。然而，筒井与《赫耳墨斯》的关系中最大的亮点，还是他供稿连载的长篇小说《文学系唯野教授》。从第 12 期到 18 期，《第一讲·印象批评》，《第二讲·新批评》，《第三讲·俄罗斯形式主义》，《第四讲·现象学》，《第五讲·阐释学》，《第六讲·接受美学》，《第七讲·符号学》。大江健三郎的长篇小说《奎尔普的宇宙》（1988 年出版单行本《奎尔普军团》）也是从第 13 期开始连载的，一时间版面上演了两人的擂台赛。

一次编辑同人会上，矶崎新曾说："前不久我出国在飞机上，想眯一会儿就开始翻《赫耳墨斯》。可是，筒井的《文学系唯野教授》让人笑得前仰后合，一兴奋困意全跑了。"筒井异想天开的小说，连载期间就产生了轰动效应，1990年1月单行本出版，更是立刻高居畅销榜首。

1997年7月，在新神户东方饭店举行筒井的"复出暨获授骑士勋章庆祝会"。我到会致辞，照录如下：

> 我是岩波书店的大冢。承蒙指名，在此谨致贺辞。
>
> 今天庆贺的宗旨有二：其一，是筒井先生复出的事实；另一个，即他在法国被授予骑士勋章。
>
> 我想，今天的会议策划者必是深谋远虑之士，因为这两件事之间有着必然的联系。也就是说，重新开笔，即面向未来；而授勋，是针对筒井先生既往的创作活动。简而言之，是对筒井康隆这位作家的过去和未来，一并庆贺的策划。我理解今天的会正是本着这样的宗旨，所以忝列发起人的末席。
>
> 这里，我想披露一下伟大作家的SOZO[1]力之惊人，以塞自责。我说的SOZO力包含双重含义：imagination意义的想象力和creativity意义的创造力。当然，我不是

1　日语"想象""创造"的读音，两者相同。

批评家，不会说高深的。只介绍一段插曲，供各位参考。

首先，就说 imagination 吧。众所周知，在我们的杂志《赫耳墨斯》上连载的《文学系唯野教授》已经出版单行本，一下成了大热门的畅销书。我当时是《赫耳墨斯》的总编辑。连载开始之际，曾请筒井先生共进晚餐。那是个寒气逼人的季节，于是相约吃河豚，请先生到京都一家餐馆。不成想，筒井先生日后在某杂志发表了日志形式的作品，对那一天有这样的描述。

"我和《赫耳墨斯》的总编，还有我的责编一起去吃河豚。端上来鱼白。鱼白只有五只。我和总编每人两只。责编只捞着一只。"

各位想想，实际上会有这等事吗？有门有脸的餐馆，为三位客人只上来五只鱼白，这是无法想象的。

其次，再说 creativity。决定筒井先生为刊物连载时，我们刚刚翻译出版了英国激进的文艺批评家特里·伊格尔顿的 *Literary Theroty*（日译本名为《何谓文学》，如果按原书名直译是"文学理论"）。是关于现象学批评、阐释学批评之类高深莫测的一大本。我把刚出炉的那本书交给筒井先生，让他随便翻翻。而先生居然在回神户的新干线上，把书通读了一遍。然后以伊格尔顿的书为线索，为我们写了《文学系唯野教授》。结果是有目共睹的大杰作，他还将深奥的文艺批评理论，比伊格尔顿的书浅显多少倍地讲述出来。

我想说的归结为一句话：伟大作家的 SOZO 力令人生畏，但又是何等神奇！

筒井先生，向您致以由衷的祝贺！并祝您今后鹏程万里！还请多多关照，给卖书难、惨淡经营的出版社赚钱的机会！

来自国外的学者和艺术家

接下来看第 16 期以后的 "Guest From Abroad"：

15　让-弗朗索瓦·利奥塔／中村雄二郎《现代哲学的证人——结构主义的是非、梅洛-庞蒂（Maurice Merleau-Ponty）、海德格尔问题》　　　　　　　　　　　　　　　　　　（第 16 期）

16　雷姆·库哈斯（Rem Koolhaas）／矶崎新《从混沌而生的新系统——超越建筑的解构》　　　　　　　　　　（第 19 期）

17　约翰·阿什贝利（John Ashbery）／大冈信／谷川俊太郎《现代诗的风景——美国与日本》　　　　　　　　　（第 21 期）

18　保罗·布伊萨克（Paul Bouissac）／山口昌男《以大地女神（Gaïa）的符号论为目标》　　　　　　　　　　（第 25 期）

19　鲍利斯·艾夫曼／山口昌男《芭蕾传递认知的形式！——新艺术诞生之时》　　　　　　　　　　　　　　（第 27 期）

20　彼德·埃森曼（Peter Eisenman）／矶崎新《建筑与过剩——超越"有机"》　　　　　　　　　　　　　　（第 28 期）

21　茨维坦·托多罗夫（Tzvetan Todorov）／山口昌男《境界的想象

力》　　　　　　　　　　　　　　　　（第 29 期）

这里另有一篇，虽不叫"Guest From Abroad"，但实质相同。即第 29 期中的：

《安伯托·艾柯一席谈——日本的印象》矶崎新 / 武满彻 / 中村雄二郎 / 山
　　口昌男

"Guest From Abroad"栏目，能在我的总编任内，请来如此之众在世界上叱咤风云的艺术家、学者，一个编辑的喜悦莫过于此。完全仰仗编辑同人诸贤费心，当再次致以谢忱。

顺便提及"Dialogue Now"，第 17 期刊出：

赫伯特·布劳 / 山口昌男《加利福尼亚·认知文艺复兴的证人》

第 28 期刊出：

津岛佑子 / 大江健三郎《成为作家，一直做个作家》

高桥康也的两次对话

另外，第 18 期登出高桥康也的《为了想象力的宇宙——与现代巫女凯瑟琳·雷恩交谈》，是完全可以作为"Dialogue Now"的一篇对谈。第 10 期同样登出高桥与伊格尔顿的对谈：《关于

"革命"与幽默——文艺批评的现在》。两个对谈于 2004 年出版了《回忆在心间——高桥康也悼念录》，以下引用我为该书的撰文。

T. 伊格尔顿与 K. 雷恩

以锋利骁勇著称的左派论客、文艺评论家特里·伊格尔顿和以布莱克、叶芝研究著称的知名诗人凯瑟琳·雷恩，介绍这样两位截然相反的人物的意图，不仅因为曾经拜托高桥康也先生与二人实际对话的缘故，还因为我认为异质的二人具备的文学世界的大视野，就是高桥康也先生自身的特点。

（中略）

一 特里·伊格尔顿

1986 年 10 月，我问康也先生能否与伊格尔顿对谈，他欣然允诺。当时先生正在剑桥三一学院（Trinity College）做客座研究员。去往会见在牛津执教的伊格尔顿之前，康也先生邀我去三一学院。我在法兰克福国际书展的会期结束后，即前往剑桥。

康也先生与迪夫人出迎，并带我在学院周边转。"牛顿的苹果树"啦，教授专用庭园等，让人大开眼界。但最绝的还是在克里斯多佛·雷恩（Sir Christopher Wren）设计的学院大食堂的晚餐会（High Table［高桌］）上。作为客人我被安排在舍监旁边，这倒没什么，可是舍监的英语也许太过高深，我一句也听不懂，干瞪眼。出席者一律身穿无袖黑袍（Gown），而我对面稍年轻的男子，黑袍下面明明是皱巴巴的 T 恤、牛仔裤和运动便鞋。我和他聊起东南亚、中国盗版之类的话题，后来请教康也先生，得知此人是两三年前获诺贝尔奖的化学家，我又是一惊。记得那一天我被安排住在学院的研究室，心怀对先生夫妇的感激入睡。

第二天早晨在高桥家用过早餐，乘巴士前往牛津。比约定的时间略提前到了伊格尔顿的研究室，在牛津，晚二三分钟进去是礼貌，所以我们在门前等了片刻。

伊格尔顿与书中得到的印象大不相同，谦和坦诚地迎接了我们。与康也先生对谈的内容，也是从伊格尔顿的职业生涯开始，谈到布莱希特（Bertolt Brecht）、巴赫金、本雅明（Walter Benjamin）的影响和他对解构的见解；关于文本与理论的关系，以及贝克特的爱尔兰性和伊格尔顿自身的爱尔兰题材，最后甚至涉猎了"政治性的和幽默的"。大概是康也先生的人格使然，做如此亲密的深谈，完全是始料未及。

详见《赫耳墨斯》第 10 期（1987 年 3 月刊）所载对谈《关于"革命"与幽默——文艺批评的现在》。

二 凯瑟琳·雷恩

那次对谈两年后的 1988 年 10 月，在英格兰南部普利茅斯附近的小村达廷顿，实现了凯瑟琳·雷恩与康也先生的对谈。

达廷顿有一个财团——达廷顿霍尔基金（Dartington Hall Trust），运营艺术大学并策划艺术类活动。据说伯特兰·罗素（Bertrand Russell）是热心的支持者之一，伯纳德·李奇（Bernard Leach）、勒·柯布西耶等也与它有关系。

该财团动议，80 年代初举办围绕艺术的国际性聚会，指定雷恩做总策划。雷恩在这个第二届名为"忒墨诺斯"（Temenos）会议的国际性活动上，决定从日本搬来铁仙会的最佳阵容——观世荣夫、浅见真州等上演能乐。康也先生担任解说随能乐团一行，经华沙、维也纳来到英国。

对谈是在能乐上演前夕忙乱的气氛中进行的。尽管如此，从雷恩的居室——一幢紧邻 16 世纪的城馆达廷顿礼堂的建筑，将田园秋色尽收眼底，那美丽恬适似乎让二人的对谈摈弃俗界而一气升华。

内容从能乐引起，但马上转入她在剑桥时代的知性氛围，款款地道出她在钻研植物学时代出版处女诗集《石与花》（1943 年）的经过，她对包括布莱克、叶芝的神秘主义、新柏拉图主义关注的缘起，以及雷恩编辑、内容与《赫耳墨斯》相仿的杂志《忒墨诺斯》（Temenos）等的话题。

季刊《赫耳墨斯》第 18 期登出的《为了想象力的宇宙——与现代巫女凯瑟琳·雷恩交谈》，既可以窥视"二战"前夕英国最优秀的认知传统，也可以看到自然科学的合理主义、哲学的怀疑主义和以新柏拉图主义为首的秘教传统是如何相互渗透的。

以上两例，足以显示康也先生广泛的认知兴趣，两次都因为康也先生的人格魅力和戏剧性兴趣点，使对话更加充实。

康也先生十几年前动笔撰述的著作《架桥》，终于经多方努力于 2003 年 6 月由岩波书店发行。令人欣慰。

向您——永远面带微笑，对我的无知没有半点苛责，只留下温馨的感动，仙逝的高桥康也先生，献上心中的感激！

"表演现场"

以下列举第 16 期以后的"表演现场"：

15　多木浩二《暴力或绘画的物质性——安塞姆·基弗（Anselm Kiefer）的启示录世界》　　　　　　　（第 16 期）

16　多木浩二《城市中人（*Men in the Cities*）——罗伯特·朗哥（Robert Longo）的反高潮（Anticlimax）》　　（第 17 期）

17　伊藤俊治《卢卡斯·萨马拉斯（Lucas Samaras）的行为学（Somat-

第 15 回到第 18 回，多木浩二、伊藤俊治、生井英考是从批评的立场进行的考察。而第 25 回的木户敏郎则是来自演出家角度的报告。另外，第 24 回的吉田喜重是电影导演尝试歌剧导演的特例。

年轻一代的撰稿人

年轻一代建筑家的论稿，登出以下两篇：

7　片木笃《弹子球的图像学（iconology）》　　　　　　（第 19 期）

8　片木笃《令人憧憬的〈电饰〉（electrographic）建筑——弹子球的图像学（续）》　　　　　　　　　　　　　　　　（第 23 期）

顺便介绍一下 1988 年 7 月以后，年轻撰稿人阵容的热闹：

巽孝之　　　　《威廉·吉布森（William Ford Gibson）·加速档——读电脑空间三部曲》

伊藤公雄　　　《所有人的敌人——库尔乔·马拉帕尔泰（Curzio Malaparte）及其人生》

古桥信孝　　　《丑恶与耻辱——个体的领域与始源》

黑田悦子　　　《民俗文化的表层与深层——巴诺哈（Julio Caro Baroja）与西班牙》

持田季未子　　《振荡的写作（ecriture）——村上华岳》

　　　　　　　　　　　　　　　（以上载于 1988 年 7 月临时增刊别卷）

西垣通　　　　《为与机械之恋而亡——阿兰·麦席森·图灵（Alan Mathison Turing）的爱》　　　　　　　　（第 19 期）

山田登世子　　《为浪得虚名的男人们——近代模式的政治》

高桥昌明　　　《龙宫城的酒徒童子》

　　　　　　　　　　　　　　　　　　　（以上载于第 20 期）

高桥裕子　　《毛发的咒缚》　　　　　　　　　（第 21 期）

持田季未子　《没有风景的时代风景——土方工程考》

清水谕　　　《"甲子园"的神话学》

井上章一　　《美貌的力量》

松浦寿辉　　《埃菲尔铁塔　意象的悖论》

（以上载于第 22 期）

武田雅哉　　《通往"福尔摩沙岛！（Ilha Formosa!）"之旅——
　　　　　　乔治·撒玛纳札（George Psalmanazar）的"美丽岛
　　　　　　故事"》

西垣通　　　《差分寄宿着神祇 —— 查尔斯·巴贝奇（Charles
　　　　　　Babbage）的罗曼》

今福龙太　　《符号学的赫耳墨斯—丑角——山口昌男的脱领域
　　　　　　世界》

（以上载于第 23 期）

高桥昌明　　《两个大江山·三个除妖记——酒徒童子说话与圣德
　　　　　　太子信仰》

河岛英昭　　《走访〈玫瑰的名字〉的舞台》

新宫一成　　《关于梦的〈死体〉》

大平健　　　《电话和名字和精神科医生》

（以上载于第 24 期）

樱井哲夫　　《〈水〉的近代——洗浴文化与矿泉水》

中泽英雄　　《卡夫卡的"犹太人"问题》

伊藤公雄　　《无所有的爱——切扎雷·帕韦泽（Cesare Pavese）的

挫折》

（以上载于第 25 期）

铃木瑞实　　《"符号—索引—征候"的主题变奏》

保立道久　　《巨柱神话和"天道花"——日本中世纪的氏族神祭与
　　　　　　　农事历》

西垣通　　　《通信线路中断——克劳德·艾尔伍德·香农（Claude
　　　　　　　Elwood Shannon）的纨绔主义（Dandyism）》

鹤冈真弓　　《爱尔兰文艺复兴（Celtic Revival）与世纪末——王尔
　　　　　　　德（Oscar Wilde）母子的爱尔兰倾向》

河岛英昭　　《〈玫瑰的名字〉与阿尔多·莫罗（Aldo Moro）事
　　　　　　　件——正统与异端之争》

（以上载于第 26 期）

柏木博　　　《作为 SF 的美国与包豪斯设计》

落合一泰　　《喊叫与烟囱——面向记忆的民族诗学》

西垣通　　　《舞蹈超模式（Meta Patterns）——格利哥利·本特森
　　　　　　　（Gregory Bateson）的高难动作》

永见文雄　　《神的充足、人的不充足——重构卢梭论的思考》

持田季未子　《云的戏剧——马克·罗斯科（Mark Rothko）》

（以上载于第 27 期）

高桥裕子　　《倒竖的毛发——〈夏洛特小姐〉（The Lady of Shalott）》

西垣通　　　《巨人迟到了——诺伯特·维纳（Norbert Wiener）的
　　　　　　　十字军》

铃木瑞实　　《悲剧的解说——雅克·拉康》

（以上载于第 28 期）

持田季未子　《白的平面——蒙德里安（Piet Mondrian）》

巽孝之　　　《朱 砂（vermilion）机 械——J. G. 巴 拉 德（J. G. Ballard）的现在》

芹泽高志　　《个人·行星·技术——地球时代的生活设计》

（以上载于第 29 期）

自然科学家们

第 18 期开始了《科学随笔》连载的新尝试。

上田诚也《现代版希腊神话？——说说相当准确的地震预报》

（第 18 期）

樋口敬二《天上来信——包括小学生参加的雪的研究》　（第 19 期）

川那部浩哉《模棱两可最重要——生物群集是什么》　（第 20 期）

松田卓也《眼泪的高科技生活》　　　　　　　　　　（第 21 期）

佐藤文隆《弗里德曼（Alexander Friedman）诞辰百年国际会议》

（第 22 期）

矢内桂三《向南极索陨石》　　　　　　　　　　　　（第 23 期）

藤冈换太郎《海底时间隧道——挖掘伊豆、小笠原的巨大喷火遗迹》

（第 25 期）

向后元彦《厨房与红树林——缅甸的森林破坏》　　　（第 28 期）

本连载开始前，第 17 期到第 23 期的"赫耳墨斯语录"栏，每期登场自然科学学者如下：

第 17 期　樋口敬二 / 河合雅雄 / 古在由秀 / 冈田节人 / 江泽洋 / 吉川
　　　　　弘之

第 18 期　八杉龙一 / 佐藤文隆 / 米泽富美子 / 神沼二真 / 菅野道夫

第 19 期　柳田充弘 / 松田卓也 / 山口昌哉 / 长尾真 / 养老孟司 / 竹内
　　　　　敬人

第 20 期　弥永昌吉 / 西泽润一 / 伊藤正男 / 池内了 / 木村泉 / 原田正纯

第 21 期　长冈洋介 / 山田国广 / 堀源一郎 / 井口洋夫 / 野崎昭弘

第 22 期　森本雅树 / 小川泰 / 森下郁子 / 伊藤嘉昭 / 细矢治夫 / 岩槻
　　　　　邦男

第 23 期　本庶佑 / 村田全 / 酒田英夫 / 并木美喜雄 / 柳泽嘉一郎 / 斋
　　　　　藤常正

看着这些熟悉的名字，长期供稿的上田诚也、佐藤文隆、冈田节人、吉川弘之、八杉龙一、长尾真、原田正纯、本庶佑等的面庞浮现在眼前。特别是第 22 期刊载佐藤文隆的《弗里德曼诞辰百年国际会议》，尤其令人怀念。

弗里德曼 1888 年生于列宁格勒。1925 年 37 岁英年早逝，据说他是一位提出了近似今天"宇宙大爆炸"理论的数理物理学家、气象学家、宇宙论者。他对爱因斯坦的一般相对论也感兴趣，如果不是夭折，在这个领域将做出重大贡献。

我通过佐藤文隆的岩波新书《宇宙论发出的邀请——基本原

则和大爆炸》（1988 年），知道了弗里德曼的存在，对 20 世纪初的俄国，不仅孕育了为开启当世纪人类科学奠定基础的罗曼·雅各布森，而且在自然科学领域也诞生了独树一帜的天才，深感震撼。再联想到芭蕾舞团（俄罗斯芭蕾舞团）的塞尔戈·佳吉列夫（Serge Diaghilev）等，真想对俄罗斯（特别是列宁格勒［现圣彼得堡］）从世纪末到 20 世纪初，有如此多领域天才辈出的文化奥秘探个究竟。于是给佐藤去了电话，说："我对弗里德曼感兴趣，能不能给我们写点关于他的工作的文章。"佐藤回话："真没想到。我去年应邀参加弗里德曼诞辰百年纪念国际会议，刚从列宁格勒回来。"

其结果撰为《弗里德曼诞辰百年国际会议》。他不仅谈弗里德曼的工作，还妙笔描绘了列宁格勒的氛围。并推荐了他的朋友、物理学者 A. D. 谢尔尼（A. D. Chernin）的文章《弗里德曼的宇宙》，该译文同期登出。

谈幸福论的科学家出场

其实，我还领教了佐藤文隆的深藏若虚。那是后来向他约稿，执笔"21 世纪问题群 BOOKS"系列之一的《科学与幸福》。我认为向活跃在第一线的科学家约稿，提出"科学与幸福"之类莫名其妙的题目，一定被拒绝。但转念一想，科学惊异的发展与人的幸福相长还是相左，事关重大。所以壮着胆，将题目向佐藤摊牌。

约稿时做好了被付之一笑的心理准备。然而听完我的话，他很干脆地说："明白了。写吧。"老实说，我反而愣了。我是有备而来，大不了以"科学发展与人类幸福是两回事"被拒绝，到时候把题目来个改头换面再试。《科学与幸福》于1995年出版。作为本书的延续，诞生了佐藤也出任编委的"讲座·科学/技术与人"。

2001年3月，举办佐藤文隆京都大学退官纪念酒会，我应邀致辞。以下引用最后部分：

> 这里我想说的是，佐藤先生对于我们一般市民来说，是一位像祭司或牧师一样的存在。也就是说，先生在我们无知的科学前沿这个神圣殿堂大展宏图，同时又时刻不忘贴近平民百姓生活的世俗世界。这一点除了理查德·费曼（Richard Feynman），实属罕见。
>
> 衷心祝愿为"科学和人类幸福"架桥的祭司佐藤先生健康长寿！
>
> 佐藤先生，今后也请继续多多关照。

同人的力量

以下介绍第16期以后除同人以外，卷首以及卷尾主要论稿的供稿人（年轻一代的供稿人已经记述，从略）。

15　东野芳明《补陀落平面设计序说——罗宾逊夫人的鹈唐图谱未完成》　　　　　　　　　　　　　　　　　　　　（第16期）

16　多木浩二《法兰克福的厨房——作为20世纪意识形态的功能主义》　　　　　　　　　　　　　　　　　　　　　（第19期）

只有三位。其中多木浩二两次供稿。这是因为从第 16 期到第 30 期，重要论稿始终是编辑同人在倾全力操刀。

与此形成对照的是，从第 19 期开设的"Viva·赫耳墨斯"和"赫耳墨斯式评语"栏目，向年轻作者大量约稿。《赫耳墨斯》的基本编辑方针正是以编辑同人为核心方阵，尽量争取青年作者参与，看来这一点得到了贯彻。本章涉及从第 16 期到第 29 期的青年作者，多为我以外的编辑部成员发现并约稿的。

从第 19 期《赫耳墨斯》改成双月刊起，黑田征太郎的封面设计主题，从"鸟"变成了"人"。黑田涉入甚深，与编辑同人相差无几。衷心深谢他。

总编辑更迭

从第 30 期开始，我把总编职位交给了 S。S 在其他出版社担任过杂志的总编，经验丰富，编辑了他心目中的《赫耳墨斯》。1994 年《赫耳墨斯》从第 51 期以降，决定废除编辑同人制。虽然在编辑同人中也有惋惜的声音，但毕竟自创刊已持续了十年，所以判断时机合适。废除了编辑同人制的《赫耳墨斯》，由 K 出任总编。他从新人入社以来，就在《赫耳墨斯》编辑部工作。封面也从第 51 期开始，改由大竹伸朗负责（至第 58 期）。1996 年 5 月起，开本改用大 32 开，取消了期号。最后，于 1997 年 7 月，迎来《赫耳墨斯》终刊。

前面反复提到，《赫耳墨斯》全靠编辑同人之力支持。矶崎新、大江健三郎、大冈信、武满彻、中村雄二郎、山口昌男各位，为刊物立下汗马功劳。《赫耳墨斯》的编辑会议，经常在赤坂一家鳗鱼料理店"山之茶屋"召开。每两个月一次的会议，编辑同人只要没出国一定会出席。一合上眼，鳗鱼料理店静谧的氛围，以及与会各位编辑同人、编辑部诸君的面庞便浮现在眼前。包括像武满彻这样已经过世、正在成为历史的人物在内，编辑同人热心讨论的光景，对于我这个编辑来说，是金不换的宝贵财产。

第八章　转折期的选题策划

——终场的工作

1　跨学际的讲座

出版萧条的阴影悄然而至

本章表述从 1989 年到 2003 年期间，即我作为编辑最后阶段的工作。其间，1990 年我出任分管编辑的出版社负责人，正是出版萧条的阴影悄然降临的严峻时期。前所未有的事态接踵而至，应接不暇。

所谓编辑，说到底是建立在一本一本书，与一个一个作家人际关系基础上的工作。但是，当了社领导不得不脱离个别具体的工作。从编辑工作的本质而言是失格的。尽管如此，我与编辑工作藕断丝连，只能说是自己的编辑情结使然。

以下，详述在这种处境下我做的工作。

1989 年 6 月启动了"讲座·转折期的人"，在描述这一点之前，列举同年我编辑或参与选题策划的书目如下：

藤泽令夫　　　　　《哲学的课题》

河合隼雄　　　　　《生与死的接点》

根井雅弘　　　　　《现代英国经济学的群像——从正统到异端》

筱田浩一郎　　　　《罗兰·巴特——世界的解读》

梅棹忠夫　　　　　《研究经营论》

矶崎新　　　　　　《矶崎新对谈集　建筑的政治学》

约埃尔·多尔　　　《拉康解读入门》（Joël Dor：*Introduction à la lecture de Lacan*，小出浩之 译）

阿勒代斯·尼科尔　《丑角的世界——意大利即兴假面喜剧的复辟》（Allardyce Nicoll：*The World of Harlequin：A Critical Study of The Commedia dell'Arte*，浜名惠美 译）

宇泽弘文　　　　　《"富裕社会"的穷困》

山口昌男　　　　　《认知的即兴空间——作为表演的文化》

伊东光晴的介绍

藤泽、河合、筱田、梅棹、矶崎、宇泽、山口——写出来，看似我作为编辑交往笃深、关系密切的诸贤总动员。然而，此处只想提及当时新锐的经济学者根井雅弘。《现代英国经济学的群像》是约翰·希克斯（John Richard Hicks）、尼古拉斯·卡尔多（Nicholas Kaldor）、琼·罗宾逊（Joan Robinson）、利奥尼尔·罗宾斯（Lionel C. Robbins）、米哈尔·卡莱茨基（Michal Kalecki）、哈罗德（R. F. Harrod）六人的评传。就其中一人的生平和理论能够说清楚已经不易，而根井却成功描绘出六位经济学者"波澜壮阔的认知精神史"（本书书腰伊东光晴的推荐语）。

要叙述本书的成立，必然涉及伊东光晴。1997 年 10 月为伊东光晴举办了"古稀纪念会"，以下请允许引用我的贺词：

> 我是岩波书店的大冢。首先向伊东先生表示衷心祝贺。今天，我作为出版社的一员，借此机会想谈三点。
>
> 第一，上来就从俗事说起，不好意思，那就是伊东先生为我们写的书备受读者追捧。岩波新书《凯恩斯》目前已经第 57 次印刷，累计售出 82 万册。在伊东先生京都大学退官纪念会上，时值《凯恩斯》刊行三十周年，我曾说过按当时的册数，新书的厚度约 1 厘米，摞起来有富士山的两倍。现在，高度要达到富士山的 2.2 倍了。
>
> 另外，那一次我还说了带点刺儿的话：现在是《凯恩斯》刊行三十周年，也是岩波新书《熊彼特》的选题诞生二十五周年，然而至今仍不得见天日。其结果，伊东先生在得到根井雅弘先生的配合下，立即着手完成了《熊彼特——孤高的经济学家》（1993 年）。这本书今天已经是第十次印刷，售出 73000 册。两本书都长销不衰，让出版社收获巨大利益。
>
> 第二，言归正传，伊东先生率先垂范，告诉我们经济学应取的方向。我社 12 月将刊行先生的著作选集《探访伊东光晴经济学》（共三卷），堪称其学养的集大成。经济学要面对各种现实问题，他向我们提供了如何有效应对，或必须应对的范本。身在容易陷入唯理论而理论的学界，伊东先生走过的足迹，让我深为钦佩。

第三，伊东先生自己在坚持理论联系实际的同时，对经济学这门学问，其实比谁都珍视。因为他善为伯乐，始终致力于发现和培养年轻的苗子。

直到前不久，伊东先生还经常光顾我社，亲临编辑部的房间。他对岩波的出版物提出尖锐的批评，同时还带来"研究生某某君锋芒毕露。正在从事某某研究"的信息。

我只介绍应该过了时效的其中一例。就是刚才提到《熊彼特》时说到的根井先生。那是很久以前的事了，一次我接到先生的电话："请您某月某日上午 11 点半，到京大我的研究室来一趟。"我按照指定的时间去了，当时还是研究生的根井先生在场。三个人一起去了京大会馆用午餐。这时，他正式把根井先生介绍给我。令人难忘的是，伊东先生不让我付账，说"今天是我有求于你"。

以上，我一口气讲了三点，很难用语言把我所受伊东先生的关照全部表达出来。只希望先生永远健康，一如既往地指导我们。

今天非常感谢大家！

那以后根井的势头是有目共睹的。

讲座的进化型

讲座这一出版形式，是将本来大学给学生办的专门讲座公诸一般市民（读者），在这样的意图下设计的。因此，可以说是以系统阐释某学问为前提。岩波书店似乎开了先河。西田几多郎编的"讲座·哲学"、以野吕荣太郎为中心编纂的"日本资本主义发达史讲座"等享有盛名。就我参与的讲座而言，有"哲学""精神科学""新·哲学""现代社会学""文化人类学""心理疗法"；自然科学领域有"数学""物理学"，堪称岩波书店拿手的领域。

但是，除此之外就某个特定问题做讲座，也逐渐得到认同。因为随着社会进化日趋复杂，出现的问题不像过去单一学问就能对付，所以这类新讲座，需要跨学际的专家参与形成总体构思，同时执笔人也要求是来自各领域的学者。由我策划、编辑的有"转折期的人""宗教与科学""科学/技术与人""天皇和王权的思考"。

世纪末的指针

《讲座·转折期的人》（全十卷、别卷一卷）于 1989 年 6 月启动，1990 年 5 月完结。编委宇泽弘文、河合隼雄、藤泽令夫、渡边慧四人。关于宇泽、河合、藤泽三位已有详述，不再赘言。而物理学家渡边慧，这里需要有个交代。他是 1910 年生人，国际知名学者。战前曾执教于东京大学，有很长的德、美研究经历，也因与维尔纳·海森伯、诺伯特·维纳（Norbert Wiener）等共同研究而知名。可以说在这个意义上，他始终处于物理学研究的前沿。

世纪末的景况日渐浓重，21 世纪人类向何处去？开始出现这样话题的 20 世纪 80 年代后期，我邀请了经济学、心理学、哲学、物理学的四位大家，就"人是什么"的问题重新展开讨论。可以说，哲学家藤泽给出了基本思路。

第二章已述，我和藤泽经常小酌。关于 20 世纪末人是什么、向何处去之类的大题目，即使在某会议室严肃地提出来，也未见得有像样的答案。在这个意义上，经常与藤泽的小酌相当管用。加之物理学家渡边虽然年长，但对藤泽的思想评价极高。所以，藤泽就用和我边喝边聊的语气，不矜不伐地谈现在的人处于何种状态，自然科学的巨匠渡边从旁帮衬，这个讲座的基本路线就这样成形。在此基础上，社会科学与人类科学两位大家阐述各自观点，是某种意义上的理想型讨论。

然而回头看，从确定最终方案到实现讲座跨了四年。因藤泽、河合在京都的关系，编辑会议也经常移师京都。一次渡边不顾高龄，自己驾车走东名高速来了。会开了三小时后，他稍睡片刻又驾车回东京去了。记得我曾经感叹，干大事的人就是精力充沛。

前述分工承担的内容，各编委在讲座的内容简介册子上归纳精当，现引述如下：

提示人生与价值观的指针

藤泽令夫

人已经运用科技的力量，将从物质和生命的深层机制到宇宙空间，纳入可操控和行动的范围内，但因此也直面了与人类自身相关的各种危机和众多严峻问题。20 世纪的终结也是西历千禧年，人类现在不得不面对与此同步的重大认知与文明的转折。

转折期如何不被掺杂的信息干扰，寻求人生和价值观的指针？只有通过集各领域顶级的敏识提供思考的坚实基础。正是出于这样的愿望策划、编辑了本讲座。

为开拓新的地平线
宇泽弘文

现在我们正处在一个重大的转折期。第二次世界大战后，伴随科技的飞速进步，经济组织膨胀，国家越来越暴露出其利维坦（leviathan）的性格，维持政治、经济的平衡变得极其困难。社会科学众多领域构建的既有范式已经失效，严重的危机正在发生。它既是科学的危机，同时也是思想的危机，甚至人类的危机。

阐明世纪末转折期的意义，超越其思想断层，开拓新的地平线可能吗？本讲座试图集我国最卓越的才智，回答这个设问。

去创造丰富的宇宙观
河合隼雄

现代，与物质的富足相比，心灵的贫乏成为问题。然而现代要直逼心灵问题，就需要努力超越这种简单的物质与心灵的二分法。无论如何解剖人，都找不到"心灵"。也可以认为，"心灵"普遍存在于一草一木、自然的每一个角落。愿在对心灵多角度的观察中，转变思维方式，去探索心灵这个神秘的存在。归根结底，是透过心灵视角看"世界"，创造新的、更丰富的宇宙观。

从世纪末的科学中可以存续什么
渡边慧

用"世纪末"一词，指出 20 世纪末与 19 世纪末的类似并不难。我认为是"完成感"与"颓废"的混合。就拿物理学来说，19 世纪末大多物理学家断言，定律全部被发现了只剩下解应用问题。然而本世纪物理学上大革命的萌芽，实际上在 19 世纪末已经有了踪影。本讲座召唤耆老、青壮精锐学人齐上阵。那里必定隐含着 21 世纪大革命的萌芽。识破它，要靠读者的认知嗅觉。

下面列举完成的讲座内容。讲座最终定名"转折期的人"，仍基于藤泽的主张。

1 什么是生命

2 什么是自然

3 什么是心灵

4 什么是都市

5 什么是国家

6 什么是科学

7　什么是技术

8　什么是伦理

9　什么是宗教

10　什么是文化

别卷　教育的课题

"讲座·转折期的人"的特色

以下，选若干充分反映本讲座特色的卷，尽观其详。

先来看第 1 卷《什么是生命》：

序　现在何谓"生命"　　　　　　　　　　　　　　　　渡边慧

Ⅰ　对于人来说的生命

   1　个体与多样性——人的生命是什么　　　　　　　青木清

   2　大脑的功能——生物与人　　　　　　　　　　　伊东正男

   3　人的生命特别吗——从遗传基因看人　　　　　　本庶佑

Ⅱ　生命诸相

   1　生命的起源——从物质的分子进化　　　　　　　松田博嗣

   2　从分子的立场看生命——走近生存问题　　　　　斋藤信彦

Ⅲ　生物·人·计算机

   1　人性的起源——灵长类与人之间　　　　　　　　伊谷纯一郎

   2　作为计算机看生命——发生·形态形成·智能　　神沼二真

   3　建立新的信息处理系统——生物计算机的必要性与其实现之路

　　　　　　　　　　　　　　　　　　　　　　　　　松本元

向工作在自然科学前沿的学人约稿。这个讲座以降，仍得到本庶佑、长尾真、清水博诸位各种形式的支持。

接下来第7卷《什么是技术》，内容如下：

最后，列示别卷《教育的课题》的内容：

"最烦 IWANAMI" 的学者和他的著作集

别卷，成功请出了森岛通夫。大约直到二十年前，森岛常挂在嘴边的是"最烦煎蛋卷（omelette）、巨人、IWANAMI（岩波）"。还有一个扩展版是"厌恶朝日新闻、IWANAMI、NHK"。也就是说，这几家都牛气哄哄。还在这个"讲座"以前，我每次见到森岛都央求出他的著作集。他有大量没有翻译成日文的英文版著作。

森岛看问题的视角独特，见教良多。我经常请他们夫妇吃饭，每次聊得都很投机。但一提到著作集的事，他总是拒绝："我活着期间只拿出全部力量工作，不打算活着就出著作集。"然而，从开始提此事十几年过去，他终于点头了。实现夙愿在 2003 年，完结出版在 2005 年，这时森岛已经过世。

这样的"讲座"有人看吗？如果说我全然不担心，那是假话。所幸，虽然是严肃话题的"讲座"，各种平均售出近万册。1991 年很快进行了第二次征订，合计起来册数很可观。

做社领导时代的书目

1990 年我参与选题、编辑的书目如下。无法简单地说"我编辑"的，是因为这一年我做了分管编辑工作的社领导，投入到实际业务的时间越来越有限。

梅棹忠夫	《信息管理论》
筒井康隆	《文学部唯野教授》
矶崎新	《巴塞罗那奥运体育宫——巴塞罗那奥运建筑素描集》
山田庆儿	《夜鸣鸟——医学·咒术·传说》
苏珊娜·罗森博格	《苏维埃流浪——一个知识女性的回忆》（Suzanne

Rosenberg：*A Soviet Odyssey*，荒 KONOMI 译）

中村雄二郎　　　《哲学的水脉》

　　　　　　　　《梅耶荷德（Vsevolod Meyerh-old）——肃反与

　　　　　　　　恢复名誉》（佐藤恭子 译）

多木浩二　　　　《写真的诱惑》

伊万・T. 贝伦　　《欧洲的危险地区——探索东欧革命的背景》

　　　　　　　　（Ivan T. Berend：*The Crisis Zore of Europe*，河合秀和 译）

木田元　　　　　《哲学与反哲学》

威廉・G. 比斯利　《日本帝国主义 1894—1945——居留地制度与东

　　　　　　　　亚》（William G. Beasley：*Japanese Imperialism 1894-*

　　　　　　　　1945，杉山伸也 译）

1991 年部分也列于此：

矶崎新、多木浩二　《世纪末的思想与建筑》

中村雄二郎　　　　《形的奥德赛——外观、形态、节奏》

宫胁爱子　　　　　《没有开始没有结束——一个雕塑家的轨迹》

内田芳明　　　　　《生于现代的内村鉴三》

西垣通　　　　　　《Digital Narcis——信息科学先锋们的欲望》

乔纳森・波里特编　《拯救地球》（Jonathon Porritt [ed.]：*Save the Earth*，

　　　　　　　　　芹泽高志监 译）

雅克－阿兰・米勒编《雅克・拉康 弗洛伊德的技法论》上（小出浩之、

　　　　　　　　　小川丰明、小川周二、笠原嘉 译）、下（小出浩之、

　　　　　　　　　　　铃木国文、小川丰明、小川周二　译）

威廉·多姆霍夫　　　《梦的奥秘——赛诺伊的梦理论乌托邦》（William
　　　　　　　　　　　Domhoff：*The Mystique of Dreams：A Search for
　　　　　　　　　　　Utopia Through Senoi Dream Theory*，奥出直人、富
　　　　　　　　　　　山太佳夫　译）

1992 年如次：

河合隼雄　　　　　　《心理疗法序说》

兰德尔·柯林斯　　　《脱常识的社会学 ——社会解读入门》（Randall
　　　　　　　　　　　Collins：*Sociological Insight：An Introduction to Non-
　　　　　　　　　　　Obvious Sociology*，井上俊、矶部卓三　译）

大卫·埃利奥特　　　《革命到底是什么——俄罗斯的艺术与社会 1900—
　　　　　　　　　　　1937》（David Elliott：*New Worlds，Russian Art and
　　　　　　　　　　　Society 1900-1937*，海野弘　译）

持田季未子　　　　　《绘画的思考》

河合隼雄等　　　　　《河合隼雄　其人的精彩世界——讲演和学术研
　　　　　　　　　　　讨会》

宇泽弘文编　　　　　《三里冢文选》

米切尔·恩德、约瑟夫·博伊斯
　　　　　　　　　　　《围绕艺术与政治的对话》（*Kunst und Politik，Ein
　　　　　　　　　　　Gesprach*，丘泽静也　译）

梅纳德·所罗门　　　《贝多芬》上（Maynard Solomon：*Beethoven*，德丸吉
　　　　　　　　　　　彦、胜村仁子　译）

此外，出版了国家地理协会编"地球《发现》BOOKS"系列：

《祖母绿的王国——热带雨林的危机》 （大出健 译）

《海与大陆相遇的地方——世界的海岸线与自然》 （海保真夫 译）

《大地的馈赠——地球的神秘与奇异》 （松本刚史 译）

《野生生存——被隐藏的生命世界》 （羽田节子 译）

《看地球去——大陆的神奇自然》 （大出健 译）

《荒芜的地球——自然灾害的一切》 （近藤纯夫 译）

《去未知的边疆——世界的自然与人们》 （龟井 YOSI 子 译）

其他，9 月启动了"讲座·宗教与科学"（全十卷、别卷二卷）。关于这一点，另辟项后记。这里谈一下 1990—1992 年单行本方面的特色。

俄罗斯文化的明与暗

苏珊娜·罗森博格《苏维埃流浪》《梅耶荷德》，大卫·埃利奥特《革命到底是什么》，均以苏联的镇压和肃反问题为对象。抚育了罗曼·雅各布森、弗里德曼，对 20 世纪的学问指明方向的俄罗斯，革命政权的成立对于知识分子、艺术家绝非玫瑰色。我在无意识中，对俄罗斯文化的明与暗两面投去了强烈的关注。

《梅耶荷德——肃反与恢复名誉》由佐藤恭子担任翻译。她是佐藤信夫的妹妹。我与研究西方中世纪修辞学的信夫经常晤谈。他的经历与众不同，大学毕业后做过法国化妆品公司之类的日本经理，后跻身学术。他的修辞学论饶有意味。

本书是《戏剧生活》——莫斯科发行的戏剧杂志，1989 年第 5 期"梅耶荷德特集"的全文翻译。佐藤恭子应邀出席了在莫斯科近郊奔萨市举办的第一届梅耶荷德国际会议，我从她那里听说了这个"特集"，决定出单行本。关于梅耶荷德无须赘言，本书是对他被判刑前后的情形，以及恢复名誉的经过翔实的记录。资料弥足珍贵，收录了大量判词、信函等的照片。

与《梅耶荷德》同样大开本、B5 尺寸的《革命到底是什么——俄罗斯的艺术与社会 1900—1937》，由海野弘担任翻译。原书是 David Elliott，*New Worlds*，*Russian Art and Society 1900-1937*，Thames and Hudson，1986。包括三百多帧图版，是涵盖整个俄罗斯前卫派的重要资料。以下引用海野的"译者后记"：

> 俄罗斯前卫派堪称 20 世纪的梦，而对于我来说则是青春的梦。我在早稻田大学学习俄罗斯文学，加入了苏维埃研究会。当时，已经开始对马雅可夫斯基重新评价。我们无法满足批判斯大林的单一视角，而是追溯到前卫派起源的世纪末。虽然稚嫩得可爱，但着手对包括绘画、建筑在内的俄罗斯前卫派重新评价，在日本这个苏研小组应该是最早的。我的毕业论文选题是别雷（Andrej Belyj）的《圣彼得堡》。
>
> 但是，后来我对世纪末涉入过深，无法回到俄罗斯前卫派去。1980 年决定在日本也举办"艺术与革命"展

（西武美术馆），我是最先得到消息的，然而由于视角不同，加上我自身的不成熟，最后没能参加。懊恼之余，我发心重新钻研俄罗斯前卫派，能作为批评家自立，正是因为有这件事，我现在还在感谢。

重操旧业，找回自己的起点，首先撰写了前卫派前史《圣彼得堡浮出》（新曜社）。正是这时，承担了埃利奥特的翻译。本书的特色是视野开阔，个别研究相当深入，但赋予总体鸟瞰图。对什么是俄罗斯前卫派、什么是革命俄罗斯的叙述如此丰实的书，绝无仅有。图版也引人入胜。

日本原有的俄罗斯前卫派介绍，不是缺乏就是回避了社会背景的视角，仅止于设计的介绍，兴味索然。这本书讲述的是产生这些设计过程的、惊心动魄的历史和人间悲剧。

我能够担任这项工作，是托岩波书店大冢信一先生的福。这是我瞎猜，虽然不曾提起，大冢先生找我做本书翻译，是因为他记得我在"艺术与革命"展时的懊悔。对他的情深谊长，心感靡已。

海野说"对他的情深谊长，心感靡已"，其实这正是我必须送给海野的话。当海野的著述活动刚刚起步、他还在做平凡社编辑时，我曾前往向他讨教关于读他的著作引起兴趣的某事。那时知道了我们同龄。此后近四十年间，我通过他的著作间接或直接地向他单方面讨教的事情难以历数。

我退下来以后，两三个月和他见一次面，一聊就是五六个小时。我得到了他全部百本以上著书的馈赠，而我得到的教益早逾百本著作。对此，我无以回报。尽管是这样非对称的关系，他待我的态度始终如初，我该如何谢他？

环境问题与"地球《发现》BOOKS"

波里特编《拯救地球》，是以英国 DK 出版社（Dorling Kindersley）发行的原版 *Save the Eearth* 为底本，在全世界同时翻译成各国语言出版。一本满载了不可多得的地球精彩照片的大书。

本书护封勒口印有以下文字：

> 当你购买本书时，价款的一部分将用于支持"地球之友国际"、特别是第三世界和东欧的活动，用于现在需求最迫切的环境宣传基金。《拯救地球》也是对 1992 年 6 月里约热内卢召开的"地球峰会 92"做出贡献的手段。届时，各主要国家元首将莅临此次环境与发展的联合国大会。而"地球峰会 92"的成功，是拯救地球的现实行动，你能做的说一千道一万，不如使用本书所附的"行动包"加入到这个行列。

编者波里特亲自奔走在世界各地，开展本书的促销活动。他也到了日本，和岩波书店联合举行了记者见面会。在日本短暂停留期间，我还陪同他拜访了赞助商清水建设本社。记得日本全国中小学都购了这本书，销量不菲。

是年，我应邀访美时，有机会走访在华盛顿的国家地理协会本部，听取协会干部的介绍，真正领教了美国 NPO 的实力。该协会发行的《国家地理》历史长，当时发行量高达 1200 万册。据说为了养这份杂志，五十名摄影师长年被派往世界各地。因此，主业杂志带来的副产品，是出版满载美丽的图片和气势磅礴的照片的各种单行本。我们选出其中七种翻译成日文，这就是"地球《发现》BOOKS"。除国家地理协会以外，我还到了野生动物保护团体等两三家 NPO，了解到他们都有坚实的经济基础，活动相当活跃，这些对我很有启发。

《梦的秘法》《河合隼雄　其人的精彩世界》等

《梦的秘法》一书发人深省，它记述了 20 世纪 60—70 年代美国文化的反应——针对一份人类学学者关于居住在马来半岛西部的土著赛诺伊（Senoi 族）人自在地控制做梦，并用于个人和共同体创造行为的报告。最终，人类学学者史都华（Kilton Steward）被定性为"骗子"。本书对反主流文化时代的美国人，被史都华以梦理论为媒介撰写的关于现实多元性的论文轻易蒙骗的理由做了透辟的阐述。

关于史都华的"论文"，最先告诉我的是英国文学学者由良君美。那是他告诉我收录了史都华的"Dream Theory in Malaya"一文的书 *Altered States of Consciousness*（ed. by Charles Tart，John Wiley，1969）的时候。才子由良除了专业的英国文学以外，兴趣广泛。在驹场他的研究室，时常听他说出让人摸不着头脑的话。

其父哲次是曾经师从恩斯特·卡西尔（Ernst Cassirer）的哲学家，晚年深陷写乐[1]的研究不能自拔，很有个性。

1974 年春在杂志《图书》上，由良君美与河合隼雄、山口昌男三人，就人文科学的新倾向举行了鼎谈（"人文科学的新地平线"，《图书》第 297 期，1974 年 5 月）。这是长达 18 页的大型鼎谈，然而无论社内还是读者方面，几乎没有什么反响。只有中国文学大家吉川幸次郎亲自对《图书》A 总编转达说："那篇鼎谈很精彩。新的时代正在开启。"我深为吉川其人的敏锐而叹服。

顺便将这个鼎谈的小标题记录如下。我认为，这是对 20 世纪最后四分之一世纪人文科学走向的洞悉：

人文科学的再起步 / 古典物理学思考的终结 / 金丝雀般的人 / 清教徒主义的危险 / 与梦对话 / 边缘与中心的模型 / 作为中介者的治疗者 / 浪漫主义的现实 / 作为深层模型的丑角 / 塞缪尔·泰勒·柯勒律治（Samuel Taylor Coleridge）与无意识 /Basketto 族的身体语言 / 解读偶然性的技术 / 象征性政治学

顺带记述一下《河合隼雄　其人的精彩世界——讲演和学术研讨会》。

---

[1] 东洲斋写乐，浮世绘画师，本名、生殁年及生平不详，江户时代中期在浮世绘画坛忽然出现又消失的谜一般的画家。存世的一百四十多幅作品确认创作于 1794 年至 1795 年的十个月间，均由著名出版商鸢屋重三郎（1750—1797）印行，作品描绘的基本是能乐、歌舞伎演员所扮演角色的肖像。

本书根据"讲演和学术研讨会·河合隼雄　其人的精彩世界"记录整理。研讨会是 1992 年 3 月 6 日在东京麴町的东条会馆举办的。当天，第一部为河合的讲演"现代人与心灵问题"，第二部以"河合隼雄这个人"为题举行研讨会。今江祥智、大江健三郎、中村桂子、中村雄二郎、柳田邦男等做论坛嘉宾，第二部前半场首先由五位嘉宾分别就"河合隼雄和我"做 15 分钟讲演，后半场是河合加入进来的讨论。我做司仪。

这个策划是为了纪念河合京都大学退官，以及他的两部著作（《心理疗法序说》《孩子和学校》岩波新书）同时出版。当天下午从一点到七点半六个多小时的会议，在河合和论坛嘉宾幽默诙谐的讨论中很快过去了。听众爆满，直到最后热情不减。几天后，我收到好几位听众发自内心的感谢信，说这类研讨会极少见，令人欣慰。

《心理疗法序说》是早有准备的，作为对河合在京大教育系从教二十年的全面总结。我与河合在刊行两年前约定，他退官时出这本书。本书"后记"是这样结尾的：

> 我觉得心理疗法在我国还刚刚起步。本书对今后我国心理疗法的发展，能够尽绵薄贡献，将是笔者最大的荣幸。
>
> 1991 年末
>
> 著　者

今天，每当发生重大灾害、事故时，一定派遣心理治疗师。

可见仅仅十五年间，心理疗法已经确立了明确的学术地位。

另外，从 2000 年到 2001 年，根据《心理疗法序说》出版了河合隼雄自编"讲座·心理疗法"（全八卷）。相信通过这个讲座，心理疗法研究者的人数和质量，都得到了飞跃发展。

至此，忆起包括"讲座·精神科学"在内，河合不时对我提起的种种艰辛劳苦，不胜感慨。

高能研究所所长信基督

"讲座·宗教与科学"（全 10 卷·别卷 2 卷）1992 年 9 月起步，翌年 8 月完结。编委河合隼雄、清水博、谷泰、中村雄二郎，编辑顾问为门胁佳吉、西川哲治。

其中因为向清水博与西川哲治约稿"讲座·转折期的人"，彼此相熟起来。西川在第 6 卷《什么是科学》，就大科学命笔。我去取稿时的情景记忆犹新。我们在虎之门教育会馆的茶室见面，我当场看了原稿。不知为什么，读西川的稿子感觉这位物理学家一定是基督教徒。读毕道谢后，我提出来不客气的问题："贸然请教一下，您是基督教徒吗？"西川答道："是的。你怎么知道的呢？"据他说，他有替牧师说教的资格。当时，他是位于筑波的高能研究所所长，他笑道："我时常召集所员讲话，看来还是说教的毛病不改啊。"从那以后，我们亲近起来，工作以外也保持着交往。

高能研究所使用巨大的加速器等，预算额也高得惊人。一次，国际日本文化研究中心所长河合隼雄对我说："在全国研究所所长会议上能见到西川先生，他是特殊待遇。人家花的钱，与文化类研究所有着天壤之别啊。"但是西川与此类俗流绝缘，对理科类懵懂的我以各种方式启蒙。

不久，西川就任东京理科大学校长，时不时与我联系。后来给我介绍了大泽寿一（原任 NEC 常务的技术者），大泽翻译了他的朋友，也是硅谷企业家的科学家 E. L. 金兹顿（Edward L. Ginzton）饶有趣味的自传《加速我们的电子》（*Time To Remembe, The Life of L. Ginzton*，1997 年）。作为这本书的出版纪念，大泽把金兹顿送他的安塞尔·伊士顿·亚当斯（Ansel Adams）的一张著名照片（西耶斯塔湖［Siesta Lake］）赠送给我。此后，我与大泽又开始了工作以外的交流。人与人的交往，实在是不可思议。

21 世纪的问题

从过去的记事本可知，"讲座·宗教与科学"的选题始于 1988 年，而实际召集编委、编辑顾问坐到一起开会，是进入 1990 年以后。因为经手了几个"讲座"，虽不能说轻车熟路吧，筹备起来也颇得要领。确定选题之际最用心的，还是把握宗教与看上去格格不入的科学的关系。在这个意义上堪称继承上述河合隼雄《宗教与科学的接点》的选题。其间的经过，中村雄二郎在这个"讲座"的内容介绍册子中进行了简要归纳，引述如下：

> 21 世纪在即，现在我们人类直面的是，几百年一遇的现实以及内部世界的剧变。而它最尖锐地表现在科学与宗教的界面。以往相当长时间，宗教与科学一直被看成对立

和互相排斥的。然而，今天科学的射程覆盖了从无限大的宇宙到微量子世界，科学也不得不面对生命与存在的根源这一很宗教的问题系统。因此，宗教方面也必须回答来自科学动向的各种质疑。而且，围绕生命与存在根源的问题，不仅是原理性的，更是立即与我们的生活或政治、社会的方向密切相关的。希望这个讲座成为跨世纪的纪念碑。

河合隼雄这样写道：

人背负着如何理解自己出生的这个"世界"的课题。古时神话对此给予了解答，在这个意义上"宗教"支配了人。近代欧洲兴起的自然科学，将人从宗教的完全控制中解放出来。但是，在科学几乎篡夺了宗教地位的今天，人开始认识到科学认知的危险性和局限。

宗教与科学不是互争高下、相互诟病，而是通过相互对立又互补、克制的"对话"，找到建设性道路，这样的觉悟在人们中间逐步形成。本讲座正是由活跃在各领域第一线的人们，进行这种"对话"的尝试。

这样的问题意识探讨的结果，即以下的全卷构成：

1　宗教与科学的对话

2　历史中的宗教与科学

281

"讲座·宗教与科学"的内容

下面具体看几卷的内容。首先，第 1 卷关于《宗教与科学的对话》：

8	关于佛教徒	武藤义一
9	关于日本人	山折哲雄

接下来看第 6 卷《生命与科学》：

序论　从生命科学看生命	清水博

1　生命的多样性——从关系的总体论看生物集群及其进化

川那部浩哉

2	乌洛波洛斯（Ouroboros）——生命的临界理论	郡司 PEGIO= 幸夫
3	对谈"从发现看生命"	盐川光一郎　矢野雅文
4	细胞生物学的最前沿	和田博
5	生命与节奏	山口阳子
6	生物的自律性	铃木良次
7	作为故事的生命	中村桂子
8	生物的信息与意味——"自然这本书"能够解读吗	高桥义人
9	气的科学	汤浅泰雄

最后，看第 9 卷《新宇宙观》：

序论　现代文明与神圣的物事	谷泰

1	启示文学式末日论的可能性	近藤胜彦
2	现代物理学的宇宙观	佐藤胜彦
3	基本粒子与宇宙	佐藤文隆

以上仅举几卷，已经出现如此众多的自然科学研究者。"讲座·转折期的人"也向自然科学研究者组稿，但是人不多。记得除非赫赫有名的大家，否则为这类讲座撰稿很困难。也就是说，以实证研究为第一要义的自然科学，就"什么是生命""什么是科学"之类大题目撰写论文的机会一定不多。然而，近十年间事态发生了重大改观。

后面将述"讲座·科学／技术与人"，对自然科学者、工学者好像就没有这么多顾虑了。科学、技术发展到今天，社会与人或与价值、伦理的关系，已经不容忽视。这套《讲座·宗教与科学》，在经营上亦相对取得了成功。

2　从《中村雄二郎著作集》到《想安乐而死》

有如不同主题的讲座

1993 年 1 月开始发行《中村雄二郎著作集》（全十卷）。《著作集》是中村自选，梳理了他三十年来哲学思索的轨迹：

1　情念论

2　制度论

3　言语论

4　方法序说

5　共通感觉

6　感伤论

7　西田哲学

8　编剧法

9　术语集·问题群

10　拓扑斯论

结集之际，中村在《著作集》的内容简介册子"著者的话"中记道：

> 我在广义的"哲学"领域耕耘多年，值得欣慰的是，自己的著作得到了广大读者的支持，同时从事各种专业领域研究、实践的人们，敏感地接收了我发出的信息。
>
> 我认为"世上没有与人有关而与哲学无关的事物"，一方面又下决心"自己无法承担责任的事不写"，顺其自然走过来也许是对的。将问题的扩容通过"自己"这个归纳，得以在变动的时代中进行了理论上的整合。

《著作集》以不同主题构成，与此不无关系。我与现实相涉的方式，突出了各时期不同的主题。思考问题的过程，又是顺着不同主题展开的。

体例好比一个人主持的讲座，衷心希望其结果是：我的意图得到整理，能够更好地传达到每一位读者心间。

另外，我在内容简介册子的"刊行辞"中写道：

中村雄二郎先生，是在经济高速增长以降激烈动荡的我国思想界，展开最精彩而扎实的思索的哲学家。敏思与丰富的感性使他始终引领着时代，他旺盛的著述活动定位在哲学传统中，但早已覆盖了从哲学、心理学、精神医学、生命科学到医学现场以及包括戏剧的艺术各领域，产生着广泛而深远的思想影响。而体现其思想的"共通感觉""拓扑斯""临床认知"的核心题目，揭示了在不确定时代新颖、丰富的世界认识的可能性，这正是他的著作包括数册畅销书，能在读者中引起强烈反响的因素。

本社继西田几多郎、和辻哲郎、九鬼周造、三木清等日本具代表性的哲学家全集，本次以新形式陆续刊行中村雄二郎先生三十余年业绩的集成，令人大喜过望。衷心希望更多的读者能基于自己的立场，从他的思想源泉中汲取思悟的食粮。

从事出版工作四十年间，我参与出版了中村雄二郎、宇泽弘文、河合隼雄、大森庄藏、上田闲照、荒井献、藤泽令夫、森岛通夫的著作集，深以为自豪。因为我相信，出版的行当就是与优秀学人的知识和智慧创造为伍，并将它们保存、传承下去。

小小石佛的庭园

这里，想提及上述著作集诸位中的上田闲照。

上田在《我是什么·后记》（岩波新书，2000 年）中记述如下（这本新书是新书编辑部 Y 经手的）：

> 那是多年前，我和当时的编辑部长大冢信一（现社长）交谈中，"我是什么"的主题浮现出来。以后一有机会与大冢先生交谈，我就向他诉说我在这个问题上的思虑、我要考虑什么，后来他约我写"新书"。我也有心写，可日子却一天天地流逝。顺便说一下，大冢先生是三十年前第一个找我的岩波书店的编辑。这次边写此稿边想着个中因缘。

正如引文中提及的，我在三十多年前去拜访过上田。当时读到上田的论文《禅与神秘主义》，收录在《讲座禅》（筑摩书房，1967 年）第一卷，眼前顿时豁然开朗。论文通过对德国神秘主义者埃克哈特（Meister Eckhart）与禅的比较，描绘出禅世界的轮廓。

那以后，我一直在寻找搬出上田的机会。但实际上向他约稿还是比较近的事。进入 20 世纪 90 年代，接连不断地找到上田参与工作。包括参与讲座"宗教与科学""日本文学与佛教""现代社会学"，出版《禅佛教——根源性人》（同时代丛书，1993 年）、《西田几多郎——人的一生》（同时代丛书，1995 年）等著作。

而上田夫人真而子，一直在儿童读物翻译上给予我们全力支持，包括 H. P. 里希特（Hans Peter Richter）的《那时有弗里德里希》（*Damals war es Friedrich*，1977 年），米切尔·恩德《讲不完的故事》（1982 年，合译）以及《小纽扣杰姆和火车司机卢卡斯》《小纽扣杰姆和十三个海盗》（均为 1986 年）等不下十几册。

我曾几次到比睿平的上田宅拜访这对夫妇。开着各种野花的庭园里，有一尊不起眼的小小石佛，我感觉它恰恰表现了这对夫妇平易近人的氛围。上田的著作集由那位资深编辑 N 担当。

《都柏林的四人》等

1993 年我做选题、担当编辑的单行本，除前述所罗门的《贝多芬》（下）以外，其他四种记述如次：

藤泽令夫　　　　《世界观与哲学的基本问题》

理查德·埃尔曼　《都柏林的四人——王尔德、叶芝、乔伊斯和贝克特》（Richard Ellman：*Four Dubliners：Oscar Wilde，William Buttler Yeats，James Joyce，Samuel Beckett*，大泽正佳 译）

河合隼雄　　　　《讲演集 故事与人的科学》

宇泽弘文　　　　《跨越 20 世纪》

埃尔曼的《都柏林的四人》在《赫耳墨斯》上分数次部分发表过。埃尔曼是美国文学研究者，论述难对付的王尔德、叶芝、乔伊斯和贝克特，能如此妙趣横生、令人兴奋的批评家实属罕见。至少我读了埃尔曼的《叶芝——人与假面》（1948 年）和《詹姆斯·乔伊斯》（1959 年，1982 年修订版）以及埃尔曼去世那年发行的《王尔德》（1987 年）三部大作，完全被叶芝、乔伊斯和王尔德的世界慑服。

《都柏林的四人》也是与《王尔德》同年出版的。大泽正佳以日语完美地展现了埃尔曼笔下都柏林四人的特异世界。对于爱好文学的读者，我必荐此书。

都市论的可能性

1994 年尽管我参与出版了中村雄二郎《恶的哲学笔记》、大冈信《1990 年前夜后旦谭——近代文艺丰盈的秘密》、安艺基雄《一个临床医师的人生》，但在单行本方面其他并无建树。

1995 年参与了以下单行本的出版，但是自己编辑的只有藤泽的一本。其他都是资深编辑 T、S、K、S（君）具体担任编辑的：

罗伯特·维森伯格编　　《维也纳 1890—1920——艺术与社会》（Robert Waissenberger [ed.]: *Wien 1890-1920*，池内纪、冈本和子 译）

山田庆儿、阪上孝 编	《人文学剖析 ——学问在现代日本的可能性》
藤泽令夫	《"好好活着" 的哲学》
埃伯哈德·罗特斯 编	《柏林 1910—1933——艺术与社会》(Eberhard Roters et al.: *Berlin, 1910-1933*，多木浩二、持田季未子、梅本洋一 译)
山口昌男	《"挫折" 的昭和史》
山口昌男	《"败者" 的精神史》
井上有一	《东京大空袭》
爱德华·露西－史密斯	《20世纪美术家列传》(Edward Lucie-Smith: *Lives of the Great 20th Century Artists*，筱原资明、南雄介、上田高弘 译)

关于《维也纳 1890—1920》和《柏林 1910—1933》，需要略加说明。这些都是从瑞士出版社 Office du Livre 策划出版的都市系列中选出翻译的。其他也有像《纽约 1940—1965》《莫斯科 1900—1930》等很想翻译出版的，但是没能谈成翻译权。本打算在"丛书·旅行与拓扑斯的精神史"基础上，再推出一批正宗的城市论，很遗憾未能实现。

争取这套书的翻译权过程中，我真想认真地出东京论。记得还跟多木浩二、海野弘等人商量过。至今我仍认为，与出版国外充满魅力的城市论的同时，有一套满载图版、资料的东京（江户）、大阪、京都等的城市论理所应当。

正如前述，《20 世纪美术家列传》的著者露西－史密斯也是《1930 年代的美术》的著者。

活版印刷的谢幕书

1996 年，服部四郎编《罗曼·雅各布森 结构音韵论》（矢野通生、米重文树、长岛善郎、伊豆山敦子译）经过相当长时间终于问世。这本大 32 开的学术书，在种种意义上给人留下难忘的回忆。

第一，编者服部在一年前的 1995 年过世，而本书长篇的"前言"早在 1987 年 10 月脱稿。文中，服部介绍了他不大表现的与雅各布森包括私交，从 1951 年以来的过从。而雅各布森本人于 1982 年 7 月以八十七岁高龄辞世。

第二，本书包括十四篇雅各布森论文的日译，为 1929 年到 1959 年期间发表，毫无疑义是他的主要论文。例如《关于俄语音韵进化的考察》《标准斯洛文尼亚语音素论备忘录》《关于音素的结构》《斯拉夫语比较音韵论》《寄语使欧亚大陆语联合的特征化》等等。而这些论稿都是用法、英、德、俄各国语言撰写的。

第三，本书是活版印刷最后的一本（就精兴社而言）。那令人怀念、跃然纸上的活字印刷，从此便绝迹了，令人嗟叹。但一个编辑能够亲历活版印刷的谢幕，又十分荣幸。以编者服部逝去为契机，译者们付出了十二分的努力，总算付梓。我自己在本书出版之际，也有如释重负之感。虽然要面对各种难题，但我的工作与雅各布森和服部四郎两位语言学大家相关，作为编辑是幸福的。

同时，三十几年前我一个新来乍到的编辑，仅凭自己的感觉创下对快完成的"讲座·哲学"方案加进《语言》卷的"壮举"，其后三十年就像为弥合这种"歉疚"，孜孜以求地出版了索绪尔、雅各布森、特鲁别茨科伊（N. S. Trubetzkoy）、叶尔姆斯列夫、乔姆斯基等语言学方面的著作，并编辑了大量由此派生的符号学图书，一时思绪萦回，连自己也禁不住苦笑。

小儿科医生的安乐死论

1997 年和 1998 年，出版了松田道雄的著作《想安乐而死》和《幸运的医生》。我第一次见到松田并不早，大约在十年前。那是陪同岩波雄二郎（当时的会长）的盂兰盆节[1] 致候，有机会与松田、奈良本辰也共进晚餐。松田、奈良二人别看一把年纪，食量健旺，能吃能喝。大雨中，我把酩酊跟跄的松田送回家——夷川街小川东入的一幕，仿佛就在眼前。

从那以后，我常去访问松田。他的想法很吸引人。之前负责松田的，不是《育儿百科》，就是岩波新书的编辑。这些编辑，理所当然谈的是育儿或小儿医疗的话题。新书《我是婴儿》《我两岁》等，自刊行至今，长销不衰。

---

1 盂兰盆节于日本飞鸟时代（592—710）由中国传到日本，留存至今。传统为旧历 7 月 15 日，日本明治维新采用新历以后，大多数地区的盂兰盆节定为新历的 8 月 15 日，仍然保留不同特色的传统祭祀活动。现在盂兰盆节前后日本大多数企业也作为暑假休息多天，因此原来祭祖祈福的日子，也成为了团聚、感恩的节日。

但是，晚年的松田对于人生而死，构建了独树的哲学。我主要分管哲学、思想领域，对他独到的哲学非常关注。松田也愿意对我——对他自己的想法感兴趣的人，细细地铺陈他的思想脉络。例如，他对自然法的关注和研究之深令人惊异。我感觉，他的思想根基是虚无主义。他曾经信奉的社会主义崩溃的事实，使他的虚无主义陷得更深。然而，他的万事皆空、一切行将毁灭的虚无主义，最后归结为只靠自己的自我尊严思想。

对于年事已高的松田来说，最大的问题莫过于人如何迎接有尊严的死。由此到关注"安乐死"只差一步之遥。批判老龄医疗的延命至上主义，提出生死抉择谁做主的就是这本《想安乐而死》。

《幸运的医生》是松田去世后，我汇集了他在《图书》、"讲座·现代社会学"等发表的文章，编辑出版的。构成是"幸运的医生""老的思想""老有所乐""老的周边"，最后附早川一光、大日向雅美、饭沼二郎、多田道太郎、鹤见俊辅、松尾尊兊等人见诸各大报端的悼念文章。以下，引述一段"老的思想"中"我的虚无主义"。

到了八十七岁，我的虚无主义愈发刻骨铭心。

（中略）

在"我的虚无主义"中，更加痛切的是一切皆空，人的生命无非是浮云。

朋友大多都走了。昨天又走了一个。什么时候轮到

293

我，都不奇怪。

（中略）

该做的已经做了，可以说客观地看什么时候死，对世界大势都无关碍，然而人越上岁数，越不能客观。能读活字期间，能听录音带期间，能看录像期间，还想活着。

正因为一切皆空，所以想用人的创造来填补。能做到这一点的自己的生命，是唯我个人的。不想交给别人去操纵。

即使生病，也不想住进医院任凭年轻医生摆布。我认为大脑皮质停止功能是死，与他们认为全脑功能停止是死、只要脑干还活着就不停止治疗——因为见解不同，自然合不来。

死后收到的信

1998 年 5 月 31 日，松田道雄去世了。接到消息是 6 月 3 日清晨。那一天，我作为日中文化交流协会访华团的一员要去中国。在成田机场拟就一大篇唁电稿，嘱秘书室发去。当天下午，我从北京贵宾楼饭店的客房，凭窗眺望故宫一片金灿灿的屋顶，沉浸在我去松田家拜访并与他无数次交谈的回忆中。

6 月 12 日晚，我回到成田机场，接到秘书室来的电话："收到松田先生给您的信。要现在拆开念给您听吗？"我说，"是快递还是平信？不是快递不用拆"。因为松田给我的信，一律用快递。即使一张明信片就解决的琐事，也用快递。所以我断定，平信担负着不同寻常的意义。第二天到了社里，打开松田的信。不出所料，信上的内容是这样的：

> 大冢信一先生
> 一直以来受您的各方照应
> 非常感谢
> 1998（年）5 月 31 日
>
> > 松田道雄

最后，从《幸运的医生》中引用一段早川一光的悼念文章。

> 他，于 5 月 31 日，深夜，因突发心肌梗塞昏迷，在亲人的守护中离去。我也作为主治医生，一直注目这个情景。
>
> 我从先生的死法，看到了歌舞伎《劝进帐》[1]收场的一幕。
>
> 松田先生，在明知道那是义经却要宽宥一切、做好

---

1 歌舞伎名作之一。剧情讲述日本平安时代末期源氏灭平氏之后，取得政权建立镰仓幕府的源赖朝因猜忌，立意除掉战功显赫的同父异母弟弟源义经。义经得知后与家臣弁庆等人扮成化缘僧逃亡，逃至安宅关卡时被守将富樫左卫门怀疑，弁庆机智地将通关证假装"劝进帐"（化缘簿），又用鞭挞义经的办法消除怀疑。富樫虽有所觉察，但被弁庆的忠义感动，放走义经一行。

赴死精神准备的富樫目送下，轻轻颔首，孤身一人一个漂亮的亮相，踏着六步从花道上消失了。

不知从何时开始，每次见到松田，他一定问"你父亲可好"，与他同庚的家父也于去年（2005年）底过世了。

3 为迎来21世纪的若干尝试

用大选题做文库版

1995年，"21世纪问题群BOOKS"系列起步了。编委青木保、佐和隆光、中村雄二郎、松井孝典。因为彼此了解，所以讨论非常活跃。20世纪即将结束，21世纪迫在眉睫，这时关注与千年单位有关的人类史的问题意识居多，而松井孝典却从宇宙、地球、生命的开阔视野展开议论，提出了完全不同的问题。

用他的话说，"现代，即因农耕畜牧的开始地球系统中分化出人类圈这个子系统的时代，21世纪，即决定持续膨胀的人类圈能否作为稳定的存在在地球系统中维系的世纪。换一个角度也是，从人权还是环境这样的与人类圈内部系统构建相关的选择问题，到还原论分析还是复杂系统动态分析这样的与科学范式相关的问题，在所有意义上要重新审视个体与总体的关系"。正因为如此，四个人的讨论不可能乏味。问题本身相当紧迫，经过多次愉快而自由的讨论结果，确定了下述计划：

1　中村雄二郎《21 世纪问题群——人类向何处去》

2　大冈玲《人生价值的追求（Quest）1996——以小说的形式》

3　石田秀实《学习死》

4　花崎泉平《个人 / 超个人的事物》

5　佐伯启思《意识形态 / 脱意识形态》

6　松井孝典《讲地球伦理》

7　佐藤文隆《科学与幸福》

8　吉川弘之《技术的走向》

9　鹫田清一《为谁工作——超越劳动 VS 余暇》

10　西泽润一《教育的目的再考》

11　上田纪行《宗教危机》

12　中川米造《医疗的原点》

13　原广司《都市 / 交通》

14　大平健《拒食的喜悦、媚态的忧郁——意象崇拜时代的食与性》

15　新田庆治《生活空间的自然 / 人工》

16　冈本真佐子《开发与文化》

17　竹内启《人口问题的难题》

18　青木保《国家 / 民族为单位》

19　最上敏树《超越联合国系统》

20　佐和隆光《资本主义的再定义》

21　内田隆三《这样那样的贫与富》

22　土屋惠一郎《正义论 / 自由论——无缘社会日本的正义》

23　西垣通《神圣的虚拟·现实——信息系统社会论》

24 松田卓也《正负乌托邦——关于人类未来之考察》

各册 B6 尺寸平均二百页，文库版系列。关于佐藤文隆著《科学与幸福》已经记述。正像佐藤承诺的一样，吉川弘之就技术，西泽润一就教育，中川米造就医疗，竹内启就人口问题，内田隆三就贫与富，土屋惠一郎就正义与自由，西垣通就虚拟、现实供稿。其他作者也都在有限的篇幅，严肃地面对了大命题。这个系列赢得了广大读者。遗憾的是原广司和青木保因故没能完成计划中的书。

未曾谋面的著者

关于这个系列，有几册书已见前述，这里只想提石田秀实的《学习死》一册。这个题目本来是向山田庆儿约了稿。我与山田从《思想》时代就打交道，到京都两人常见面叙谈。虽然山田欣然允诺，但要动笔时不料病倒了。于是推荐同是搞中国思想史的石田秀实。

石田是 1950 年出生的年轻研究者，但沉疴在身。以下从"后记"引用他自己的话。"对于我——通过透析这样的高超医疗，用别人的身死比常人多活几倍的人，写本书恰似揭露自己生命的矛盾的作业。二年前应该身死的我，仍然大言不惭地活在世上，就是因为我揪住不放的'莫须有的我'。"本书从 2200 年前的中国，"秦始皇"期冀长生不老写起，小册子大气魄。

本书出版后，我打算对短时间"一个下笔迟缓的人，居然以自己都愕然的速度写成本书"（"后记"），尚未谋面的作者致谢，连到九州石田家访问都约好了。然而，就在定好日子这一天，安江良介社长病倒，不久我必须就任代理社长。结果，直到今天我一次也没有与石田见面的机会。在漫长的编辑人生中，自己约稿的笔者不曾谋面，这是唯一的一次，十分惭愧。但是，那以后我也得到了他的赠书，通过书信往来保持着情谊，堪称奇缘吧。

充实战后引进的学问

1996 年 11 月，"讲座·文化人类学"（全 13 卷）上马了。编委青木保、内堀基光、梶原景昭、小松和彦、清水昭俊、中林伸浩、福井胜义、船曳建夫、山下晋司。这个讲座是系统展示一门学问的成果和水平、本来意义的讲座。我最先与青木保商量，没想到青木对讲座很谨慎。号称文化人类学研究者的虽不少，但是学问水准是否堪比其他学问呢，这似乎是他持慎重论的根据。

但是从结果而言，由于编委和撰稿人的努力，看到战后引进的学问成长起来，足以拿出内容充实的讲座，仍令人感动。此前活跃的是从石田英一郎、泉靖一开始，直到山口昌男、川田顺造等，几位优秀的文化人类学学者。话虽如此，这基本上仍是一个讲个人实力的领域吧。全卷构成如次：

1　人的再发现

2　环境的人类志

3　"物"的人间世界

从中可见以往文化人类学忽略的、对"人"新概念的提示，对纠纷、开发、旅游等新问题的关注。这实在是对一门学问发展脉络的厘清。本讲座的衍生品、系列"现代人类学的射程"（共 8 册，其中 1 册未刊），1999 年开始发行，均由 I 担任编辑。

为了社会科学的再生

1995 年 11 月开始推出"讲座·现代社会学"。编委井上俊、上野千鹤子、大泽真幸、见田宗介、吉见俊哉。我偕资深编辑 T 到东京大学驹场校园访问见田研究室，请他组织正规的讲座是这套书的缘起。见田宗介以挑选优秀年轻人任编委为条件欣然接受了。那是 1993 年 6 月初的事。

以后，多次召集五位编委开会。一骑当千的个性化编委们激烈的思想交锋，堪称奇观。其结果是确定了全 26 卷、别卷 1 卷的构成：

1　现代社会的社会学

2　自我·主体·自我定位

3　他者·关系·沟通

4　身体与间身体的社会学

5　知性的社会学 / 言语的社会学

6　时间和空间的社会学

7　"圣洁事物 / 被诅咒事物"的社会学

8　文学与艺术的社会学

9　生活路线的社会学

10　性的社会学

11　性别的社会学

12　孩子与教育的社会学

13　成熟与老的社会学

14　疾病与医疗的社会学

15　歧视与共生的社会学

16　权力与统治的社会学

17　馈赠与市场的社会学

18　都市和都市化的社会学

19　"家族"的社会学

20　工作与娱乐的社会学

这个超常"大部头"讲座，出书以后再看，各卷内容充实，论稿竞相媲美，让人服气——治学传统长的领域毕竟不俗。其中也热议了身体、社会性别、老、病、设计、信息化、环境等新主题。另立关于"社会构思"卷，也是其特征。我感觉，作为编委共同的问题意识取向，不仅是为了社会学，也为了低迷历久的社会科学的再生。这层含意恐怕更深。

前述所有讲座均为征订出版，而这套讲座则采取了分拆销售。我们判断，卷数多且主题分散，对于读者非全套预订一定更方便。其结果，尽管各卷之间多少有些参差，但全卷加印，赢得了读者。最后发行的是全体编委执笔的第一卷，于1997年6月出版。最近，见田宗介为岩波新书撰写的《社会学入门——人与社会的未来》（2006年），其中他也提到了这个讲座，令我又怀念又欢喜。

与互联网结合

1998年开始了新尝试，使出版与互联网结合。这是以中村雄二郎的岩波新书《术语集Ⅱ》为素材，推出了《面向21世纪的关键词 互联网哲学广场（agora）》（全八册）系列。先引用登在本系列各册首中村《给开办"互联网哲学广场"（agora）》的文章。文章略长，但精练地归纳了建立此系列的经纬：

> 此次，在岩波书店的互联网主页，决定以拙著《术语集Ⅱ》（岩波新书）为素材开办"哲学广场"（agora）。老实说，我对事情意想不到的进展也很吃惊。
>
> 在《术语集Ⅱ》的"后记"中，我确实将这本书定性为"互联网以后的'术语集'"。然而，这时的主旨如下：互联网时代，由于电子邮件的出现，沟通更简便自如了，可是因此语言的使用也跟着粗劣、模糊不清起来。所以就各类关键词，也应细细品咂、谨慎使用。
>
> 这样写时的心情是，在互联网时代，活字本的意义和作用反而鲜明起来，也想使它鲜明，当然（活字本）的作用并非不存在了。
>
> 这时，岩波书店的智者们居然提出让《术语集Ⅱ》本身登上互联网，开设"哲学广场"，邀请各领域专家和广大一般读者参加，围绕各种用语来一个繁弦急管的大讨论。还说，以此为基础出《术语集Ⅱ》的升级版本。
>
> 互联网实用化以来，名目繁多的主页让人眼花缭乱，却没有这种类型的。不仅日本，世界上恐怕也绝无仅有。如果它能取得成功，不仅全世界日语学习者，包括各种语

言的参加也不是梦想吧。为此，至少必须尽快准备一个《术语集Ⅱ》的英语版本。

通过电子邮件进行的语言交流，在沟通上有增加模糊概念之虞，反之极有可能创造作为沟通手段的书面语的新模式或平台。所以，也许由此诞生"活哲学"的新模式。

然而，谈这些之前，在数字化使我们的物质、精神生活发生质变的过程中，要求我们发现并共享互联网时代的"常识"。进入互联网时代，许多人都在探寻，我们的时代或社会的常识是什么或应该是什么？希望能够在这个角落确认并创造它的形态。（后略）

接下来，转载该系列内容介绍单张上刊登的"特色"。文字虽然出自编辑部，但充分传达了新系列的特色：

·这是全新尝试的系列，以哲学者中村雄二郎先生为网主，实现了互联网与出版组合。

·这个尝试，围绕迎来21世纪的我们需要面对的重要而基本的课题，邀请活跃在各界第一线的学人做嘉宾，中村先生与各位嘉宾展开网上讨论。讨论在网上公开，听取网友的意见，以便共同重构今后的"认知框架和常识"。

·然后，重新整合这些成果（公开讨论和收到的意见）形成本系列。

·书中附 CD-ROM。包括影像、画面、声音、与全球的链接，是以多媒体为前提的内容，为了从既有活字媒体与多元信息链接，进行的与互联网混合媒体化的尝试。

在此基础上，全八册的内容记述如下（括号内为嘉宾）：

1　生命（池田清彦）

2　宗教（町田宗凤）

3　哲学（ITOSEIKO）

4　死（小松和彦）

5　脆弱（金子郁容）

6　日本社会（上野千鹤子）

7　文化（姜尚中）

8　历史（野家启一）

这个选题是我与前出"讲座·文化人类学"的责编 I 交谈时，突然冒出来的想法。I 很早就指出互联网的重要性，开展了"丛书·互联网社会"等开拓性工作。I 说过："岩波书店的财产，就没有利用互联网发扬光大的办法吗？"结果，想到了中村的《术语集》。以岩波新书的关键词为素材，让著者与读者展开网上讨论。虽说如此，只是七嘴八舌，讨论无法收拾。所以按照选题请专家介入，这样一般读者也更容易参与。基于这样的考虑促成了这个系列。

我后来应邀参加了一个研究会，介绍了"从一本小小的岩波新书，利用互联网衍生出八册 B6 开的书"，令闻者咋舌。据 I 说，一般读者的链接也非常踊跃。想来，对于与中村展开网上对话的各位专家来说，新尝试也很刺激吧。

本系列无论对谁都是全新的尝试，读者当然也不知所措。所以系列并非热卖。但我认为，它的选题自有新意。这个选题的成立，是中村以及参与网上对话的嘉宾和读者、I 付出努力的结果。因为每卷都需要与中村交换意见，费时费力，2000 年始出齐。

重新叩问近代日本

1999 年，推出"近代日本文化论"（全十一卷）。虽然不叫系列也没有命名，但是内容相当于丛书。用广告词的说法，本选题策划的目的如下："什么是近代日本？日本人是怎样接受并创造了文化？本系列将在文化、社会领域发掘崭新的主题，构思与以往历史截然不同的日本近现代史。这里将重现近代日本的多样相位。"编委青木保、川本三郎、筒井清忠、御厨贵、山折哲雄。全卷构成如下：

1　对近代日本的视角

2　日本人的自我认识

3　高雅文化

4　知识人

5　都市文化

6 犯罪与风俗

7 大众文化与大众传媒

8 女性文化

9 宗教与生活

10 战争与军队

11 爱与苦难

各卷论稿以随笔形式完成，不用讲座式的论文语气。这一点，堪比"丛书·文化的现在"。举一例。中泽新一在第9卷《宗教与生活》中，撰文《伊甸园的大众文学》。中泽就如何理解人的宗教性这一主题，引述了他的导师柳川启一的话。当时，柳川与胁本平也等都在东京大学执教宗教学，授课时对他的研究生中泽说过这样的话——例如，假设美国人对宗教的感性是通过电影理解的，那么与其讲《十诫》（*The Ten Commandments*）、《万王之王》（*King of Kings*）之类宗教味十足的东西，不如讨论《火烧摩天楼》（*The Towering Inferno*）等娱乐作品更合适。中泽接过话说，自己也愿意从世俗中读取通向神圣的志向，推展议论。

说到柳川启一，让我忆起旧事。那是我在编辑"现代选书"时期。我通过翻阅外国出版社的新书目录或英文书评页，将自己看中的书都弄来，并取得"优先权"（参照第三章）。其结果，我手头总有一堆外文书。英语书自己能凑合做出判断，其他语种就没门儿了。所以采取请信得过的几人把关的方法。关于宗教学类图书都征求柳川的意见。

我大约每三个月去一趟柳川的研究室，请他对一两册外文书特别是法语图书提出看法。他在两三周之内肯定退给我，并附着精彩的内容介绍和一篇无懈可击的周密评语。一开始，我一直以为是柳川亲自写的，但是中间开始感觉蹊跷，那位柳川真的会正儿八经地读我带去的书？一个编辑凭直觉随便订购的书，现职教授本来就忙得不可开交，哪儿有这么大耐心一一过目？这样想，并非再没有其他理由。神保町有一个叫"人生剧场"的大"爬金库"（pachinko，弹珠游戏）店，它附近的大楼地下有家 A 酒馆。我在那里经常能碰到柳川。

因为这个缘故，一次我斗胆问柳川："总麻烦您给看法语书，非常感谢。可是，那么精彩的评语，究竟是谁写的呢？"柳川答曰："还是露馅了呀。那是让我那优秀的研究生中泽新一写的。"这是中泽大红大紫很久以前的事。

探寻科学与人的关系

接下来记述两个讲座。

一是"讲座·科学／技术与人"（全11卷、别卷1卷）。1999年1月开始刊行的本讲座，编委有冈田节人、佐藤文隆、竹内启、长尾真、中村雄二郎、村上阳一郎、吉川弘之诸位。从1995年底开始筹备，召开第一次编辑会议是1996年5月中旬。正如前述，1992年刊行的"讲座·宗教与科学"侧重的是宗教。而此次的讲座，则是在21世纪到来之际，探寻应该如何面对出现惊异发展的科学／技术的选题。

如前所述，1996 年 7 月社长突然病倒，我在没有任何准备的情况下必须出任社长代理。因此，虽然我尽自己所能出席了编辑会议，但制定最终选题方案还是全权委以编辑部副部长 Y 和资深编辑 S 了。记得我参加的初期编辑会议上，针对为什么不是"科学·技术"或"科技"，而必须是"科学 / 技术"，还发生了激烈争论。最终，确定的总体构成如下：

1　探寻科学 / 技术

2　专家集团的思考与行动

3　现代社会中的科学 / 技术

4　科学 / 技术的新前沿（1）

5　科学 / 技术的新前沿（2）

6　作为对象的人

7　生命体中的人

8　地球系统中的人

9　作为思想的科学 / 技术

10　科学 / 技术与语言

11　21 世纪科学 / 技术的展望

别卷　开拓新科学 / 技术的人们

很多是科学者、工学者撰稿人，但编辑部看似没有经历"讲座·转折期的人"时的辛苦。一定是科学者、工学者也不得不面对与社会的关系了。

请出的七位编委已多次提到，不再赘述。但有一点是要写的，即关于七人中家住京都的冈田节人、佐藤文隆、长尾真，包括社长代理在内社长任内的七年，我时常举办宽松的聚餐会，以他们三位为中心加上上野健尔、本庶佑、长冈洋介，再邀上几位文化类的学者。目的只有一个：听取对岩波书店出版物的批判和评价。

我是文科出身，聆听自然科学大家的话教益良多。在这个意义上，对上述各位不胜感谢。尽管他们都是忙人，但仍然招之即来。长尾真出任京都大学校长时代，也尽可能参会，一次从国外出差回来，从关西机场风尘仆仆赶到会场的盛情令人难忘。这个会常用的餐馆已经关张，现在看不到了。但是人们不时夹杂着尖锐批评的谈笑风生，绝不会从我的记忆中消失。

本讲座于1999年内完结。

最后的选题

另一个是"讲座·天皇和王权的思考"（全十卷）。1998年春我与网野善彦讨论，是这个选题的开始。将天皇定位在日本历史中毋庸置疑，还应吸收国际比较的观点，增加从多学科的分析——受网野的启发，请出下述五位编委：网野善彦、桦山纮一、宫田登、安丸良夫、山本幸司。

1998年年中开始多次召集编辑会议。以网野提出问题为中心，桦山、宫田、安丸、山本从各自立场慷慨陈词的情景，给人留下的记忆尤其鲜明。针对天皇制——某种意义上往往最容易沦为 ressentiment（无名怨忿）的题目，能够冷静深入地议论吗？编委们仿佛肩负着这个课题，掂量着措辞的议论令我印象深刻。2000年内形成方案。以下从内容简介册子引用"编委的话"。由此可观用时三年论辩的切合点：

进入 21 世纪的今天，国家的存在本身受到根本质疑。近年围绕国民国家、种族的各种议论，正说明这个动向。

处于这样的时代，此次推出以"天皇与王权的思考"为题的本讲座。出版的意图是，以进入转折期的人类社会状况为背景，将天皇和"日本国"的历史定位在列岛社会漫长岁月中相对化，同时作为彻底的总结对象正确认识自己的相位和立场。

一方面上溯久远的历史，同时放眼全球，从政治、经济、社会、民俗、宗教、文艺等丰富视角，通过比较、研究世界史上多种王权与国家的不同侧面，提出日本社会面临的课题，进而更明确我们的自我认识。

本来，事关人与社会本质的国家与王权的问题，今天尚有广大的未知世界，这个小小的尝试有其局限性自不待言。但本讲座是为了通过现阶段可能的、各专业领域顶尖水平的研究者操刀，向这个悬而未决的领域大胆宣战，从正面提出新问题而设计的。愿本讲座成为生活在 21 世纪的人的指针，果如此，将是编者的无上喜悦。

全卷构成如下：

编辑由资深的 T 与 I 承担。这个讲座于 2002 年 4 月起步，2003 年 2 月完结。讲座的出版形态虽然已经今非昔比，但在出版界每况愈下的狂澜中，仍有尚可的业绩，可以说表现可嘉吧。这完全得益于讲座主题的分量以及编委们的努力。

2003 年春，召集编委举办了庆功会。选在吉祥寺的法国餐馆，离正在养病的网野家尽可能近的地方举办，网野背着氧气瓶到会。包括网野在内，与会者都把法国套餐一扫光，喝了许多葡萄酒。有说有笑，非常尽兴。然而，遗憾其中没有宫田登的身影。宫田虽然参与了讲座设计，但没有执笔，于 2000 年去世。而今天，网野也入了鬼籍。

追求真正的学术

最后，提一下我无论如何想实现的策划，即"岩波学术丛书"。

从世纪之交起，国立、公立大学的法人化拉开帷幕，私立大学也更强化了企业化的姿态。我感觉，在这一倾向中学术是最容易被"敬而远之"的。拜金主义横行的社会，不起眼的文科类学问连生存都成问题。再看外国，欧美的大学出版社（参看第三章）被迫苦战，那里冷门学术类图书被无情剔除的倾向开始显现。

我想为了捍卫风雨飘摇的学术，出版社能否尽一份力呢？因为岩波赖以生存的，正是真正的学术，所以无论如何要维护它，尽可能强化它。

为此我从提交给大学的大量博士论文中选出值得注意的选题，摸索利用最新技术，在制作成本上可行的小册数出版的途径。

边做着社长工作，边走访了十来位可信的著者，说明了我的想法，请他们出主意。难得的是他们一致赞同我的想法，愿意积极合作。其结果，"岩波学术丛书"于 2002 年 6 月问世。

以下，引用我写的"发刊辞"。其中，坦率地阐述了我的上述想法：

> 岩波书店自创业以来，以继承与发展人类的认知财产为最重要课题，以此为出版活动的基轴。在这个意义上，可以说维护和培养学术，构成了本社出版理念的核心。
>
> 此次，本社基于该理念创刊"岩波学术丛书"。其意图，即再次确认人类长期积蓄的知识，在此基础上注入年

轻一代研究者创新的认知共同财富，以此对迷茫愈甚的现代社会，哪怕提示一点自信和对新世界的希望。

本丛书是全新的学术研究系列，从我国大学积极开展的认知活动中，选出肩负未来学界希望的优秀研究者充满挑战性的业绩刊行。对于作为学位论文提交的大量论究审慎地研判，将其中特别令人瞩目的作品，经过对造本等的创新渐次刊行。

在围绕学术出版的环境日益严峻的当下，为了捍卫真正的学术，恳请读者的鼎力支持。

岩波书店

2002 年 6 月

丛书以古庄真敬《海德格尔的言语哲学——志向性和公共性的关联》、平田松吾《欧里庇得斯（Euripides）悲剧的民众像——雅典市民团的自他意识》两册起步，至 2006 年出版丸桥充拓《唐代北边财政的研究》，刊出十册。

为了实现这样朴素的丛书选题，也要克服社内的重重困难。但是编辑部 T、K 竭尽全力，终于使它走上轨道。但愿年轻一代编辑，能彰显并进一步发展本丛书的意图。

2003 年 5 月底，在看到"岩波学术丛书"起航和"讲座·天皇和王权的思考"完结后，我离开了岩波书店。

尾声　窥见乌托邦

以上是我做编辑四十载的轨迹。当回首每一个自己策划的选题、编辑的书刊时，不由想起井上厦的话。那是在《赫耳墨斯》上，与大江健三郎、筒井康隆举行的鼎谈"寻觅乌托邦　寻找故事"中，井上谈到为什么自己深陷戏剧不能自拔时说的：

"戏剧在各种意义上是协作完成的。有剧作家，有表演的演员。还需要负责布景、小道具、照明、音响的人。然而，最关键的还是观众的存在。某日、某时，在剧场上演这个剧。只有两三个小时，但是，这两三个小时如果剧的演出成功，演员和观众融为一体，那个时间就在那里定格成某种'乌托邦'。我是在小松剧团的每场演出中寻觅乌托邦。"记得大意如此。

我听了这话不能不想：出版不是完全一样吗？有作者，有编辑。有制作、校对。有印刷、装订，还有纸张。为了宣传，有搞宣传和广告代理的人。代销店、书店当然不能忘。而且不是有最重要的读者吗？如此说来，出版与戏剧一样，建立在许多人的协作上。戏剧需要剧场的平台，在特定时间展现特定的世界，即使这一点不同，如果读者通过手里的一本书，可以暂时离开现实世界，生活在另一个宇宙，那么不就是井上说的寻觅"乌托邦"吗？这样一想，也许我做编辑的四十年就是"寻觅乌托邦"的四十年。

但是，细想一下，"乌托邦"正因为不是现实存在，才是"乌托邦"。"世上不存在的地方"是"乌托邦"的意思。因此这是一种悖论：正因为现实不存在，我才用四十年"寻觅乌托邦"。

然而，就在四十年几乎最后的阶段，我的一个经历，也许可以说让我窥见了"乌托邦"。记录下这件事以结束本书。

2001年12月某日。上午11时许，桌上的电话响了。我拿起听筒放在耳朵上，传来有三十多年交往的著者X的声音。

"今天早上的报道我看了，问题相当严重啊。我和内人说起来，我们的孩子都大了，单过。我们又都老了，没有什么用钱的地方了。所以，手头的存款没有也无大碍。大冢先生，交给你来支配这笔钱吧？"然后，告诉我现在是多少多少。

X意想不到的建议，让我大惊。而且，被金额的巨大吓了一跳。事情来得太突然，我一时找不到合适的话。

勉强说出："不胜感谢。不过，您的美意我就心领了。"放下电话，半晌仍陷于一片茫然。而后，泪水滂沱而落。

那一天，一家知名的专业书代销店S公司倒闭了。当天的日刊，登出这则消息。自从战败后S公司创业以来，与岩波书店的关系非常密切。因此，一些唯恐天下不乱的报章、杂志立即起哄，渲染岩波书店濒危。了解这些情况的X，放心不下打来电话。

我不认为X提出建议，是为了救助有长期交情的我个人。他是出于对岩波书店这家出版社的厚爱，即偶然是我任社长负有最终责任的组织，提出令人意想不到的建议。

我相信并倍加珍视真正意义的学术。制作无论怎样通俗的启蒙书，都要关注它背后学术的铺垫。毫无疑问，学术专著或学问类讲座，这一点是头等重要的。X一定对岩波书店的这种姿态，以及在此基础上的长期积累产生了共鸣吧。所以如果它濒危，哪怕自己掏腰包也要相助。也许这话说得大了，换句话也可以说，我用将近四十年的岁月，以自己的方式建立起X对岩波书店的评价和信赖。

泪如泉涌，怎么也止不住。对于X的以我坚信最重要的为真，为捍卫它不惜舍私财的信赖和行为，我无言以对。难以表达的感激之情，唯有化作泪水。

X的一个电话，让我从心底感到做四十年编辑的深意。同时感觉，终于窥见了四十年来寻觅的"乌托邦"。老实说，我就是为了写这件事，动了写本书的念头。

后 记

为了写这本书，我从岩波书店退下来后，至少需要三年时间。

一是调整心态，使自己能够客观地看自身经历。一说"调整心态"，也许让人感觉一种宗教的或伦理的味道，其实不然。

干社长的最后七年，自己也不得不清醒地意识到，整天从头到脚处于紧张状态。

这个时期，正好赶上日本经济本身陷入低迷，为了不沉底拼命挣扎的时期。出版界处于战后首次出现的、向无底深渊一落千丈、令人毛骨悚然的时期。

然而紧张的最大理由，是在这个艰难的时代，如何捍卫岩波书店这个品牌。我敢用"品牌"一词，也许听上去小题大做，对我来说捍卫品牌等同维持日本文化的水平。

看书少了，学生的学力在下降。能听到这样的声音。图书的销售，呈直线下降趋势。

一次我到京都大学，向上野健尔教授提出"特别请求"："请召集您同事中的数学老师，我想听听他们的想法。"上野马上安排，使我见到包括他在内的五位数学专家。我提出了不客气的问题："京都大学的数学教育上最大的问题是什么？"其结果，五人不约而同地回答，"现在的学生写论文的能力、日语的能力不行。"

不读书，日本人的思考能力就会减退。那样，日本这个国家将越来越不行。我并不单纯地袒护民族主义，但是爱戴自己出生的国家。我痛切地感到，必须设法阻止不读书。

我成立了岩波书店出版恳谈会，邀请网野善彦、宇泽弘文、大冈信、坂部惠、坂本义和、佐藤文隆、长尾真、中川久定、二宫宏之和福田欢一十人参加，坚持一年两次说明岩波书店面临的状况，请他们把脉。而且每次都有几位编辑部负责人列席。

除此之外，组织了历史专家、社科研究者会议，取长补短征求专家学者的意见。无非出于怎样才能捍卫岩波书店这个品牌的考虑。

再看国外，在欧美巨大资本兼并著名出版社，已经司空见惯（参见第五章）。虽然社名还在，但实际变成某大企业的附庸。这样，即使一两年内还留着原来优质出版社的影子，但不久便沦为利益至上、不像出版社的企业了。

我带着这样的想法从头到脚紧绷着，所以即使离开出版社，也无法立即客观地审视自己的过去。退休第二年下半年，好容易想要尽量客观地瞭望自己走过来的路了。首先，让僵化的肌肉渐渐放松，逐步调整心态，在此基础上完成的是本书。

缓释紧张、调整心态的过程中，我不能不尴尬地面对自己矛盾的心态。我做社长期间，竭尽全力要捍卫岩波书店的品牌。但是细想，之前的三十年我做了什么？坦白地说是一直在做反岩波的选题策划。至少我立项的选题，一半是站在推翻既成权威一方的。

我入社便被分配到杂志课，马上意识到空气不对头。一个懵懵懂懂的编辑部新人这样说也许奇怪，当时——是刚庆祝了建社五十周年时，编辑部充斥着某种一流意识。五十年间岩波书店始终肩负着日本文化。常言说，大众文化找讲谈社，高级文化找岩波。岩波书店的著者必须一流，招待这样的著者必须是最好的条件。举例说，对著者要在高级餐馆招待，迎送要包租轿车。

这种一流意识让人无法忍耐。第二章我写到带头尾的竹荚鱼一段，也是出于这样的语境。也就是说，如果编辑部内的议论堪称一流，不输于这样的一流意识，我们自身具备过硬的一流知识和见识另当别论，实际上在不上档次的编辑会议上，重用的全是大家的意见。那里很难感知编辑的主体性见识。

所以我进社一两年时，一心想辞去岩波的工作。实际上只差一点。我参加了某大学研究生院的考试，幸运地通过了。我熟悉的那位 S 教授出于好意，建议我申请岩波书店的奖学金。从战前延续下来叫"风树会"的奖学制度，S 教授在那里当理事。但是我要自己想辞去的公司的钱不合适。因为这件事，此事不再重提。

其他也有过几次机会。其中一例是，杂志课 O 课长曾建议我到英国《经济学人》(*The Economist*) 杂志进修一两年。当时《经济学人》就是硬派传媒的代名词。O 课长与《经济学人》杂志的东京特派员是朋友。这件事，出版社也正式同意了，但由于对方的原因没有实现。就这样，辞职不成，研修也没实现，结果一直在岩波干了一辈子，只能怨自己优柔寡断。

刚入社时的这类事权且不论，那以后正像我在本书所述，策划了不少从岩波的一流意识看值得怀疑的选题。所以有一次遭到大野晋措辞严厉的批评时，我自己在挨骂的同时内心却大呼快哉。

大概是我在新书编辑部时的事，我作为宇泽弘文的讲师助理，随从他从大阪到广岛、松山参加巡回讲演会。偶然在大阪与大野晋共进午餐。在座的当然除了宇泽、大野两位讲师以外，还有社领导和大野的讲师助理，但是我一个也想不起来。唯独记忆犹新的是，大野晋冲着我说的下面一段话。

"岩波费力不讨好地搞什么讲演会，最近的出版物却完全无足取。最近两三个月，假如出了富于认知刺激的书，我倒要领教领教。"

众所周知，大野晋孤军奋战，开辟了自己的疆土。在他的眼里，当时岩波书店的出版物，一定尽是些四平八稳、缺乏冒险精神的东西。在那个场合对年纪最轻的我，挑衅似的加以痛斥。我无法回答他的批判，但是我清楚地记得，我认为他说得在理。

事情过去了约三十年，进入 21 世纪前后，我有机会陪同大野夫妇到信州旅行。那次我说："很久以前，我在大阪遭到大野先生的无情批判。但是多亏了您，我才能好歹走过编辑之路，现在得好好谢您。"大野先生笑着说："那么失礼的话，我就当着你的面说的？如果那样，说明我也年轻啊。"

这样，直至我自己做分管编辑的领导之前，一直有明显的旁系意识，而且也觉悟到自己的作用。例如，正是有了"日本古典文学大系"的主流，"丛书·文化的现在"这类选题才能成立。

出任分管编辑的社领导是 1990 年，从这时起开始思考强化主流的问题。例如，请全集课的主管实现了"康德全集"。岩波书店出版了亚里士多德、柏拉图、黑格尔全集——再加上康德就齐了。

让坂部惠担纲，应该不成问题。接过我的想法，Y课长仅用了不到两年时间，便规划了《康德全集》（编委坂部惠、有福孝岳、牧野英二，全22卷、别卷1卷）。全卷完结是在2006年。

另外，就了解西欧思想不可或缺的弗洛伊德，仍想实现出版他的全集，虽然优先出了拉康的《研讨班》。退休前的两三年，我一有机会就去京都，找新宫一成、鹫田清一等商量。《弗洛伊德全集》意图是在拉康以后，突显弗洛伊德像，它正由全集科年轻的T等在做选题策划，即将进入实施阶段。

由此可见，我实际上在做编辑的三十年，一直在岩波书店这个场所中，从事着一种反岩波的编辑活动。但是今天细琢磨，在岩波书店这个如来佛的巨掌上，自我感觉一个人在造岩波的反，其实也许只是自以为是的轻佻。

"品牌"啦，"名号"啦，都要建立在传统和积累上。但同时，简单地去捍卫"品牌""名号"没有意义。只有不断地进行再生产，才能维持并发扬"品牌"和"名号"。既然如此，我的反岩波的三十年，也可以说只不过是对品牌再生产尽了绵薄之力；反之，正因为岩波这个巨大的壁垒拦在自己面前，自己的小小逆反才能成立。

在这个意义上，我要向岩波这个场所再次献上由衷的感谢，并对一同"寻觅乌托邦"的同人（不仅岩波书店，还包括著者、相关业界），表示诚挚的谢意。

对于本书提到的所有人，有感激不尽的情谊。谢谢你们！

本书中没有机会提到名字，但要衷心感谢的诸位，列于次：

市古贞次、井出孙六、猪木武德、猪濑博、今道友信、内桥克人、嘉治元郎、加藤干雄、红野敏郎、斋藤泰弘、坂村健、作田启一、柴田德卫、岛尾永康、寿岳章子、神野直彦、杉山正明、高阶秀尔、竹西宽子、橘木俊诏、田中成明、团伊玖磨、池明观、都留重人、中村健之介、中村平治、西顺藏、野本和幸、日高敏隆、平松守彦、藤井让治、船桥洋一、松田道弘、宫崎勇、宫原守男、宫本宪一、山内久明·玲子、山下肇、胁村义太郎、吉川洋（敬称略）

我把本书的原稿托付给 Transview 社的中岛广。我断定他是志向高远的出版人，自己经营出版社，亲自当编辑。对于他细致、准确的编辑工作，谨致谢忱。根据中岛的建议——尽量吸引年轻读者，我加上了书名、章名、小标题等。另外，对担任校对的三森晔子表示感谢。本书人名、书名、论稿名等频出的校对工作，绝不轻松。

再提一下私事。四十年来我能够坚持编辑工作，是因为得到了家人的支持。过世的双亲，妻子纯子，两个女儿麻子、叶子，以及甲斐犬兰，我要对你们说一声"谢谢"！

最后，愿将拙著献给肩负未来的年轻一代编辑们。你们如果能作为反面教材一读，就是我的最大荣幸。

大冢信一

2006 年初夏